Georg Langenhorst

*Toter Chef – guter Chef*
Mord im Domgymnasium

Kriminalroman

Georg Langenhorst

# Toter Chef – guter Chef
## Mord im Domgymnasium

Kriminalroman

**echter**

*Ähnlichkeiten mit lebenden oder verstorbenen Personen
wären reiner Zufall und sind auf keinen Fall beabsichtigt.
Auch unmittelbare Bezüge zu real existierenden Institutionen
oder Orten entbehren jeglicher Absicht.*

Bibliografische Information der Deutschen Nationalbibliothek

Die Deutsche Nationalbibliothek verzeichnet diese Publikation
in der Deutschen Nationalbibliografie; detaillierte bibliografische Daten
sind im Internet über ‹http://dnb.d-nb.de› abrufbar.

2. Auflage 2021

© 2018 Echter Verlag GmbH, Würzburg
www.echter.de

Umschlag: wunderlichundweigand.d
Coverfoto: © chiradech/thinkstock
Lektorat: Monika Thaller
Satz: Crossmediabureau – xmediabureau.de
Druck und Bindung: PRESSEL, Remshalden

ISBN
978-3-429-05318-5
978-3-429-04999-7 (PDF)
978-3-429-06409-9 (ePub)

## Folgende Personen treten auf

*Teresa Andernach*, Schülersprecherin

*Torsten Bedlinger*, Oberstudienrat

*Saskia Blum*, Chefsekretärin

*Peter Brändel*, Polizeihauptmeister

*Elmar Maria Brandtstätter*, Professor für Pastoraltheologie an der Katholisch-Theologischen Fakultät

*Dr. Franz Joseph Breskamp*, Prälat, Leiter der bischöflichen Schulabteilung

*Thomas Brox*, Studiendirektor, Mitarbeiter im Direktorat

*Sandra Friesinger*, Studienrätin

*Dr. Bertram Geißendörfner*, Oberstudiendirektor, Schulleiter

*Thea Geißendörfner*, Witwe

*Monika Höffgen*, Oberstudienrätin in Nürnberg

*Bogdan Kaminski*, Hausmeister

*Dr. Werner Jacobs*, Polizeipräsident

*Beate Kellert*, Steuerfachfrau

*Bernd Kellert*, Kriminalhauptkommissar

*Hannah Mellrich,* Polizeikommissariats-Anwärterin

*Kathrin Prestele,* Doktorandin an der Katholisch-Theologischen Fakultät

*Lilli Schildbach,* Studiendirektorin im Ruhestand

*Ulrich Schongauer,* Pfarrer und Studiendirektor, Mitarbeiter im Direktorat

*Dominik Thiele,* Kriminalhauptmann

*Verena Thiele,* Studienrätin z. A.

*Ingrid Wiesmüller,* Studendirektorin, stellvertretende Schulleiterin

*Lena Winter-Drexler,* Kommissariats-Sekretärin

und viele mehr

# Ende

„Nein! Die Sache ist erledigt. Ein für alle Mal. Das ist mein letztes Wort. Endgültig!" Verärgert, aber fest entschlossen schob Oberstudiendirektor Dr. Bertram Geißendörfner sein Handy in die Lenkertasche seines Fahrrads. Er sollte recht behalten. Tatsächlich, das waren seine letzten Worte. Ohne dass er es ahnen konnte. Und anders, als er es gemeint hatte.

Er schob sein Fahrrad aus dem Unterstand, wo er vor dem niederprasselnden Regenschauer Schutz gesucht hatte, zurück auf den schmalen Gehweg. Dunkel gleißte die nasse Fahrbahn. Pfützen spiegelten wacklige Bilder der wenigen, in weitem Abstand aufgestellten Straßenlaternen. Dienstags abends um halb neun waren kaum Fahrzeuge unterwegs.

‚Immerhin bleibt es mir erspart, von vorbeifahrenden Autos nassgespritzt zu werden', dachte der achtundfünfzigjährige Direktor des weit über Friedensberg hinaus angesehenen KaRaGe, des Karl-Rahner-Gymnasiums. Er schnürte das Regencape über den Helm, den er für das Gespräch nicht abgesetzt hatte, schlug den durchsichtigen Regenschutz wie zuvor über sich selbst, den Lenker und den Sattel seines Rades und fuhr auf die Fahrbahn, die ihn die drei Kilometer nach Hause führen sollte.

Bei Wind und Wetter nahm er das Fahrrad. „Das hält mich wenigstens ein bisschen in Bewegung", erklärte er seiner Frau Thea jedes Mal, wenn sie ihn bei allzu widrigen Verhältnissen bat, doch wenigstens ausnahmsweise einmal das Auto zu nehmen. ‚Unfassbar, diese Dreistigkeit!‘, ging es ihm durch den Kopf, während er langsam durch die frühnächtliche Dunkelheit radelte und dabei versuchte, wenigstens den größten Pfützen auszuweichen. Ein wohltuender Rückenwind trieb ihn mit leichten Böen voran. Sie klatschten ihm freilich Regenguss um Regenguss auf den Rücken. Märzwetter! Er war noch ganz in Gedanken. Das Telefongespräch ging ihm nach. Die leidige Angelegenheit hatte ihn nicht nur ganz allgemein Monate, sondern heute noch einmal viele Stunden des Nachmittags und des frühen Abends gekostet. So spät beendete er seinen Dienst sonst nie. Und ihn dann noch auf dem Heimweg per Handy anzurufen!

Ein Scheinwerferkegel tastete sich langsam von hinten auf ihn zu. ‚Mist, doch ein Auto!‘, dachte er. ‚Hoffentlich fährt der wenigstens in großem Bogen um mich herum. Platz genug ist ja da.‘ Das Fahrzeug kam langsam näher. Die Person am Steuer schien es nicht besonders eilig zu haben. Oder angesichts der Wetterbedingungen besonders vorsichtig zu fahren. ‚Gut so‘, lobte Bertram Geißendörfner in Gedanken. Einmal Lehrer, immer Lehrer. Das Verteilen von Zensuren wird man nicht los. Das geht über in Fleisch und Blut. Misslungen oder bestanden. Mittelmaß oder Exzellenz. Lob und Tadel.

Plötzlich heulte der Motor laut auf. Das Auto setzte mit einem gewaltigen Sprung nach vorn und schoss auf das Fahrrad zu. Geißendörfner wollte sich umdrehen, um zu verstehen, was da los war, doch dazu kam es nicht mehr. Mit voller Wucht knallte die Stoßstange des PKW an das Hinterrad seines Fahrrads und schleuderte es weit über den glänzenden Asphalt nach vorn. Der Fahrer wurde abgeworfen, überschlug sich zweimal, rutschte über die regennasse Fahrbahn und blieb zuckend liegen.

Geißendörfner hatte den Sturz überlebt. Wie in einem Film nahm er die völlig unwirklichen Bildschnitte wahr, die sich ihm darboten. Kein Schmerz. Kein Bewusstsein von dem, was vor sich ging. Doch! ‚Gut, dass du deinen Helm aufhast!‘, schoss es ihm durch den Kopf, seltsamerweise verbunden mit der Stimme von Thea, seiner Frau.

Bevor er weiterdenken konnte, wurden die Bilder noch unwirklicher. Das Auto war stehen geblieben. Die Person am Lenkrad setzte jetzt zurück, aber nicht, um ihm zu helfen. Tempo aufnehmend überrollte ihn das Fahrzeug ein zweites Mal, dann ein drittes und viertes Mal. Da half kein Helm. Als träges, verrenktes Bündel blieb der Körper Bertram Geißendörfners auf der nassen Straße zurück. Sein Kopf lag in überdehntem Winkel halb in einer schwarzglänzenden Wasserlache, deren Wirbel sich langsam beruhigten, immer wieder neu durchbrochen von aufspritzenden Regentropfen. Nein, nicht sein Körper lag da, sondern sein Leichnam.

Das Auto setzte ein letztes Mal zurück und blieb einige Meter hinter dem Menschenbündel stehen. Die Frontscheinwerfer tauchten das Szenario in ein unwirkliches Licht. Die Fahrertür öffnete sich einen Spalt breit. Wer immer hinausspähte: Er oder sie war offensichtlich zufrieden mit dem Ergebnis. Mit einem lauten Ruck wurde die Tür ins Schloss gezogen. Wieder heulte der Motor laut auf und der Wagen schoss davon. Kleiner und kleiner wurden die roten Rücklichter, es blieb nur das Brausen des Regens und das Heulen der Sturmböen.

# 1.

„Nein, definitiv kein Verkehrsunfall!" Dr. Werner Jacobs war seit sechzehn Jahren Polizeipräsident von Friedensberg, zuständig für den ganzen Landkreis. In fünf Jahren würde er in den Ruhestand gehen, aber diese Perspektive lähmte seinen Arbeitseifer in keinster Weise. Friedensberg hatte eine der höchsten Aufklärungsquoten in Deutschland, darauf war er stolz. Und das sollte sich unter seiner Ägide auch nicht mehr ändern.

Mittwochmorgen, acht Uhr dreißig. Jacobs hatte einige Mitarbeiterinnen und Kollegen zu einer Dienstbesprechung in seinem nüchtern-zweckmäßig eingerichteten Büro versammelt. Er fuhr fort: „Erst dachten wir das natürlich auch. Ein Unfall bei Regen und Dunkelheit. Tragisch, aber nichts, womit *wir* uns befassen müssten. Aber dann ..." Er nickte Polizeihauptmeister Peter Brändel wortlos zu. Brändel war am gestrigen Abend als zuständiger Polizist am Tatort gewesen.

„Kein schöner Anblick, liebe Kollegen und" – Brändel beugte sich demonstrativ zur Kommissariats-Sekretärin Lena Winter-Drexler und zu einer jungen Polizistin, die unauffällig am Rande der Tischrunde saß – „Kolleginnen. Das Opfer wurde mindestens dreimal überrollt. Ohne Frage vom selben Fahrzeug. Von hinten und von vorn. Das war Absicht! Böse Absicht!"

„Außerdem", mischte sich sein Chef wieder in das Gespräch, „haben wir das Auto ja gefunden ..." Wieder ließ er den Satz ausklingen und blickte auffordernd zu seinem Mitarbeiter. Alle im Raum kannten diese Art von Impulsen. So war nun einmal der Kommunikationsstil ihres Präsidenten. So war er, der Dr. Jacobs. Wenn man ihn kannte, konnte man gut mit ihm auskommen. Polizeihauptmeister Peter Brändel war seit mehr als elf Jahren im Dienst. Er wusste, was von ihm erwartet wurde, schluckte die Unterbrechung hinunter und ergriff wieder das Wort: „Genau, das Tatfahrzeug stand drei Straßen weiter, in der Sackgasse beim Priesterseminar. Kellert, Sie kennen sich da ja aus. Der Motor lief noch, Licht eingeschaltet, Zündschlüssel im Schloss, Fahrertür weit offen, von Insassen natürlich keine Spur ..."

Wieder unterbrach ihn der Polizeipräsident: „Das werden wir ja noch sehen!" Seine Mitarbeiter schauten ihn fragend an, deshalb erklärte er: „Na, ob es von den Insassen wirklich keine Spur gibt. Die KTU hat sich das Auto längst vorgenommen. Die werden schon etwas finden. Dann wissen wir mehr."

Kommissar Bernd Kellert, zuständig für Verbrechen gegen Leib und Leben bei der Kriminalpolizei von Friedensberg, schaute skeptisch. Das entging auch seinem Chef nicht. „Oder, Herr Kellert? Sind Sie anderer Ansicht?"

„Nichts dagegen, wenn die etwas finden. Am liebsten gleich die entscheidende Spur zum Täter. Aber ich fürchte, das wäre zu schön, um wahr zu sein", entgegnete der hochgewachsene, kurzgeschorene immer noch sportlich-drahtig wirkende Fünfzigjährige nur. „Ob uns das wirklich weiterhilft, werden wir sehen. Ich bin skeptisch."

„Skeptisch hin oder her, es ist jedenfalls Ihr Fall!", raunte Dr. Jacobs Kellert zu. „Und heikel, das wissen Sie ja. Meine

Güte, Bertram Geißendörfner, der Chef vom KaReGe, vom Domgymnasium, der ist hier natürlich bekannt wie ein bunter Hund. Mitglied im Stadtrat, in vielen Vereinen, beim Rotary Club. Wir brauchen eine rasche Aufklärung. Und diskret. Die Presse rennt mir ja jetzt schon die Bude ein."

Kellert nickte bitter. Tolle Arbeitsbedingungen! Aber er konnte es sich natürlich nicht aussuchen. „Wer hat das Opfer gefunden?", fragte er betont sachlich. „Eine ältere Dame aus der Nachbarschaft, die noch spät ihren Hund ausführte, trotz Wind und Wetter", antwortete Brändel nach einer fast unmerklichen Geste seines Vorgesetzten. „Aber die hat von dem Vorgang selbst nichts mitgekriegt. Und einen schweren Schock erlitten. Von der werden Sie kaum hilfreiche Informationen erhalten, Herr Kommissar."

Peter Brändel sprach Kollegen, die in der Polizei-Hierarchie über ihm standen, grundsätzlich ‚per Sie' an. Kellert hatte ihm über die langen Jahre der gelegentlichen Zusammenarbeit mehrfach das eigentlich übliche ‚Du' angeboten, aber der Polizeihauptmeister hatte es immer wieder ausgeschlagen. Nun waren sie an diese Form der Anrede gewöhnt.

„Weiß man denn, wem der Wagen, also das Tatfahrzeug, gehörte?", mischte sich Kellerts Mitarbeiter, Kriminalhauptmann Dominik Thiele, in das Gespräch ein.

Peter Brändel blickte zum Polizeipräsidenten. Der gab ihm erneut ein kaum wahrnehmbares, zustimmendes Signal, dann erst antwortete der Polizeihauptmeister: „Klar. Das haben wir selbstverständlich als Erstes gecheckt. Irgendeine alte Kiste, ein Toyota. Gehört einem der Lehrer des Gymnasiums. Der benutzt es aber wohl fast nie. Es steht auf dem Lehrerparkplatz herum, immer am gleichen Platz. Und der Schlüssel liegt offen auf seinem Arbeitsplatz im Lehrerzimmer. Den kann jeder nehmen. Und darf das auch. So ist das da wohl üblich.“ Er blickte kurz in sein Notizbuch, las dann daraus vor: „‚Wenn du mal schnell ein Auto brauchst, nimmst du den alten Toyota vom Torsten. So haben wir das alle gemacht.‘ Sagt eine seiner Kolleginnen, mit der ich gestern Abend noch gesprochen habe.“ Kellert blickte ihn fragend an. Dieses Mal antwortete der Polizeihauptmeister direkt: „Da war Lehrersport, im Gymnasium. Volleyball. Da habe ich zwei der so spät noch anwesenden Kolleginnen sprechen können.“ Kellert nickte. „Und … Torsten?“ Brändel antwortete sofort: „Torsten Bedlinger. Mathelehrer. Muss ein ziemliches Original sein, wenn ich das richtig verstanden habe.“ Kellert zuckte zusammen: „*Der* Bedlinger!? Ach je, wenn das wirklich *der* ist …“ Nun schauten die Kollegen *ihn* fragend an. Auch Dr. Jacobs.

„Eine meiner Nichten, Julia, hatte zwei Jahre lang bei dem Unterricht. Und der ist, wie sie sagte, ein unglaublicher Chaot. ‚Total verpeilt‘, so hat sie den beschrieben. Pädagogisch völlig unfähig. Einmal hat er kurz vor den Sommerferien einen Klausurtermin schlicht und einfach vergessen. Die Schüler mussten die Arbeit an einem Samstag nachschreiben. Die waren vielleicht begeistert! Wegen dem hat Julia nie einen Zugang zu Mathe gefunden.“ Er überlegte: „Gut, zumindest *auch* wegen dem. Aber über den hat man schon die ein oder andere Story gehört. Pfff. Na ja, solche Lehrer gibt es an jeder Schule …“

„Wie dem auch sei“, unterbrach Polizeipräsident Dr. Jacobs seinen Kommissar, der eigentlich kein Mann der langen Rede war. „Sie werden sich an der Schule umhören müssen, Kellert. Am Domgymnasium. Und das Privatleben von Dr. Geißendörfner durchleuchten. Und seine Verbindungen hier in Friedensberg!", zählte der Dienststellenleiter die anstehenden Aufgaben auf. Als ob Kellert das nicht alles wüsste. „Los, Dominik, auf!", grimassierte er in Richtung seines Mitarbeiters.

Kriminalhauptmann Dominik Thiele druckste herum, zögerte, tappte verlegen von einem Fuß auf den anderen. Seltsam, das entsprach nicht seinem normalen Verhalten. Kellert schaute ihn verwundert von der Seite an. Beim Verlassen des Dienstzimmers stammelte Thiele: „Äh, Chef!?"

„Ja?", fragend blickte Kellert seinen Mitarbeiter an. Nach mehr als vierjähriger Zusammenarbeit kannten sie sich gut, waren menschlich und dienstlich ein bestens eingespieltes Team. „Was ist denn los?", fragte er, als er bemerkte, dass sein Mitarbeiter nicht recht mit der Sprache herausrücken wollte. Schließlich rang dieser sich doch die Frage ab: „Kann ich vielleicht andere Arbeiten übernehmen? Ich würde nur höchst ungern da im KaRaGe auftreten." Bernd Kellerts Verblüffung stieg. „Warum das denn?", fragte er irritiert nach.

Dominik Thiele, ein sportlicher, durchtrainierter, normalerweise keineswegs wortkarger Mittdreißiger, noch etwas größer als sein Chef, suchte sichtlich nach Worten. „Weil die Ena da doch jetzt unterrichtet! Wie sieht das denn aus, wenn ich als ihr Ehemann da herumschnüffele? Sie hat doch auch nur einen Jahresvertrag. Ich will ihr da nichts kaputtmachen …"

Richtig! Bernd Kellert tippte sich mit den Fingerspitzen der rechten Hand an den Kopf. Dominik Thiele hatte letztes Jahr geheiratet. Und seine Frau Verena hatte am KaRaGe ihr Referendariat absolviert, aber dann trotz glänzender Examensnoten im ganzen Bundesland keine Planstelle gefunden. So war das zurzeit. Die Kultusministerien stellten einfach keine

15

Gymnasiallehrer ein, auch wenn an den Schulen durchaus Bedarf bestand. Bestens qualifizierte Leute standen auf der Straße, zogen in ein anderes Bundesland, wo es Jobangebote gab, oder hielten sich mit Übergangsverträgen über Wasser. So auch Verena. Über ihren Mann war sie mehr oder weniger an den Raum Friedensberg gebunden. Aber ihre Noten waren so gut, dass sie darauf hoffen konnte, früher oder später doch noch hier verbeamtet zu werden. Sie hatte sich so gut in das KaRaGe eingebracht, dass man ihr eine Perspektive aufzeigen konnte. Zunächst hatte sie einen Zeitvertrag über eine Dreiviertelstelle erhalten, daraus sollte aber möglichst bald mehr werden.

„Hm, das kann ich verstehen", brummte Kellert nach längerem Nachdenken. „Das wäre wirklich eine ungute Rollenkollision. Ehemann einer Kollegin der zu Befragenden und gleichzeitig ermittelnder Kriminalbeamter vor Ort? Nein, das geht nicht. Aber was sollen wir tun? Ich brauche dich da!"

„Ich könnte ja alle Hintergrundrecherchen übernehmen. Und Gespräche außerhalb der Schule führen. Und an das KaRaGe nimmst du die Hannah mit!", schlug Thiele vor. „Hannah?" Kellert blickte verwundert. „Na, Hannah, Frau Mellrich, die PKA!", entgegnete Thiele. Richtig, seit zwei Wochen war Hannah Mellrich ihnen als Polizeikommissars-Anwärterin zugeteilt worden. Furchtbares Wort. Aber so war nun einmal das Beamten-Deutsch. Sie war bei der von Dr. Jacobs anberaumten Besprechung als zweite Frau mit im Raum gewesen, hatte sich aber völlig ruhig verhalten.

Kellert hatte sie bislang eher ignoriert, hatte kaum mit ihr gesprochen. Offensichtlich im Gegensatz zu Thiele, der sie bereits beim Vornamen nannte. Klar, sie war hübsch und jung. Kellert selbst war die Zusammenarbeit mit Kolleginnen nur wenig vertraut. Sicherlich, mit der Kommissariats-

Sekretärin Lena Winter-Drexler kam er bestens aus, aber sie war ja auch eher eine Zu- als eine Mitarbeiterin. Doch im täglichen Zusammenspiel der Alltagsarbeit? Ob das funktionieren könnte?

,Bernd, alter Chauvi', hörte er plötzlich die Stimme seiner Frau Beate. Sie waren schon so lange verheiratet, mehr als fünfundzwanzig Jahre, dass er sich ihre Worte und den Tonfall sofort vorstellen konnte. Als würde er ihre Stimme tatsächlich hören. Er seufzte. „Okay, so machen wir das. Es gefällt mir zwar nicht, aber was soll's? Ich frage Frau Mellrich, ob sie mich begleitet, du bleibst im Hintergrund."

Kellert strich sich nachdenklich über das glattrasierte Kinn. „Vielleicht kann uns Verena ja sogar den ein oder anderen Hinweis geben. Sie kennt die Schule von innen. Das kann sich als großer Vorteil erweisen. Den wir auf keinen Fall aufs Spiel setzen wollen. Also: Zumindest versuchen wir es so! Du bleibst im Gymnasium außen vor. Ungewohnt wird das für mich schon, ohne dich."

Der Kommissar schmunzelte. „Ja, so ist das: Ich habe mich gut an unsere Teamarbeit gewöhnt", grinste er seinen Mitarbeiter an. „Aber versprechen kann ich nichts. Wenn es nicht anders geht, musst du dann eben doch mit ans KaRaGe!" Kellert überlegte kurz und legte sich dann fest: „Heute übernimmst du jedenfalls die Familie von diesem Dr. Geißendörfner. Er war verheiratet, das weißt du ja. Das wird also nicht ganz einfach."


## 2.


Ruhig, zügig und sicher steuerte PKA Hannah Mellrich den Dienst-BMW durch die engen Straßen der Friedensberger

Innenstadt. Nicht ganz so souverän fühlte sie sich. Endlich hatte der für sie zuständige Kommissar sie einmal direkt angesprochen. Aber er war ihr nicht ganz geheuer, dieser Bernd Kellert. Schweigsam ihr gegenüber. Und ruppig, vielleicht aus Unbeholfenheit. Dass er mit Dominik Thiele bestens harmonierte, hatte sie in den zwei Wochen auf der Dienststelle bereits mehrfach beobachten können. Aber sie selbst hatte er einfach ignoriert. Sie konnte sich auf sein Verhalten ihr gegenüber keinen rechten Reim machen.

Aber jetzt waren *sie* zu zweit unterwegs: Hannah Mellrich, siebenundzwanzig Jahre alt, kurzer blonder Haarschnitt, ehrgeizig, und er: der Fünfzigjährige, Erfahrene, Unnahbare. „Überlassen Sie mir das Reden!", ermahnte er sie, während sie in die hohen Vorhallen des KaRaGe eintraten. Sie nickte. Aber was sollte sie dann hier? Kellert bemerkte ihre unausgesprochene Frage, schmunzelte kaum merklich und fügte hinzu: „Aber ich brauche Ihre Beobachtungen. Schauen Sie genau hin! Hören Sie auf die Zwischentöne! Nichts darf uns entgehen. Sie wissen schon: Vier Augen sehen mehr, vier Ohren hören mehr." Das klang schon besser.

Die seit etwas mehr als zwanzig Jahren Karl-Rahner-Gymnasium genannte Schule war das traditionsreichste Gymnasium vor Ort. Jahrhundertelang hatte es nur ‚das Domgymnasium' geheißen. Ältere Bürger von Friedensberg nannten es immer noch so. Jüngere meistens bei der Abkürzung KaRaGe. Von den Jesuiten kurz nach der Reformation gegründet, hatte hier in fast fünf Jahrhunderten die Bildungselite Friedensbergs ihre schulische Ausbildung erhalten. Bis in die 1970er Jahre war die Schule ausschließlich männlichen Schülern vorbehalten gewesen.

Seitdem gab es auch Schülerinnen. Vieles hatte sich allein dadurch geändert. Früher war man stolz darauf, immer wieder Abiturienten an das nahe Priesterseminar weiterzureichen. Ungezählte Friedensberger Priester und fünf Bischöfe waren zuvor Schüler am Domgymnasium gewesen. Heute stand das Gymnasium immer noch unter kirchlicher Trägerschaft. Aber das religiöse Leben prägte die Schule nur noch zu einem geringen Teil, so wie Religion insgesamt immer weniger Bedeutung für das Leben der Menschen hatte. Trotzdem: Das KaRaGe, das Domgymnasium, hatte immer noch einen ausgezeichneten Ruf. Weit über Friedensberg hinaus.

„Wir haben einen Termin im Direktorat", erklärte Kellert, aber das wäre nicht nötig gewesen. Eine junge Frau hatte sie am Haupteingang des Gymnasiums erwartet. Neben ihr stand schweigend der an seinem Blaumann unschwer erkennbare Hausmeister, ein hochgewachsener, kräftiger älterer Mann mit großem, buschigen Oberlippenbart. ‚Das Gesicht kenne ich doch irgendwoher', dachte Kellert. ‚Zumindest erinnert es mich an jemanden, den ich kenne. Aber an wen?'

„Svenja Kaiser", hatte sich die junge Frau vorgestellt und „Deutsch und Englisch" hinzugefügt, als markiere das ihre Persönlichkeit. ‚Kaum älter als Jenny!', dachte der Kommissar, während ihm als Vergleich das Bild seiner noch studierenden Tochter durch den Kopf blitzte. Wortlos und mit undurchschaubarer Miene zog sich der Hausmeister zurück. Die junge Lehrerin aber nahm den Gesprächsfaden auf und erwiderte: „Ich weiß, wer Sie sind. Die Herrschaften von der Kriminalpolizei. Ich soll Sie empfangen und begleiten, kommen Sie bitte!"

‚Herrschaften!', dachte Hannah Mellrich. ‚So bin ich ja auch noch nicht angesprochen worden!' Aber sie verkniff sich eine Bemerkung. Zu dritt schritten sie durch die hohen, breit gemauerten Hallengänge. Es war erstaunlich still, nur hinter den Türen rechts und links konnte man immer wieder gedämpfte Geräusche hören. Sobald das Pausenzeichen ertönte, würden kreischende Schülermassen die Gänge füllen. So war das zumindest normalerweise. Das wussten die beiden Polizisten noch zu gut aus ihren eigenen Schülerzeiten. Und Kellert kannte es noch aus den Schilderungen seiner beiden längst erwachsenen Kinder. Immer wenn er selbst Schulen betrat, fühlte er sich seltsam beklommen. Als raubte ihm jemand heimtückisch sein Selbstvertrauen und seine berufliche wie private Routine und Erfahrung. Ihm war, als würde er hier ständig beobachtet, und als könne er den Beobachtungsblicken nie genügen.

Kellert war sich natürlich bewusst, dass das mit seinen eigenen Erfahrungen als Schüler zusammenhing. Er war ein durchschnittlicher Schüler gewesen, nicht schlecht, nicht gut. Das hatte ihn alles irgendwie nicht interessiert, was man ihm da vorsetzte. Ein Mitschwimmen im trägen Strom des Unterrichts hatte gereicht, um ihm das Abitur zu ermöglichen. Nicht hier am KaRaGe, das zu seiner Zeit einfach nur ‚Domgymnasium' geheißen hatte, sondern am staatlichen Gymnasium von Friedensberg, dem Henri-Dunant-Gymnasium. HaDeGe. Diese Opposition prägte bis heute die kleinstädtische Welt der Bischofsstadt Friedensberg. War man ein KaRaGeler oder ein HaDeGeler? Eigentlich lächerlich, solche kleinen Eitelkeiten. Aber sie hielten sich hier über Generationen.

Bernd Kellert blickte hinüber zu seiner jungen Kollegin, die nicht in Friedensberg aufgewachsen war. Hannah Mellrich stammte aus Rheinland-Pfalz, so glaubte er sich zu erinnern. Aus Speyer? Er war sich nicht sicher. Er wusste auch nicht, warum sie sich ausgerechnet hierher hatte versetzen

20

lassen. Irgendeine private Geschichte, an so viel glaubte er sich zu erinnern. Ob es ihr auch so ging wie ihm, wenn sie Schulen betrat? Anzusehen war es ihr nicht.

Dass es im Schulgebäude so still war, hatte aber nicht nur etwas damit zu tun, dass der Unterricht sich hinter dicken Mauern und schallisolierten Türen abspielte. Als sie in die große Halle kamen, von der aus verschiedene Gänge und das weit geschwungene Treppenhaus abzweigten, sahen sie einen Tisch, der aussah, als sei er ein Altar. In der Mitte war ein Bild – doch wohl das des ermordeten Direktors – aufgestellt, geschmückt mit einer dunkelvioletten Schleife. Rund herum ein Meer von Blumen und auf dem Boden stehenden, angezündeten Kerzen. Kellert erkannte einen Teddybären, mehrere Spielutensilien, Symbole, welche die Schülerinnen und Schüler hier abgelegt hatten.

Die junge Lehrerin nahm seinen fragenden Seitenblick wahr und erklärte: „Unser KIT hat natürlich schon ganze Arbeit geleistet. Das weiß man heute: Kinder und Jugendliche brauchen Formen und Rituale, um sich ihrem Schock oder ihrer Trauer zu stellen." Mit leiser Stimme fügte sie hinzu: „Wir Erwachsenen natürlich auch." „KIT?", fragte Hannah Mellrich zurück, das erste Wort der Kommissars-Anwärterin seit der Begrüßung.

„Ach so", riss sich Svenja Kaiser aus ihren Gedanken, „das sagt Ihnen natürlich nichts. Kriseninterventionsteam, KIT. Das gibt es inzwischen an jeder Schule. Und das braucht man auch. Sie glauben nicht, was in einem Schuljahr so alles passiert. Ich bin ja erst seit zwei Jahren dabei" – ‚Aha!', dachte Kellert – „aber wir haben schon alles gehabt, wirklich: Selbstmord einer Schülerin, einen schweren Verkehrsunfall, in den drei Mitschüler verwickelt waren, mehrere Todesfälle von Eltern, zwei Kollegen sind gestorben …", ihre

Gedanken gingen erneut über das aktuelle Gespräch hinaus, dann fing sie sich aber wieder.

„Na ja, *alles* haben wir Gott sei Dank noch nicht gehabt. Einen Amoklauf, zum Beispiel. Hoffentlich bleiben wir wenigstens davon verschont. Jedenfalls: Für all diese Fälle ist das KIT da. Das sind vor allem Kolleginnen aus den Fachschaften Religion und Ethik. Die machen das toll. Also ich weiß nicht, ob ich das könnte ..." Sie stockte und überlegte, verlor sich in ihren Gedanken. Kellert blickte ruhig zu ihr hinüber. Plötzlich riss sich die junge Lehrerin zusammen und besann sich auf ihre aktuelle Aufgabe. Sie schloss die Augen, schüttelte einmal kurz und heftig ihren Kopf, um sich von ihren abschweifenden Gedanken zu befreien, und sprach dann weiter: „Und die Kollegen vom KIT haben hier heute Morgen gleich alles vorbereitet. Die meisten Schülerinnen und Schüler wussten natürlich schon vorher Bescheid. So etwas verbreitet sich in Friedensberg wie ein Lauffeuer. Und jetzt versuchen wir, irgendwie ins Gespräch mit den Schülern zu kommen. Ihre Fragen aufzunehmen. Raum zu geben für Trauer, Unsicherheit, Wut, Fassungslosigkeit ... An normalen Unterricht ist heute natürlich gar nicht zu denken."

Svenja Kaiser hatte sie über die breite Treppe in den ersten Stock zum Direktorat geführt. Nun wandte sie sich an die beiden Polizisten: „Ich habe gerade zwei Freistunden. Ach je: Was sage ich denn gleich meinen Fünftklässlern? Können Sie mir da vielleicht einen Rat geben?" Kellert schaute unsicher. Da kannte er sich nicht aus. Er überlegte. „Vielleicht gar nichts selber sagen, sondern erst mal zuhören."

# 3.

„Konflikte!? Ob es hier Konflikte gibt? Sie scherzen, Herr Kommissar. Was glauben denn Sie?" Ingrid Wiesmüller lachte bitter vor sich hin, warf dann ihren beiden Kollegen einen amüsierten Blick zu. Zu fünft saßen sie tief eingesunken in den weichen Sesseln im Empfangszimmer des Direktorates des KaRaGe: Kellert und PKA Hannah Mellrich, Ingrid Wiesmüller, die stellvertretende Direktorin des Gymnasiums, daneben Ulrich Schongauer, durch den weißen Kragen als Priester erkennbar, ansonsten aber leger gekleidet, sowie Thomas Brox, die beiden weiteren Mitarbeiter im Direktorat.

Ingrid Wiesmüller war gertenschlank, dezent geschminkt, gekleidet in ein modisches, cremefarbenes, sicherlich nicht ganz billiges Kostüm. Sie mochte knapp fünfzig Jahre alt sein – etwas jünger als ich, schätzte Kellert –, trug eine goldrandeingefasste Brille mit Halbmondgläsern an einer um den Hals hängenden Kette, sprach laut, gewohnt, dass man ihr zuhörte, und – fand Kellert – so, dass man sich automatisch fügen wollte. Sie hatte sofort und wie selbstverständlich die Gesprächsführung an sich gerissen. Jetzt war *sie* hier die Chefin, daran ließ ihr ganzes Verhalten keinen Zweifel.

Schongauer – sicherlich über sechzig, fast komplett glatzköpfig bis auf einen mattgrau schimmernden Haarkranz, untersetzt, in dunkler Hose, blauem Hemd mit Kollar, dem etwas zu eng anliegenden weißen Priesterkragen, sowie hellgrauem Pullunder – hatte schon bei der Begrüßung klar gemacht, was seine Funktion war: „Ich sage immer: Ich bilde sozusagen die Brücke zum Bistum. Und bin hier als Schulseelsorger eingesetzt." Nun seufzte er und verdrehte die Augen zum Himmel. Dass er hier nicht viel zu sagen hatte, war mehr als deutlich.

Thomas Brox sah so aus, wie viele von Kellerts eigenen Lehrern, an die er sich noch erinnerte. Mit gebügelter Jeans, modischem Pullover, halblangen, mit einem ersten Hauch von Silbersträhnen durchsetzten braunen Haaren und einem gepflegten Dreitagebart. Gewinnendes Lächeln, ein leicht ironischer Zug um den Mund, fester Händedruck. „Brox. Ich bin hier verantwortlich für die Klassenverteilung, den Stundenplan – alles, wofür man einen Lehrer mit Computerkenntnissen braucht", so hatte er sich vorgestellt.

Nun blickte er mit ein wenig Distanz zu seiner Kollegin, die plötzlich seine Vorgesetzte war. Oder sich so aufführte. Ein leicht zynisches Grinsen setzte sich in seinen Mundwinkeln fest, als er bestätigte: „Konflikte? Aber ja." Dass diese beiden in der Schulleitung arbeitenden Kollegen nicht immer einer Meinung waren, ließ sich schon auf den ersten Blick deutlich an Körpersprache, Gestik und Mimik erkennen.

Ingrid Wiesmüller, Lehrerin für Deutsch, Englisch und Sozialkunde, dachte jedenfalls gar nicht daran, einem ihrer Kollegen die Gesprächsführung zu überlassen. Kellerts Frage, ob es an ihrer Schule Konflikte gäbe, fand sie offenbar wirklich amüsant. „Wir entscheiden hier tagtäglich über Lebensläufe. Über Gelingen und Scheitern. Über Vorankommen oder Stagnieren. Bei den Schülerinnen und Schülern, denen wir Noten geben. Geben müssen. Manche müssen die Schule verlassen. Andere scheitern an dem Niveau, das sie sich selbst erhoffen oder – das ist noch viel häufiger der Fall – das ihre Eltern von ihnen erwarten. Und wir", erneut blickte sie Zustimmung heischend, aber nicht abwartend auf ihre beiden Kollegen, „wir entscheiden darüber, täglich."

Brox ließ sich nicht so leicht einschüchtern und mischte sich ein. „Das ist ja ganz normal, werte Kollegin, das gehört nun einmal zum gesellschaftlichen Erziehungsauftrag der

Schule", warf er ironisch ein. „Aber wenn Sie mich fragen: Konfliktträchtiger ist der Umgang mit den Kollegen. Seien wir doch ehrlich!" „Gewiss, dazu wollte ich ja gerade auch kommen", fuhr ihm die stellvertretende Direktorin in die Parade. „Wissen Sie, wie viele Lehrerinnen und Lehrer wir hier am KaRaGe haben?", wandte sie sich unvermittelt an die beiden Besucher, die bislang zwar aufmerksam, aber eben doch weitgehend unbeteiligt dem Gesprächs-Scharmützel gelauscht und sich ihre Gedanken gemacht hatten. Sie waren zu verblüfft, um sofort zu antworten.

„Na kommen Sie schon, wagen Sie einen Tipp", ermunterte Ingrid Wiesmüller den Kommissar. „Sie auch!", wandte sie sich an die Kommissars-Anwärterin. Kellert räusperte sich, überlegte kurz, sagte zu sich ‚Warum nicht?' und antwortete: „Ich sage mal siebzig?" „Ich tippe auf knapp hundert", sekundierte Hannah Mellrich mit selbstbewusster Stimme.

„Nicht schlecht", nickte die stellvertretende Direktorin, als Lehrerin gefangen in der Routine der bewertenden Rückmeldung. „Einhundertzehn Kolleginnen und Kollegen, und das bei knapp zwölfhundert Schülerinnen und Schülern. So sieht das aus." Irgendwie zufrieden blickte sie auf die beiden Kriminalbeamten. Von einer Erschütterung über den Tod ihres bisherigen Chefs war ihr sowieso nichts anzumerken. Ein routiniert benanntes Bedauern hatte sie gleich zu Anfang geäußert, mehr nicht.

Sie hatte ihren Gedankengang aber noch nicht abgeschlossen. „Einhundertzehn Kolleginnen und Kollegen! Alle wollen gesehen, gelobt, beachtet werden. Alle wollen Karriere machen. – Okay, fast alle!", korrigierte sie sich, als sie sah, dass Thomas Brox einen kritischen Einwand machen wollte. Weder gab sie ihm dazu die Gelegenheit, noch ließ sie sich in ihrem einmal aufgenommenen rhetorischen Schwung ausbremsen. „Alle haben das Gefühl, benachteiligt zu werden. Alle gehen davon aus, dass sie, *sie* für die spannenden und besser bezahlten Jobs am besten geeignet sind. Alle wollen gut benotet und gefördert, ach was: *befördert* werden. Und auch darüber entscheiden letztlich wir. Und das soll ohne Probleme und Konflikte gehen? Sie haben vielleicht Nerven!"

„*Wir* entscheiden streng genommen allerdings nicht darüber, liebe Kollegin", nutzte Ulrich Schongauer die kleine Pause, um sich mit sanfter Stimme einzubringen. „Das entscheidet letztlich allein der Chef. Wir beraten ihn natürlich dabei", fügte er in Richtung der beiden Gäste hinzu. „Ich sage immer: Schule ist wie das Leben überhaupt", meinte er dann in leicht predigtartigem Tonfall. „Alle Konflikte, die es im Leben gibt, bilden sich auch bei uns ab. Schule ist kein Schonraum. So gern wir das auch hätten. So ist das nun einmal." Er hob nachdenklich die Hände.

Kellert nutzte die Möglichkeit, nun doch nachzufragen: „Das habe ich durchaus erwartet, dass wir es selbst beim Domgymnasium nicht mit einer Insel der Seligen zu tun haben." Damit wies er mit der rechten Hand auf eines der großen, goldgerahmten Ölgemälde an der Wand, das die selige Lissi von Friedensberg zeigte, eine Ordensfrau des 17. Jahrhunderts. Erst vor siebzehn Jahren war sie seliggesprochen worden. „Aber gab es in letzter Zeit Konflikte, die über das Normalmaß hinausgingen?"

„Sie suchen ein Mordmotiv, oder?" Kalt blickte ihn Ingrid Wiesmüller über die Halbmondgläser ihrer soeben aufgesetzten Brille an. „Sie haben mich also nicht verstanden. Sie suchen nach etwas Besonderem. Nach einer monströsen Geschichte, die alles Verstehen sprengt. Was ich sagen wollte, war aber genau das Gegenteil: Unser Alltag ist so voller versteckter Aggression, unterdrückter Gewalt und zivilisierter Frustration, dass es das Besondere nicht braucht. Das ist Alltag hier, verstehen Sie? Das kann sich überall entladen. Ohne großen Anlass. Was glauben Sie, warum es zu Amokläufen kommt? Irgendwann kocht etwas über. Dafür braucht es manchmal nur einen dummen Zufall, einen eigentlich belanglosen Auslöser." Zufrieden schaute sie ihn an, faltete die Arme vor der Brust und fügte hinzu: „So: Da haben Sie Ihr Motiv."

Ulrich Schongauer hatte den Ausführungen seiner Kollegin zugehört, mehr und mehr aber seine wachsende Distanz signalisiert. Nun schüttelte er stirnrunzelnd den Kopf: „Also so negativ sehe ich das nicht, Frau Wiesmüller." – ‚Kein Duz-Verhältnis', notierte sich Hannah Mellrich in Gedanken – „Als säßen wir hier permanent auf einem Pulverfass. Als gäbe es nur ein ständiges Gegeneinander: Lehrer gegen Schüler, Kollegen gegen Kollegen. Wir sind immerhin auch eine Gemeinschaft. Eine Schulfamilie. Wenn das so schrecklich wäre, wie Sie, geschätzte Kollegin, das schildern, dann würde ich mich sofort um eine andere Stelle bewerben. Sofort! Ja, Konflikte sind Teil des Lebens, das habe ich vorhin schon betont. Aber sie sind es hier nicht mehr als anderswo."

„Aber auch nicht weniger, Pater Schongauer, auch nicht weniger!", fiel ihm Ingrid Wiesmüller ins Wort. „Und ich sage ja auch gar nicht, dass all das die Oberfläche unseres Alltags bestimmt. Im Gegenteil: Es kommt darauf an, diese Gemengelage zu kontrollieren und zu beherrschen. Und genau dafür sind wir zuständig: die Schulleitung! Das ist unser Job. Dafür bekommt man nicht nur Applaus. Da wird man nicht everybody's darling. Wenn alles glattläuft, halten viele das für normal. Aber sobald es Schwierigkeiten gibt, fallen sie von allen Seiten über uns her. Ist doch so."

Nun schaltete sich Thomas Brox ein: „Herr Kommissar. Ich stimme der Kollegin Wiesmüller zwar nicht in allem zu. Aber in einem schon: Ich kann mir beim besten Willen nicht vorstellen, dass Sie den Täter – oder die Täterin – hier in der Schule finden werden. Also mir ist jedenfalls kein Konflikt bekannt, der aus dem alltäglichen Miteinander und Gegeneinander herausragen würde. Kein Grund, warum der Kessel explodieren müsste, um im Bild der werten Kollegin zu bleiben. Oder?"

Zustimmung heischend blickte er auf seine beiden Kollegen. Die waren ausnahmsweise einmal einer Meinung und nickten: Ulrich Schongauer zögerlich und mit nur angedeutetem Heben und Senken des rundlichen, leicht rot angelaufenen Kopfes, Ingrid Wiesmüller mit energischen, ruckartigen Bewegungen. Obwohl ihr Kollege Brox ihren Hauptgedanken gar nicht aufgenommen hatte.

Es klopfte. Ohne auf eine Reaktion zu warten, öffnete sich die Tür zum Empfangszimmer des Direktorates. Eine vielleicht vierzigjährige, schick gekleidete und dezent, aber perfekt geschminkte, schlanke Frau trat ein, beladen mit einem Tablett voller Tassen, Untertassen, kleinen silbernen Löffeln, einem Zuckerdöschen, einem Milchkännchen und einer Kanne frisch aufgebrühten Kaffees. Die Frau warf einen freundlichen, offen lächelnden Blick in die Runde und fragte: „So, möchte jemand einen Kaffee?"

„Danke, Frau Blum, Sie sind ein Schatz! Aber das wissen Sie ja!", antwortete Ingrid Wiesmüller sofort, und ihre Stimme nahm eine Wärme an, die sie vorher noch nicht hatte erkennen lassen. „Frau Blum, unsere Chefsekretärin!", stellte die Lehrerin die Mitarbeiterin vor. „Erst seit zwei Jahren bei uns, aber schon absolut unbezahlbar."

Die derart Gelobte lächelte, hob aber abwehrend die Hände. „Nein, nein. Sagen Sie das nicht. Ich tue doch nur meine Pflicht. Das aber einfach gern." „Und gut", ergänzte Thomas Brox schmunzelnd. „Lassen Sie das Lob doch einfach mal so stehen, Saskia! Das Sekretariat ist das Herzstück einer Schule. Nicht das Direktorat, wie viele von uns in dreister Selbstüberschätzung meinen." Sein Blick verlor sich für den Bruchteil einer Sekunde im Raum. Aber er fuhr fast unmittelbar danach fort: „Und wenn das Herz nicht schlägt, wie es soll, dann leidet der ganze Körper. Seit Sie da sind, Saskia, geht es uns prächtig."

Brox hielt kurz inne, besann sich und ergänzte: „Was nicht heißen soll, dass es uns vorher schlecht ging." Saskia Blum lächelte, warf den Kopf abwägend hin und her und machte sich dann daran, den Raum wieder zu verlassen. „Wenn Sie noch etwas brauchen: Sie wissen ja, wo Sie mich finden."

4.

Die beiden Kriminalbeamten hatten dem freundlichen Austausch neugierig gelauscht, wortlos, aber mit unausgesprochener Dankbarkeit der Sekretärin zugenickt und nahmen sich nun jeweils einen Kaffee. „Gratuliere!", mischte sich Kellert nun ein. „Da haben Sie einen guten Fang gemacht. Das sieht man gleich. Also wenn unsere gute Sekretärin in zwei Jahren in den Ruhestand geht, melde ich mich bei Ihnen."

„Unterstehen Sie sich!", gab Ingrid Wiesmüller spielerisch mit dem Zeigefinger drohend zurück. „Die brauchen wir schon selbst!" Das kleine, unaufgeregte verbale Intermezzo tat allen im Raum gut, das war deutlich zu spüren.

Selbst Ingrid Wiesmüller hatte sich in ihrem Sessel zurückgelehnt und saß nun viel entspannter da als zuvor. Aber es half ja nichts. Sie waren nicht zum Plaudern zusammengekommen.

„Nun sind wir hier, weil Ihr Alltag völlig aus den Angeln gehoben wurde", führte Kommissar Kellert zum eigentlichen Anlass des Gespräches zurück. „Ihr Chef, Dr. Geißendörfner, ist ermordet worden. Äußerst brutal. Da hat jemand in großer Wut und aus tiefem Hass gehandelt. Der Kessel *ist* explodiert. Darum geht es. Wir" – hier deutete Bernd Kellert auf seine Mitarbeiterin, was diese dankbar zur Kenntnis nahm – „müssen und werden diese Tat aufklären."

Seine Augen verengten sich, seine Miene drückte bittere Entschlossenheit aus. „Und ob das nun aus einem scheinbar nichtigen Anlass heraus passierte" – hier blickte er nickend zu Frau Wiesmüller – „oder ob da doch eine schwierigere Geschichte dahintersteckt, das werden wir sehen. Auch, ob es etwas mit Dr. Geißendörfners Tätigkeit hier am Domgymnasium zu tun hat. Das ist natürlich nur eine von mehreren Möglichkeiten. Keine Sorge, unsere Ermittlungen setzen breit an. Wir werden alles prüfen, das kann ich Ihnen versichern! Alles!"

Er blickte konzentriert, aber lächelnd auf die drei Mitarbeitenden des Direktorates. Sie bildeten nun die Leitung des KaRaGe. „Ich bin Ihnen für alle Form der Mitwirkung dankbar", sicherte der Kommissar ihnen zu, „und glauben Sie mir: Ich weiß, wie heikel diese Angelegenheit ist. Ihr Schulbetrieb muss weitergehen. Das ist mir völlig klar. Und ich verspreche Ihnen größtmögliche Diskretion und Vorsicht. Soweit es eben machbar ist."

Dankbar und Zustimmung signalisierend lächelte ihn der Schulpfarrer an. Thomas Brox nickte, ohne große Gefühlsregungen erkennen zu lassen. Ingrid Wiesmüller hingegen schaute Kellert herausfordernd und mit leicht skeptischem Schmunzeln an. Wenn ein Kommissar so begann, würde er etwas wollen, da war sie sich sicher. Rhetorisch geschult war sie selbst eben auch. ‚Gib ihnen etwas, bevor du etwas von ihnen willst.‘ Jaja, leicht durchschaubar. ‚Also: Nur heraus damit!‘, dachte sie.

Ihre Erwartung wurde nicht enttäuscht: „Ja, wie war er denn nun, Ihr Chef?", fragte Kellert. „Als Direktor der Schule und als Mensch. Ich möchte, nein *muss* mir ein möglichst genaues Bild von ihm machen. Bitte, es geht nicht um eine verklärende Erinnerung von wegen ‚über Tote sagt man nichts Schlechtes‘. Das würde weder Ihnen helfen noch mir. Ich muss verstehen, was für ein Mensch er war."

Die stellvertretende Schulleiterin fühlte ganz selbstverständlich sich selbst als Erste angesprochen und antwortete ganz direkt: „Da kann ich Ihnen nur wenig sagen, Herr Kommissar. Ich bin erst vor zweieinhalb Jahren an diese Schule gekommen. Vorher war ich an einem kirchlichen Gymnasium in Würzburg. Als hier am KaRaGe die Stellvertretung ausgeschrieben war, habe ich mich beworben. Seitdem bin ich hier. Mit dem Chef hatte ich privat fast keinen Kontakt. Aber wir sind alles in allem gut miteinander klargekommen. Als Schulleiter war er fraglos kompetent: ein echter Pädagoge. Vielleicht ein bisschen zu nachgiebig gegenüber Eltern und Schülern. Ich wäre manchmal etwas härter gewesen. Nein, nicht härter, klarer."

‚Das glaube ich dir aufs Wort‘, dachte Kellert. Unterdessen hatte Ulrich Schongauer das Wort ergriffen. „Ich kenne – kannte – den Bertram am längsten. Zumindest seit Lilli nicht mehr hier ist." Kellert blickte ihn irritiert an. Schongauer fing seinen Blick auf und ergänzte sofort: „Lilli Schildbach, die Vorgängerin von Frau Wiesmüller. Die ehemalige zweite Chefin. Also die war eine Ewigkeit hier an der Schule." Schongauer hatte den Faden verloren, überlegte kurz, strich sich mit der linken Hand über die Glatze, dann fiel ihm sichtlich wieder ein, was er hatte sagen wollen: „Jedenfalls: Wir haben damals zusammen Philosophie studiert, der Bertram und ich, hier an der Uni in Friedensberg. Ich im Rahmen meines Theologiestudiums, er als angehender Philosophielehrer. Philosophie, Latein, Griechisch, das war seine Kombination. Das sagt schon vieles über ihn aus. Ein Humanist. Ich sage immer: ein wahrhaft humaner Humanist. Breit gebildet. Humorvoll. Gütig."

Die stellvertretende Direktorin wollte etwas einwerfen, aber dieses Mal setzte sich der Schulpfarrer durch: „... wenn man ihn ließ. Nicht alles lässt sich mit Güte klären. Leider Gottes! Ach ja: Noch etwas! Er war ein gläubiger Mensch. Ein Katholik natürlich, sonst hätte er diese Schule nicht leiten dürfen. Aber aus Überzeugung, nicht wie manche hier" – er vermied bewusst, jemanden konkret anzublicken – „nur pro forma. Aber er trug seinen Glauben nicht vor sich her. Er war einfach Teil seines Lebens. Und das – behaupte ich jetzt einfach mal – haben die Schülerinnen und Schüler auch gespürt."

Nachdenklich blickte Ulrich Schongauer vor sich hin. Er tupfte sich sanft mit der rechten Hand über die Wange. Zerdrückte er eine heimliche Träne? Er kämpfte sichtlich darum, die Beherrschung nicht zu verlieren. Erfolgreich. Mit unveränderter Stimme sprach er weiter: „Dann haben wir uns überraschend hier an der Schule wieder getroffen, der Bertram und ich. Er stammte ja von hier. Seine Familie hat hier einen guten Namen, und das schon seit Generationen. Damals war er noch stellvertretender Direktor.

Und der Lobkowitz der Chef. Zwölf Jahre ist das jetzt her."

Er rechnete nach: „Ja, zwölf Jahre. Gute Jahre. Geprägt von vertrauensvoller Zusammenarbeit. Fast immer." Wieder hielt er inne: „Das Bistum hätte keinen besseren Direktor für diese Schule finden können, denke ich. Er hätte alles getan, um den guten Ruf der Schule – *seiner* Schule, wie er immer sagte – zu retten, falls er bedroht wäre." Er blickte kurz, von dieser unbemerkt, auf Ingrid Wiesmüller. „Er wird fehlen. Der Schule. Mir."

Fragend blickte Kellert zu Thomas Brox. Aber der zuckte nur mit den Schultern und meinte leichthin: „Dem kann ich eigentlich nichts mehr hinzufügen. So sehe ich das auch. Selbst wenn ich in manchem anderer Meinung war als der Chef. Politisch. Und pädagogisch. Aber wir haben uns respektiert. Sonst hätte er vor sechs Jahren ja wohl kaum meiner Beförderung in die Schulleitung zugestimmt, oder?"

Er überlegte und fügte dann doch noch einen Gedanken hinzu: „Nun, pressegeil war er, ist ja klar." „Wie bitte?" Kellert war sich nicht sicher, ob er sich verhört hatte. „Pressegeil", wiederholte Brox mit verächtlichem Gesichtsausdruck. „Aber das sind alle Direktoren. Wollen, dass ihre Schule in den Zeitungen auftaucht, auch im Internet. Natürlich nur mit positiver Außendarstellung. Über jede Kleinigkeit soll berichtet werden. Je mehr, desto besser. Und möglichst selber mit drauf auf das Foto. Auf einer Seite mit den Kaninchenzüchtern und Schützenvereinen."

Ingrid Wiesmüller hatte mit zunehmendem Kopfschütteln zugehört. Jetzt schaltete sie sich ein. „Kollege Brox, was soll das? Sie wissen doch so gut wie wir alle, dass man heute in den Medien präsent sein muss. Sonst wird man nicht wahrgenommen. Da machen die Schulen keine Ausnahme.

Sie haben Recht, Dr. Geißendörfner wollte, dass über das KaRaGe möglichst oft berichtet wurde. Aber doch nicht aus persönlicher Eitelkeit! Es ging ihm um den Ruf der Schule. Immer." Die stellvertretende Schulleiterin sprach scharf und klar. Sie ließ keinerlei Rückfragen an die Integrität ihres Chefs zu.

‚Loyal, auch über den Tod hinaus', dachte Kellert, während sie weitersprach, teils an die Besucher gerichtet, teils an die beiden Kollegen: „Dr. Geißendörfner war sich über die lange Tradition des Domgymnasiums nur zu gut im Klaren. Und er wusste, dass auch sein Porträt einmal in Öl gemalt drüben im Festsaal hängen wird. Wie es eben so üblich ist. Tradition verpflichtet!"

Brox zog eine Grimasse, was Ingrid Wiesmüller geflissentlich übersah. „Wir leben in einer Gesellschaft, die sich viel zu rasch über jahrhundertelang bewährte Erfahrungen und Werte hinwegsetzt", dozierte sie weiter. „Wir hier versuchen, dem entgegenzusteuern, Dr. Geißendörfner allen voran. Aber verstehen Sie mich richtig", hier wandte sie sich an ihre beiden Besucher. „Er war gleichzeitig ein Kind seiner Zeit und ein Mensch der Gegenwart. Traditionsbewusstheit und offene Zeitgenossenschaft schließen einander nicht aus. Im Gegenteil! Dafür steht unsere Schule. Dafür stand unser Chef. Dafür! Und er wusste, dass Medienarbeit und Außendarstellung ein unverzichtbarer Teil moderner Schulführung sind." Sie konnte sich eine kleine Spitze nicht verkneifen: „Auch wenn Sie da anderer Ansicht sein mögen."

Thomas Brox grinste matt, sparte sich aber eine Erwiderung. Unnötig. Er winkte kaum wahrnehmbar mit der rechten Hand ab. Plötzlich fiel ihm jedoch noch etwas ein: „Sie sollten mit der Teresa sprechen! Teresa Andernach, unsere Schülersprecherin. Zwölfte Klasse. Die kann Ihnen die Sicht der Schülerinnen und Schüler am besten nahebringen. Wenn Sie ein komplettes Bild haben wollen, sollte diese Stimme doch nicht fehlen. Oder sehen Sie das anders, Frau Kollegin?"

Ingrid Wiesmüller, an die sich diese Frage natürlich gerichtet hatte, kniff die Lippen zusammen, hielt es aber offensichtlich unter ihrer Würde, darauf einzugehen. Immerhin senkte sie sekundenlang die Lider und schüttelte kaum wahrnehmbar den Kopf. Brox fügte an: „Teresa Andernach: eine selbstbewusste junge Dame, Sie werden es schon sehen. Und die hat auch ihre Sträußchen mit dem Chef ausgefochten, wenn ich mich richtig entsinne." Er wandte sich an seine beiden Kollegen. „Das wäre doch sinnvoll, oder?"

Ingrid Wiesmüller blickte nach wie vor skeptisch. „Was soll das schon bringen? Ich würde die Schülerinnen und Schüler gern aus der ganzen Sache heraushalten." „Das geht nicht. Sie sind doch schon mittendrin", fiel ihr Thomas Brox ins Wort. Missbilligend blickte sie ihn an. „Vielleicht. Wenn es nicht anders geht. Aber bitte" – sie blickte die beiden Polizisten an – „mit aller Zurückhaltung. Und glauben Sie der Teresa nicht alles, was sie sagt. Sie neigt zu sehr einseitiger Wahrnehmung und Darstellung."

Brox wollte widersprechen, aber die stellvertretende Schulleiterin hatte inzwischen wieder die Kontrolle über die Gesprächsführung übernommen. Ihr Blick ließ ihn verstummen. Kellert warf ein: „Gut, dann bestellen Sie doch bitte dieser Schülerin, dass ich sie sprechen möchte. Dass *wir* sie sprechen wollen", korrigierte er sich.

Ingrid Wiesmüller nickte, hüstelte, blickte auf die Wanduhr, die sich zwischen den großformatigen Gemälden berühmter Persönlichkeiten von Friedensberg und dieses Gymnasiums fast zu verstecken schien. Sie wandte sich an die beiden Besucher: „Oh! In fünf Minuten ist große Pause. Da müssen wir für die Kolleginnen und Kollegen da sein. Gerade heute! Das werden Sie verstehen, oder?" Die stellvertretende Schulleiterin schaute die beiden Kriminalbeamten mit scharfem Blick an. Sie spürte durchaus, dass sie das Gespräch so nicht beenden konnte und noch irgendetwas Verbindliches anfügen musste. „Natürlich werden wir die Kolleginnen und Kollegen auffordern, bestmöglich mit Ihnen zu kooperieren", fügte sie an. „Und dass sie von sich aus auf Sie zugehen, falls ihnen irgendetwas Außergewöhnliches aufgefallen ist. Erhoffen Sie sich davon jedoch nicht zu viel. Aber wir werden es zumindest versuchen. Und bitte teilen Sie uns mit, wenn wir Ihnen in irgendeiner Weise behilflich sein können. Je eher wir wissen, warum diese furchtbare Tat geschah, umso besser!"

Bernd Kellert nickte wortlos. Nein, in diesem Ton ließ er normalerweise nicht mit sich und seinen Kollegen reden. Sein Gegenüber schien sich über die Rollenverteilung, die nun zwischen ihnen herrschte, nicht ganz im Klaren zu sein. Aber das würde er dieser Frau Wiesmüller – falls nötig – zu gegebener Zeit schon deutlich machen. Nicht jetzt, nicht hier.

Er legte die Karte mit seinen Kontaktdaten auf den Rundtisch in der Mitte des Raumes. Die stellvertretende Direktorin hatte nichts anderes erwartet. Sie beendete ihre Ausführungen ohne Pause: „Wenn also jetzt von Ihrer Seite aus nichts ganz Dringendes mehr ansteht ..."

Sie ließ den Satz ausklingen. Die Botschaft war deutlich.

Kellert überlegte kurz, schien noch etwas anfügen zu wollen, verabschiedete sich dann jedoch und verließ mit seiner jungen Mitarbeiterin das Direktorat. Sie würden aber gewiss noch im Sekretariat vorbeischauen, um sich von Saskia Blum zu verabschieden.

# 5.

Dominik Thiele war überrascht, welchen inneren Zwiespalt er empfand. Einerseits war es seltsam, seinen Chef nicht zu begleiten. Viereinhalb Jahre lang waren sie nun schon ein Team, und sie hatten sich wirklich sehr gut eingespielt. Ohne viele Worte. Blicke und Gesten reichten inzwischen aus, um sich perfekt zu verständigen.

Auf der anderen Seite spürte er ein großes Gefühl von Befreiung. Er selbst – nur er! – war allein unterwegs. Einen Chef, der das Kommando hatte, brauchte er nicht. Nicht mehr. Er würde das auch so hinbekommen, da war er sich sicher. Schon viel zu lange – so empfand zumindest er das – stand nun auch die nächste Beförderung aus. Doch, er wollte und würde Kriminalkommissar werden. Und dann sein eigener Chef sein, soweit das möglich war. Die Zeit als Mitarbeiter von Bernd Kellert lief aus. Gewiss, das war einerseits durchaus schade. Andererseits: Gut so! Er hatte genug gelernt.

Er parkte seinen Dienstwagen mitten im Villenviertel von Friedensberg. Geräumige, zwei- bis dreigeschossige Bauten erhoben sich hinter hohen Grundstücksmauern und inmitten weitläufiger Gartengrundstücke, die von mächtigen alten, noch blätterlosen Laubbäumen überwölbt wurden. Diese Gründerzeitvillen waren inzwischen über einhundert Jahre alt. Sie kosteten unendliche Gelder zur Unterhaltung und Heizung, das wusste Thiele. Auch jetzt, im März, musste man diese Häuser noch komplett heizen. Sonst würde es kühl und klamm. Kinder, die in solchen Villen wohnten, waren gerade in dieser Jahreszeit oft erkältet. So zumindest hatte es Verena aus ihrer Schulerfahrung berichtet.

Thiele mochte die hohen Räume in diesen Villen, auch die ausladenden Gärten mit den alten, majestätischen Bäumen.

Hier wohnen wollte er jedoch kaum. Und würde es auch nicht. Dazu fehlten ihm die familiären Einbindungen in die Erbfolgen, die die Bewohner auszeichneten. Ganz abgesehen von den finanziellen Mitteln.

„Geißendörfner" stand auf einem alten Messingschild rechts neben einem schon etwas verwitterten Tor in den brusthohen Umgrenzungsmauern aus dunkelrotem Ziegelstein. Ohne Vornamen, ohne Titel. Thiele klingelte, sofort öffnete sich das Tor. Er hatte sein Kommen angekündigt und wurde erwartet. Wortlos öffnete eine vielleicht siebzigjährige, unscheinbar gekleidete grauhaarige Frau die Haustür und führte ihn durch einen dämmrigen Flur in ein geräumiges Wohnzimmer. Gediegene Kirschholzmöbel, bis zur Decke reichende, maßgefertigte und bis zum letzten Platz gefüllte Bücherregale, eine Sitzgruppe auf hochflorigem Teppich. Trotz der zwei großen Fenster blieb es hier leicht dämmrig.

Eine ‚Dame' – das Wort fuhr Thiele zu seiner eigenen Überraschung durch den Kopf – erhob sich, zierlich, mit einem silbern glänzenden Kurzhaarschnitt, elegant gekleidet. „Thea Geißendörfner", stellte sie sich unnötigerweise vor, reichte ihm die schmale, mit drei Ringen geschmückte rechte Hand mit kaum wahrnehmbarem Druck und wies auf einen Sessel ihr gegenüber: „Bitte sehr, setzen Sie sich doch." Die alte Frau, die ihn bis hierher begleitet hatte, zog sich zurück, ohne auch nur ein einziges Wort gesprochen zu haben.

Thiele versuchte, die Gesichtszüge seines Gegenübers zu erforschen, ohne dabei allzu aufdringlich zu wirken. Hinter dem rechten Ohr entdeckte er ein silbern aufblitzendes Hörgerät, fast unsichtbar, aber doch erkennbar. Ungewöhnlich bei einer Frau, die noch keine sechzig Jahre alt sein konnte. Müde wirkte die Hausherrin, ein eingefallenes Gesicht, erloschene Augen, das ja. Aber Spuren von Verzweiflung und tiefer Trauer konnte er nicht entdecken. Gefasst blickte die formvollendet gestylte Frau ihn an. Ein mattes Lächeln glitt über ihr Gesicht, denn natürlich bemerkte sie seinen Blick. „Sie suchen die trauernde Witwe, nicht wahr?", fragte sie mit klarer, fester, eher dunkler Stimme. „Und finden sie nicht. Und überlegen, warum das so ist. Habe ich Recht?" Thiele rutschte auf seinem Sitz hin und her, wollte antworten, doch sie kam ihm zuvor: „Das ist schon in Ordnung, junger Mann. Äh, Herr Thiele." Sie erinnerte sich seines Namens, der ihr bei der Ankündigung seines Besuchs genannt wurde.

„Nun, die werden Sie nicht finden, die am Boden zerstörte Ehefrau", fuhr sie fort. „Und ich bin es auch nicht. Jedenfalls nicht in dem Sinne, wie Sie es vielleicht vermutet haben. Und ich will Ihnen auch sagen, warum das so ist. Damit Sie von Anfang an klar sehen. Was soll man da groß darum herumreden?" Sie hatte sich offenbar genau überlegt, was sie sagen wollte. Ihre Worte kamen ohne Stocken und Zögern.

„Wir sind" – sie korrigierte sich – „wir waren vierunddreißig Jahre verheiratet, der Bertram und ich. Er war vierundzwanzig und ich dreiundzwanzig, als wir heirateten. Beide noch im Studium. Vierunddreißig Jahre! Da kennt man sich gut. In- und auswendig. Stärken und Schwächen. Da gibt es keine Geheimnisse, jedenfalls nicht viele."

„Was will sie mir sagen?', überlegte Thiele. ‚Sie will doch auf etwas hinaus!' Er musste nicht lange rätseln. „Sie werden es sowieso herausfinden, deswegen sage ich es jetzt lieber gleich", fuhr Thea Geißendörfner fort. „Unsere Ehe war nicht mehr das, was sie früher einmal war. Ja, wir haben noch zusammengelebt. Und ja, wir haben uns auch noch einigermaßen gut verstanden. Aber eher wie alte Freunde. Wie Weggefährten, wenn Sie verstehen, was ich meine."

Thiele war sich nicht ganz sicher, ob er das verstand, ihm blieb aber keine Zeit zum Nachdenken. „Sehen Sie", Thea Geißendörfner blickte ihm fest in die Augen, „der Bertram hatte eine Geliebte. Das ist neun Jahre her. Da musste er sich irgendetwas beweisen, bevor er fünfzig wurde, oder was weiß ich. Er hatte eine Affäre. Mit einer Kollegin seiner Schule. Monika Höffgen. Den Namen werde ich nicht vergessen. Fünfzehn Jahre jünger als ich, wenig überraschend. Alles wenig spektakulär, so etwas hören Sie sicherlich ständig. Halt eine Affäre wie viele andere auch."

Der Kriminalhauptmann, frisch verheiratet, wusste gar nicht, ob er das ‚ständig' zu hören bekam. Eigentlich nicht. Aber natürlich dachte er gar nicht daran, sein Gegenüber zu unterbrechen. Die Frau des Ermordeten redete sowieso zielbewusst weiter: „Ich versuche es Ihnen zu erklären: Ihm ging es dabei nicht um Sex. Zumindest nicht nur. Es brauchte einige Zeit, bis ich verstand, dass er diese Frau wirklich liebte. Wie weh das tut, wenn einem das klar wird, das lassen wir hier mal außen vor. Er wollte mit ihr, ja was: Noch einmal neu anfangen? Die Zeit aufhalten? Eine zweite Chance? Natürlich ohne mir wehtun zu wollen, das hat er immer beteuert. Als wäre das möglich!"

All das berichtete Thea Geißendörfner gefasst. Sie wirkte nicht verbittert. Eher abgeklärt. „Eine Zeit lang ging das so, mehrere Monate. Ich hier, er mal bei ihr, mal bei mir. Dann habe ich ihn vor die Entscheidung gestellt: entweder sie oder ich. Und seine Schule auch: An einem katholischen Gymnasium war eine Affäre zwischen dem damals noch stellvertretenden Direktor und einer Kollegin untragbar. Und Direktor wäre er sicherlich nicht geworden, wenn er mich verlassen hätte."

Die Hausherrin verzog das gekonnt geschminkte Gesicht zu einer Grimasse, bei der die Falten sichtbar wurden. Kaum hörbar zog sie die Luft durch die Nase ein und ergänzte: „Denn natürlich ließ sich all das nicht völlig geheim halten. Obwohl nicht viele an seiner Schule davon wussten. Sagte er zumindest. Lilli natürlich, seine Trauzeugin. Also: Lilli Schildbach, damals auch schon Mitarbeiterin im Direktorat und später dann seine Stellvertreterin. Aber die hat natürlich nichts herumerzählt. Die gehörte ja praktisch zur Familie."

Nach kurzem Innehalten fuhr sie fort: „Nun: Er hat sich dann entschieden – für mich. Oder die Schule. Oder beides? Seiner weiteren Schulkarriere stand anschließend jedenfalls nichts mehr im Weg. ‚Fehltritte‘ kann man verzeihen oder beichten, so ist das bei uns Katholiken. Monika Höffgen wurde versetzt. Und er war wieder bei mir." Sie überlegte. „Zumindest oberflächlich. Er hat ihr lange, lange nachgetrauert. Das merkt man als Ehefrau schon. Und das war für mich das Schlimmste: Wie tief das ging, wie sehr er wirklich an ihr hing. Oder an seinen Vorstellungen, die er mit ihr verband." Bevor Thiele nachfragen konnte, führte sie das Gespräch in Eigenregie weiter. „Wir? Wir haben uns arrangiert. Irgendwann habe ich all das akzeptiert. So war es und so ist es. Fertig."

Sie seufzte einmal auf, atmete hörbar dreimal durch und blickte ihr Gegenüber an. „Ja, das trifft mich natürlich, dass Bertram nicht mehr lebt. Dass er ermordet wurde! Mein Leben wird sich ändern. Aber es zerreißt mir nicht das Herz. Das ist vor vielen Jahren zerrissen worden. Damit kann ich leben."

‚Ob sie das wirklich so unberührt lässt?‘, überlegte Thiele, der sich in die ihm hier erzählte Geschichte nur bedingt einfühlen konnte. All das sprengte seine eigenen Erfahrungen.

„Also keine Wut?", fragte er nach, fast die ersten Worte seit
seinem Eintreten. „Ach, Wut!?", entgegnete sie. „Ja, doch:
Auf das Leben! Aber nicht mehr auf ihn, das wollen Sie doch
eigentlich fragen, oder? Keine ‚Mordswut', darauf wollen Sie
ja hinaus, oder?"
Thiele fühlte sich durchschaut. Und falls Thea Geißendörfner nicht eine begnadete Schauspielerin war, nahm er
ihr auch ab, was sie ihm erzählt hatte. „Haben Sie denn
Kinder?", fragte er nach. Sie lachte bitter. „Aber ja, hören
Sie: Wir sind katholisch. Das hieß damals noch etwas. Als
Katholikin meiner Generation hat man Kinder. Das gott-
geschenkte Leben soll doch weitergehen." Sie lächelte mit
einem nachdenklichen Zug um die Mundwinkel in sich hinein. „Vier haben wir. Alle natürlich längst aus dem Haus.
Drei Buben, ein Mädchen. Und ein Enkelkind gibt es auch
bereits, Lotta. Die ist jetzt auch schon fast drei."

Thieles fragender Gesichtsausdruck ließ sie weiterreden.
Wo es zuvor so geklungen hatte, als habe sie sich die Rede
genau Wort für Wort zurechtgelegt, erzählte sie nun freier
und offener. „Nein, keiner wohnt mehr hier in Friedensberg,
falls Sie das interessiert. Für Bertram war klar, dass er hier
leben wollte, hier, wo seine Familie seit drei Generationen
ansässig ist. Aber für die heutige Jugend ist das anders. Mo-
bilität ist das Zauberwort."

Ihr Blick wanderte nach links, wo auf einem alten, auf-
geklappten Sekretär mindestens fünfzehn Bilder erkennbar
waren. Alle in Silberrahmen: Kinderfotos, Hochzeitsbilder,
Einzelporträts. Thiele konnte nur einen oberflächlichen
Überblick gewinnen. „Alle ausgeflogen", kommentierte sie,
und dieses Mal lag ein wirklicher Kummer in ihrer Stimme,
gepaart mit Stolz. Seltsame Mischung. „In die große, weite
Welt. Peter lebt in Florida, Christian in Leipzig – das ist

der Vater von Lotta, wissen Sie? –, Bettina in der Nähe von Hamburg und Benedikt, unser Jüngster, der studiert Mathematik in München. Den zog es schon vor dem Abitur fort von hier."

Sie drehte sich wieder ihrem Gesprächspartner zu: „Und ich?", sinnierte sie. „Ich bin hier, in Friedensberg, seit meinem Studium. Hängengeblieben. So ist das nun mal." „Waren Sie denn auch berufstätig?", fragte Thiele nach. Sie drehte den Kopf, so dass ihr gesundes linkes Ohr seine Frage aufnehmen konnte. ‚Vielleicht redet sie auch so viel von sich selbst, weil sie nicht mehr so gut hört', schoss es ihm durch den Kopf. Dieses Verhalten hatte er schon oft bei schwerhörigen Menschen beobachtet. Aber Thea Geißendörfner hatte ihn offensichtlich durchaus verstanden.

„Wie denn?", gab sie müde zurück. „Mit vier Kindern? Ich habe Pharmazie studiert, aber noch vor dem Examen kam Peter, der Älteste. Trotzdem, das Studium habe ich dann auch noch mit Kind abgeschlossen. Das war mir wichtig. Aber als Pharmazeutin gearbeitet habe ich nie. Das bereue ich auch nicht. Für die Kinder da zu sein, das war mir wichtiger. Vielleicht das Schönste in meinem Leben. Von heute aus gesehen. Na ja, und als dann auch noch Benedikt, der Jüngste, aus dem Haus ging, habe ich mir schließlich doch etwas gesucht. Ich arbeite mit halber Stelle drüben in der ‚Lese-Ecke' – ein wirklich schöner Buchladen, kennen Sie den?"

Thiele schüttelte den Kopf. Er war kein großer Leser. Im Gegensatz zu Verena, seiner Frau, aber die war ja schließlich auch Deutschlehrerin, Deutsch und Katholische Religionslehre. „Wie haben denn Ihre Kinder damals auf die Affäre Ihres Mannes reagiert?", fragte er nach und ertappte sich dabei, dass er mit etwas lauterer Stimme sprach, als es für ihn üblich war. Er wusste nur zu gut, dass die meisten

Tötungsdelikte innerhalb einer Familie erfolgten. Danach würde Kellert ihn fragen.

„Ach Gott, ja", antwortete Thea Geißendörfner mit wegwerfender Handbewegung. „Wie stecken Kinder so etwas weg? Peter und Christian waren ja damals schon im Studium. Und die beiden Kleinen – so nennen wir die, auch heute noch – am Ende ihrer Schulzeit. Die Großen haben auf Bertram eingeredet, wollten ihn zur Besinnung bringen. Peter hat ihn dann im Laufe der Zeit irgendwie verstanden, schien mir. Während Christian immer ganz auf meiner Seite war."

Sie hing ihren Gedanken nach. Erinnerungen schienen durch ihr Hirn zu blitzen und hinterließen ein Flackern in ihrem Gesicht. Schließlich führte sie den aufgenommenen Gedanken zu Ende: „Wir haben das dann alle verdrängt. Mehr oder weniger erfolgreich. Sie hätten all das bei unseren Familientreffen nicht gemerkt, als Außenstehender, glauben Sie mir. Manchmal ist das ganz gut, etwas zu verdrängen."

Wieder lachte sie bitter auf: „Früher dachte ich immer, dass man über alles reden kann, wirklich über alles. Dass man mit Offenheit und der Bereitschaft zur Vergebung auch noch so schwierige Situationen bewältigen kann. Heute weiß ich es besser: Man kann nicht alles im Gespräch klären. Gerade das wirklich Wichtige nicht. Oft hilft es nur, die Zähne zusammenzubeißen und zu schweigen. Vielleicht ist das übrigens das beste Erfolgsrezept für eine gute Ehe: schweigen zu können."

Sie verfiel wieder ihren Gedanken. Thiele hatte ihr verwundert zugehört. Auf jeden Fall ließ er ihr Zeit. Er spürte, dass sie noch etwas loswerden wollte. Und richtig: „Doch, wir haben funktioniert, Bertram und ich. Die Geißendörfners. Das geht. Und, falls Sie das vorhin wissen wollten:

Nein, mein Mann hatte keinen Streit mit unseren Kindern. Bettina hielt sowieso immer zu ihm. Vater-Tochter-Beziehung, Sie wissen schon. Da bleibt man als Mutter manchmal außen vor; egal, was passiert."

Sie lächelte müde: „Nein, Herr Kommissar" – ‚Schön wär's', dachte Thiele –, „ein Motiv für einen Mord werden Sie in unserer Familie nicht finden. Wahrlich auch keine heile Welt." Sie lachte verbittert vor sich hin. „Nur Normalität. So sieht die nämlich aus. Genau so."

Für Thea Geißendörfner schien das Gespräch damit beendet, aber Thiele, der bislang ja vor allem als Zuhörer fungiert hatte, stellte noch eine letzte Frage: „Haben Sie denn einen Verdacht, wer Ihren Mann ermordet haben könnte? Hatte er Feinde? Gab es irgendwelche Streitigkeiten?"

Sie überlegte einen Moment lang, schüttelte dann den Kopf. „Nicht dass ich wüsste. Natürlich gab es immer auch Probleme an der Schule, mit Kindern, mit Eltern – vor allem mit denen! Auch mit Kollegen. Das hat er immer wieder loswerden müssen. Er hat viel von seiner Arbeit erzählt. Ich wollte das auch wissen, denn so konnte ich ihm nah sein. Nah bleiben. Und ich habe ihm manchmal Ratschläge gegeben, wie er sich verhalten soll. Ganz gute, glaube ich. Aber etwas Besonderes war nicht dabei. Nichts, an das ich mich erinnern könnte. Nichts, weswegen man einen Menschen umbringen könnte. Das bleibt für mich ein völliges Rätsel."

Sie endete. Das Entscheidende war gesagt. Beide verloren das Interesse an einer Fortführung des Gesprächs. Aber sie tauschten noch einige Belanglosigkeiten aus, mit denen man eine solche Begegnung eben zu Ende führte. Die alte Frau, die ihn hineinbegleitet hatte, führte Dominik Thiele schließlich auch wieder hinaus. Eine Freundin, die ihr beistehe, so hatte Frau Geißendörfner sie in einer Nebenbemerkung vorgestellt.

Ein Name wurde nicht genannt. Und bis zuletzt beschränkte diese Freundin sich auf Gesten und Mimik. Sie sprach kein Wort.

## 6.

Bernd Kellert und Hannah Mellrich waren immer noch im Karl-Rahner-Gymnasium. Der Kommissar hatte erstaunlich lange mit der Chefsekretärin geplaudert. ‚Fast schon geflirtet‘, hatte Hannah Mellrich gedacht, die wie ein drittes Rad am Roller unbeteiligt danebengestanden hatte. Als sie nun das vom Pausenlärm gefüllte Schulgebäude gerade verlassen wollten, kam ein gehetzt wirkender Mann auf sie zu, gefolgt von zwei Frauen. „Herr Kommissar! Warten Sie! So warten Sie doch! Ich muss mit Ihnen reden!", rief er.

Kellert musterte den Mann, der ihn mit nikotinfleckigen Fingern am linken Jackenärmel festhielt. Derartige Übergriffe hasste er. Mit einem leichten Ruck riss er sich daher unwirsch los. Er straffte sich und wirkte noch einmal deutlich größer, als es seine eins einundachtzig hergaben. Der deutlich kleinere Mann vor ihm war Ende fünfzig, vielleicht Anfang sechzig, so schätzte er. Die beige Cordhose hatte schon bessere Tage gesehen, auch das rotweiß karierte Hemd und die blaue Weste waren zwar nicht schmutzig, wirkten aber abgetragen. Die fahlblonden, an einigen Stellen fast zur Farblosigkeit verblichenen Haare standen in wilder Unordnung um seinen halbkahlen Schädel, auch der Bart wirkte struppig und wenig gepflegt. Nur die silbern eingefasste Brille blitzte neu und exklusiv.

„Ach, Entschuldigung. Entschuldigen Sie bitte", brach es aus dem Mann heraus. Er spürte, dass er mit dem Körperkontakt eine Grenze überschritten hatte, trat einen halben Schritt zurück, beugte sich leicht vor und stotterte: „Ich …

ich bin Torsten Bedlinger. Ich unterrichte hier Mathe und Chemie.‘ ‚Ach, *der* Bedlinger!‘, ging es Kellert durch den Kopf. ‚Das passt.‘ Natürlich ließ er sich nicht anmerken, dass dieser Name bei ihm einige Assoziationen hervorrief. Zum Beispiel die unvergessenen Klagelieder seiner Nichte über einen absolut unfähigen Mathe-Lehrer …

„Ich muss Sie sprechen, weil mir doch das Auto gehört, mit dem der Chef überfahren wurde. Damit Sie nicht auf falsche Gedanken kommen.“ ‚Gut, da kommst du mir zuvor, Freundchen. Mit dir hätte ich auch noch geredet. Also: Warum nicht jetzt?‘, dachte Kellert. „Ja?“, antwortete er unverbindlich und offen. ‚Lass ihn reden‘, überlegte er. ‚Wer weiß, was er zu sagen hat?‘

„Wissen Sie, ich wohne doch hier gleich um die Ecke. Vor fünf Jahren bin ich in die Friedrich-Spee-Gasse gezogen, keine dreihundert Meter von hier. Da wurde eine schöne Etagenwohnung frei, perfekt für mich. Ruhiger Altbau, genau wie ich.“ Er grinste schief, redete aber gleich weiter. „Und seitdem brauche ich eigentlich kein Auto mehr. Wenn ich irgendwo hinmuss, nehme ich Bus oder Bahn. Das ist viel praktischer. Billiger. Und schont die Umwelt.“

Kellert sah ihn fragend an, während Hannah Mellrich neugierig die beiden im Hintergrund bleibenden Begleiterinnen des Lehrers betrachtete, der ungerührt weitersprach: „Ich hatte eben diesen alten Toyota. Toi, toi, toi, zweihundertachtzigtausend Kilometer. Und fährt noch gut. Erst wollte ich ihn abmelden, damals. Aber dann meinten einige Kolleginnen, es wäre doch toll, ein Auto an der Schule zu haben. Für alle Fälle. Wenn man gerade einmal eines braucht. Und seitdem steht es auf dem Schulparkplatz.“

Er wies in die Richtung des zweistöckig angelegten Parkhauses. „Immer derselbe Stellplatz, oben, zweite Reihe, vorne links. Da stellt sich kein anderer hin, wenn es mal unterwegs ist. Der ist reserviert, sozusagen. Auch ohne Plakette und Verbotsschild. Und alle wissen, wo der Schlüssel hängt. Oben, im Lehrerzimmer, am ‚schwarzen Brett'. Wer die Kiste braucht, nimmt sie sich halt. Ohne Fahrtenbuch oder Voranmeldung. Ganz einfach so. Jeder bezahlt dann mal eine Tankfüllung. Und bei den Steuern und der Versicherung beteiligen sich die, die das Auto benutzen. Zugegeben: Den ein oder anderen muss ich schon mal daran erinnern. Aber: Das klappt. Völlig problemlos. Alle finden es gut!"

„Und Sie selbst? Nutzen Sie es manchmal auch?", mischte sich Hannah Mellrich ins Gespräch. Die Rolle als Zuhörerin schien ihr auf Dauer nicht zu genügen. Kellert ließ sie gewähren. „Klar, manchmal schon!", gab Torsten Bedlinger zurück. „Aber nicht mehr oder weniger als andere auch."

„Und gestern?", unterbrach dieses Mal der Kommissar.

„Da war ich doch nachmittags gar nicht an der Schule. Abends erst recht nicht. Da war ich zu Hause. Hab Elfer-Klausuren korrigiert. Scheißarbeit", kommentierte er.

„Wofür es keine Zeugen gibt, nehme ich an", warf Kellert ein. „Richtig", bestätigte sein Gegenüber. „Ich lebe allein", wieder ließ er sein eigentümliches Grinsen sehen, entblößte dabei eine Reihe von gelblichen und zum Teil schiefen Zähnen und fügte mit spöttischem Blick auf die junge Polizistin hinzu: „Meistens zumindest."

„Dann werden Sie auch nicht beim Kollegensport gewesen sein?", führte Hannah Mellrich den Gedanken weiter, ohne auf seine unterschwellige Anzüglichkeit einzugehen. Bedlinger lachte auf, dieses Mal echt amüsiert. „Kollegensport? Sehe ich so aus? Nee, das ist nichts für mich. Da war ich gefühlte dreißig Jahre nicht mehr. Die wollen mich da auch nicht. Beruht auf Gegenseitigkeit."

Er blickte über seine Schulter zu den beiden Frauen, beide um die vierzig, halblange braune Haare, wenig auffällig. Leicht verwechselbar. Eine mit Brille. Bedlinger grinste breit: „Aber ich dachte mir schon, dass Sie danach fragen. Deswegen habe ich die beiden Kolleginnen mitgebracht. Darf ich vorstellen: Mechtild Rassau und Petra Hömmer-Klein. Die waren gestern beide mit dabei. Also: beim Volleyball."

Die Befragung der beiden Lehrerinnen ergab tatsächlich keine neuen Erkenntnisse. Elf Kollegen und Kolleginnen waren von sieben bis neun beim Volleyball gewesen, keiner war früher gegangen. Die konnten es alle nicht gewesen sein. ‚Immerhin!', dachte Kellert." Da können wir schon einmal einige ausschließen.' Etwas Außergewöhnliches bemerkt hatten sie nicht. Auch niemanden beobachtet, der sich im Lehrerzimmer oder am Parkplatz herumgetrieben hätte. Es blieb dabei: Alle möglichen Personen konnten den Autoschlüssel genommen und das Auto benutzt haben, sei es aus dem schulischen Umfeld, sei es von außen.

‚Torstens Toyota' war offensichtlich in Friedensberg ein geflügeltes Wort. Dass und wie der zu benutzen war, wussten viele. Und wann der Schlüssel das letzte Mal an seinem üblichen Haken gehangen hatte, ließ sich zwar zeitlich eingrenzen, aber auch nicht genau bestimmen. „Ich habe herumgefragt: Wahrscheinlich hat Kollege Lange – Spanisch/Französisch/Ethik – den Wagen als Letzter benutzt, und zwar vorgestern Nachmittag", fügte Torsten Bedlinger beflissen an. „Wenn ich mehr herausbekomme, melde ich mich sofort bei Ihnen, Herr Kommissar. Denn ich: Ich habe den Chef nun wirklich nicht überfahren … und unterstütze natürlich die Aufklärungsarbeiten, so gut ich kann. Schließlich ist die Polizei mein Freund und Helfer." ‚Schön', dachte

Kellert, ‚tu das. Nur deine gespielte Unterwürfigkeit und dein süffisantes Grinsen kannst du dir gern sparen.'

# 7.

„Hmm, nicht schlecht, diese Gulaschsuppe", lobte Bernd Kellert, während er sich Löffel für Löffel schmecken ließ. ‚Der Arme', dachte Thiele, ‚zu Hause bekommt er nur vegetarisches Essen. Da schmeckt es ihm selbst hier in diesem Stehimbiss beim Metzger.' Die beiden Kriminalbeamten kamen oft hierher, um sich aufzuwärmen, ein bisschen auszuruhen und sich über den neuesten Stand ihrer Ermittlungen auszutauschen. Dabei aßen sie oft eine Kleinigkeit oder tranken einfach nur einen Kaffee. Thiele biss in ein Schnitzelbrötchen. ‚Recht hat er, der Bernd. Das ist wirklich auch nicht schlecht.' Nur Hannah Mellrich wirkte hier ein bisschen fehl am Platz. Sie hatte den Imbiss offensichtlich noch nie zuvor betreten. Entgeistert musterte sie den wenig einladenden Raum. Resopaltische, Plastikdecken, abgeschabte Stehhocker, hellgrüne Fliesenwände. Auch das Angebot der Speisen schien sie wenig anzusprechen. Einen Salatteller hätte sie durchaus gern bestellt, aber den gab es hier nicht. Also begnügte sie sich mit einem Espresso. Ungesüßt.

Die drei Kollegen hatten sich spontan hier verabredet, um über weitere Schritte zu beraten. „Ich habe Lena angerufen", erklärte Thiele. „Sie soll mal die aktuelle Adresse von dieser ehemaligen Geliebten des Direktors herausfinden, dieser" – er blickte kurz in sein Smartphone – „Monika Höffgen." Dass die Kommissariats-Sekretärin rasch und zuverlässig derartige Aufgaben erledigen würde, wussten alle drei.

Schon meldete sich der etwas schrille Klingelton, den Thiele für Anrufe oder Mails aus dem Kommissariat eingespeichert hatte. Er blickte auf den Bildschirm seines Smartphones und nickte. „Aha! Die lebt jetzt in Nürnberg. Soll ich das übernehmen, Chef?" Kellert wischte sich mit einer groben Stoffserviette über den Mund und antwortete dann: „Gut, Dominik, mach das. Aber nicht heute. Morgen. Mal sehen, wie sie die Angelegenheit schildert. Sie wäre nicht die erste verlassene Geliebte, die den Ex-Liebhaber umbringt. Ich kann mir das in diesem Fall zwar kaum vorstellen, aber weiß man's?"

Er wandte sich der Kommissar-Anwärterin zu. „So, und Sie? Was haben Sie beobachtet bei all unseren Gesprächen an der Schule?" Hannah Mellrich rückte überrascht auf ihrem Stehhocker herum. Sie hatte nicht damit gerechnet, so angesprochen zu werden. Thiele blinzelte ihr verstohlen und ermunternd zu, ohne dass Bernd Kellert es merken konnte.

„Nicht viel", räumte sie ein. „Und Ihnen entgeht ja auch fast nichts, Chef. Dass dieses Trio von der Schulleitung nicht besonders gut harmoniert, war ja nun wirklich mit Händen zu greifen. Diese Frau Wiesmüller – also die stellvertretende Direktorin –", fügte sie an Thiele gerichtet hinzu, „tut nun wirklich alles, um es ihren männlichen Kollegen nicht leicht zu machen. Wobei wir natürlich nichts über die Hintergründe und Vorgeschichten wissen." „*Noch* nicht", warf Kellert ein, ermahnte sich dann innerlich aber, dass er selbst solche Zwischenbemerkungen nicht ausstehen konnte.

Seine junge Mitarbeiterin fuhr ungerührt fort: „Und dieser Torsten Bedlinger ist natürlich eine Type. Wow! Raucht bestimmt Haschisch. Ich frage mich: Was macht ein solcher Lehrer an einem kirchlichen Gymnasium? Ein Werbeschild für diese Schule ist er nicht gerade, oder? Also ich, als Direktorin, hätte da längst einige Worte mit ihm gewechselt." Überrascht blickten die beiden Polizisten auf ihre Kollegin, die selbstbewusst und ohne Scheu ihre Überlegungen vorbrachte. „Kann doch sein, oder?", ging sie weiter ihren Gedanken nach. „Der Direktor versucht, ihn loszuwerden. Der Bedlinger hat sowieso einen schlechten Ruf als Lehrer, wie Sie, Chef, ja gesagt haben. Und läuft so rum. Vielleicht hat dieser Geißendörfner ihn zum Vorruhestand bewegen wollen, was weiß ich. Und irgendwann wurde es dann zu viel. Der kocht über. Tickt aus. Dass er seinen eigenen Wagen genommen hat, fällt ihm erst hinterher ein. Ein Alibi hat er auch nicht. Passt doch!"

Sie überlegte und wischte mit der rechten Hand gar nicht vorhandene Krümel von der klebrigen Tischdecke: „Okay, das ist nur eine Theorie. Ich weiß selbst nicht, ob ich die so richtig überzeugend finde. Aber unmöglich ist das nicht, oder?" „Nee, interessant", lobte Kellert. „Wir kommen ja nur über Hypothesen weiter. Irgendwann trifft eine davon zu. Ganz einfach. Und diese ist nicht schlecht. Selbst wenn ich Ihre Skepsis teile. So richtig vorstellen kann ich mir das auch nicht."

„Und wieso?", fragte Thiele. Kellert schaute auf seine beiden Mitarbeiter, dann grinste er breit: „Ja, wieso? Nicht lachen! Wenn ich es recht überlege, hatte ich in meiner ganzen Laufbahn in der Mordkommission noch nie einen Täter" – er blickte zu Hannah Mellrich – „oder eine Täterin, der oder die mir von Grund auf unsympathisch war. Noch nie! Und dieser Bedlinger *ist* mir unsympathisch."

Kellert grinste, schüttelte den Kopf und erklärte mit einem Zug von Selbstironie: „Gut, das gilt kriminalistisch wohl kaum als schlüssige Begründung, einen Verdächtigen vom

Tatverdacht auszuschließen. Aber es ist eben meine Erfahrung! Ganz subjektiv." „Und auf dein Gespür ist schon meistens Verlass, Chef", bestätigte Thiele, ohne dass es anbiedernd klang. Denn genau das war eben *seine* eigene subjektive Erfahrung.

„Und weiter?", auffordernd nickte Kellert seiner jungen Mitarbeiterin zu. Dieses Mal war sie vorbereitet. „Die beiden Kolleginnen, die dieser Bedlinger im Schlepptau mit sich führte, waren ihm ziemlich ergeben, schien mir. Wie die den angeschaut haben! Als wäre er etwas ganz Besonderes. Nun, vielleicht hat er ja verborgene Qualitäten. Also: mir verborgen. Wir sollten auf alle Fälle damit rechnen, dass er im Kollegium durchaus seinen privaten Fanclub hat. So wenig nachvollziehbar mir das scheint. Und was immer das bedeutet. Isoliert ist er jedenfalls nicht."

Kellert nickte nachdenklich, gleichzeitig zustimmend. Wieder meldete sich Thieles Smartphone mit dem schrillen Klingelton aus dem Kommissariat. Ein Anruf dieses Mal. Er nahm das Gespräch an, drehte sich zur Seite, lauschte längere Zeit hinein, bestätigte das Gehörte und bedankte sich. „Das war noch einmal Lena. Sie hat sich die Finanzen dieses Direktors vorgenommen. Ich weiß nicht, wie sie das macht, aber irgendwie kommt sie immer schnell und unkompliziert an all die Infos, denen ich ewig hinterherlaufen würde."

„Weiblicher Charme?", warf Hannah Mellrich verschmitzt grinsend ein. Kellert ignorierte ihre Bemerkung. Thiele grinste gönnerhaft, zuckte mit den Schultern und berichtete: „Also: Finanziell war bei dem anscheinend alles in Ordnung. Das Haus vom Vater geerbt. Und von dessen Vater erbaut. Wie das halt so läuft. Das habe ich mir irgendwie fast schon gedacht. Solche Häuser kauft man nicht, die erbt man. Ansonsten: keine Schulden, regelmäßiges Einkommen, solide Geldanlagen. Wenn der Eindruck nicht völlig täuscht, war das ein untadeliger Staatsbürger, gehobenes Bildungsbürgertum, wie man so sagt, oder? Also finanziell bestens abgesichert. Mehr als wir jedenfalls, weit mehr als wir. Alles unauffällig. Bis auf diese Affäre. Was aber vielleicht ja auch schon irgendwie dazugehört. Oder, Bernd?"

Sein unerwartet mit Vornamen angeredeter Chef nickte geistesabwesend, besann sich dann jedoch, schüttelte den Kopf und murmelte: „Frag mich was anderes. Nicht meine Welt. Und ich bin nicht böse drum!" Er dachte eine Weile nach und sagte dann: „Ich will noch mehr über diese Schule wissen. Wie es da so zuging. So viele Menschen auf so engem Raum, natürlich gibt es da Reibungen. Und ständig geht es darum, welche zukünftigen Wege die Kinder und Jugendlichen vor sich haben."

Kellert überlegte. Dann wandte er sich mit einem ungewöhnlichen Anliegen an seinen Mitarbeiter: „Dominik: Kannst du nicht deine Verena fragen, ob sie nachher ein halbes Stündchen für uns Zeit hätte? Wenn wir schon einmal ein Familienmitglied vor Ort haben. Vielleicht kann sie uns weiterhelfen. Sie hat ja – sozusagen – Insiderwissen. Das sollten wir schon anzapfen, oder? Jaja", er blickte auf Thiele, der gerade empört zu einer Erwiderung ansetzte, „natürlich so, dass es ihr nicht schadet, ist schon klar. Wir wollen sie nicht in einen Rollenkonflikt bringen."

Sie verabredeten sich in der Wohnung der Thieles, wo Verena gerade den Unterricht vorbereitete. Gut, da würden sie nicht gestört und auch nicht von unliebsamen Augen gesehen werden. „Chef, brauchen Sie mich da?", fragte Hannah Mellrich. „Ich hätte nämlich für meinen anderen Fall noch einige Formblätter auszufüllen. Nicht, dass ich mich danach sehnen würde. Aber erledigt werden muss es nun einmal." Kellert überlegte kurz und stimmte dann zu: „Gut, machen Sie das. Und: Danke für Ihre Begleitung und Beobachtung."

## 8.

„Und, wie macht sie sich so, die Neue?", fragte Thiele, während sie völlig gegen alle Gewohnheit zu zweit zu seiner Privatwohnung fuhren. Wie immer steuerte er den Dienstwagen. Kellert fuhr nicht gern selbst. Er blickte nach links, murmelte zunächst etwas Unverständliches, räusperte sich dann und antwortete: „Gut. Das hast du ja selber mitbekommen. Aufmerksam, genau, nicht zu aufdringlich – das passt!"

Er blickte nach rechts aus dem Fenster und auf das dort langsam vorbeiziehende Friedensberger Panorama. „Aber ungewohnt ist es schon. Mit einer Frau unterwegs zu sein. Das ist doch ..." – er suchte nach Worten – „irgendwie anders. Da ist schon eine Art Spannung in der Luft. Irgendwie. Und ich habe das Gefühl, als müsste ich ihr etwas beweisen." Er feixte. „Sag es nicht weiter", fügte er an. Sein Blick verlor sich in nicht fixierbaren Fernen. „Na ja, das wird schon", kommentierte er abschließend, als müsste er sich selbst von dem Gesagten überzeugen. Und als hätte er nun schon mehr als genug von seinem Innenleben preisgegeben.

Die Fahrt dauerte nicht lange. Seit mehr als zwei Jahren wohnte Kriminalhauptmann Dominik Thiele zusammen mit seiner Frau – sie waren seit sechs Monaten verheiratet – in einer geräumigen Mietwohnung im dritten Stock eines Neubaus in den Außenvierteln von Friedensberg. Thiele wusste, dass sich Verena in der Gegenwart seines Chefs immer ein bisschen gezwungen fühlte. Sie hatten sich bei einem Mordfall in der Theologischen Fakultät von Friedensberg kennengelernt, als Verena dort noch Studentin war. Inzwischen trafen sie sich auch privat, aber eher selten. Die Kellerts waren selbstverständlich zur Hochzeit der Thieles eingeladen gewesen. Eine echte Lockerheit im Umgang wollte sich gleichwohl nicht so recht einstellen. Lag es am Altersunterschied? Oder daran, dass der erste Eindruck eben aus dem Zusammentreffen zwischen einem Kriminalkommissar und einer potentiell – aber natürlich völlig grundlos – Verdächtigen entstanden war?

Der großzügige Wohnbereich der Mietwohnung des jungen Paares eröffnete einen weiten Blick über die Hänge auf der anderen Seite des breitgeschwungenen Flusstales von Friedensberg. Sie saßen in den modischen Sesseln, Verena hatte einen Kräutertee aufgebrüht, der Kellert erstaunlich gut schmeckte.

„Na, wie ist denn so das Leben als Lehrerin?", fragte er in angestrengter Ungezwungenheit. Verena lächelte etwas bemüht. Sie hatte eigentlich gar keine Zeit. Der Unterricht für morgen war noch nicht vorbereitet und eine Klassenarbeit war erst zur Hälfte korrigiert. Lehreralltag halt. Aber sie wollte dem Chef ihres Mannes den Wunsch nach einem Gespräch natürlich nicht abschlagen.

„Das kannte ich ja schon aus dem Referendariat. Aber jetzt bin ich endlich selbstständig. Keiner mehr, der mir über die Schulter guckt und Ratschläge gibt, egal ob gebeten oder ungebeten. Das genieße ich schon. Und ich wusste ja, dass ich gern mit den Kids arbeite. Und dass ich das auch kann. Dazu kommt: Ich habe ja nur eine Dreiviertelstelle. Das lässt mir natürlich ein bisschen Freiraum. Da kann ich mich besser vorbereiten, und das nehme ich auch ernst. Also, Bernd" – immer noch eine ungewohnte Anrede mit dem ‚Du' und dem Vornamen –, „gut geht's mir. Wirklich! Danke. Aber deswegen seid ihr nicht hier. Also los: Was wollt ihr wissen?" Kellert spürte sofort, dass er sich in der vertrauten Rolle als Befragender wesentlich sicherer fühlte als zuvor in dieser seltsamen und letztlich ungeklärten Mischung aus Privatleben und Beruf. „Wir müssen einfach noch viel besser verstehen, wie eine Schule von innen funktioniert. Nein", verbesserte er sich, „wie *diese* Schule funktioniert, das KaRaGe, das Domgymnasium in Friedensberg."

Verena überlegte. „Was soll ich sagen? Das ist eine wirklich gute Schule. Ich bin froh, dort gelandet zu sein. Wenn irgend möglich, möchte ich da bleiben. Ich habe ja bislang nur einen Zeitvertrag." Dominik Thiele nickte. Die angedeutete Perspektive gefiel ihm. Auch er hatte sich in Friedensberg gut eingelebt.

Kellert unterbrach Verena jedoch: „Gute Schule? Was heißt das?" Sie schmunzelte: „Genau, das ist die Frage, nicht wahr? Darüber streiten sich die Pädagogik, die Philosophie und die Politik seit Jahrhunderten. Für mich heißt das: Wir versuchen, unseren Schülerinnen und Schülern gerecht zu werden. Sie zu fördern. Und zu fordern. Immerhin sind wir ein Gymnasium. In einer Atmosphäre, die von Vertrauen geprägt ist. Zwischen Schülerschaft und Lehrerschaft, aber auch im Kollegium untereinander."

Sie unterbrach ihren Gedankengang und blickte an die weiß getünchte Zimmerdecke. „Ja, das versuchen wir. Mit unterschiedlichem Erfolg, klar. Aber die Schüler können bei uns wirklich etwas lernen, fachlich und menschlich. Und wir im Kollegium sind eigentlich eine ganz gute Gemeinschaft. Soweit ich das beurteilen kann, ich bin ja erst seit zweieinhalb Jahren mit dabei. So richtig erst seit September. Als

Referendarin hat man ja einen Sonderstatus, halb Teil des Teams, halb Gast auf Zeit."

„Das klingt doch alles sehr gut", kommentierte Dominik Thiele. „Fast schon zu gut", warf Kellert ein. „Also bei eurer stellvertretenden Chefin, bei dieser" – er überlegte kurz – „Ingrid Wiesmüller, klingt das anders. Sie hat uns, also der Kollegin Mellrich und mir, von dauerhafter Spannung und Konflikten erzählt."

„Ja, die Wiesmüller!", lachte Verena Thiele auf. „Die ist schon eine besondere Marke, oder? Ständig unter Spannung. Ständig in Inszenierung. Da schmunzeln besonders die älteren Männer im Kollegium. Hinter ihrem Rücken natürlich. ‚Mach mal langsam, Mädchen', hat der Müllner letzte Woche gesagt, als sie nach einem ihrer typischen Auftritte im Lehrerzimmer wieder verschwunden war. Großes Gelächter."

„Aber ihre Einschätzung über die Schule …?", schob Kellert nach. „Die ist natürlich nicht falsch", räumte Verena ein. „Und das ist trotzdem kein Beleg dafür, dass ich mit meiner Wahrnehmung Unrecht hätte. Beides stimmt. Schule kannst du immer unter verschiedenen Perspektiven betrachten, das ist nun einmal so. Natürlich brodelt es unter der Oberfläche. Ständig werden einige belohnt, andere abgestraft; einige bestätigt, andere in ihrer Schwäche bloßgestellt; einige befördert, andere gegen ihre Erwartungen links liegen gelassen. Aber was willst du machen? Das ist nun einmal in der ganzen Gesellschaft so. Wie sollte Schule da eine Ausnahme bilden? Wir sind doch Teil dieser Gesellschaft, keine Sonderwelt. Aber wir versuchen wenigstens, fair und offen miteinander umzugehen. Wenigstens das."

Sie schwiegen und nippten an dem noch handwarmen Tee. Dann ergriff Kellert das Wort: „Und der Chef, der Dr. Geißendörfner, wie war der so?" Verenas Augen verengten sich. „Dass der jetzt tot ist! Das kann ich mir noch gar nicht so richtig vorstellen. Ich weiß es, kann es aber eigentlich nicht fassen. Und dass irgendjemand ihn ermordet hat! Vielleicht sogar jemand, den ich kenne. Wenn es denn einer aus der Schule war! Was ich mir einfach nicht vorstellen kann. Beim besten Willen nicht." Sie verlor sich in Erinnerungsbildern, gab sich dann aber einen Ruck. „Ja, wie war der? Ich persönlich bin glänzend mit ihm ausgekommen. Er mochte mich, das war deutlich." Dominik Thiele zuckte kaum merklich zusammen, schaute kurz zu ihr herüber, unterbrach sie aber nicht. „Ohne ihn wäre ich kaum am KaRaGe gelandet. Ein weiser älterer Herr. Gütig. Mit einer natürlichen Autorität. Dabei warmherzig. Mit einem Sinn für Gerechtigkeit. Ausgeglichen. Und seinerseits immer um Ausgleich bemüht. So etwas kannst du nicht lernen. Ich hatte großen Respekt vor ihm."

Nun mischte sich ihr Mann doch in das Gespräch ein. Er beugte sich vor und versuchte ruhig zu bleiben: „Nur Respekt? Richtig geschwärmt hast du von dem, wenn ich mich richtig erinnere. Aber das sieht für mich – von heute aus betrachtet – doch ein bisschen anders aus. Äh: Hat er dich mal angemacht? War der hinter den jungen Kolleginnen her?"

Empört blickte Verena zu ihm hinüber: „Also echt, Domm! Das war eher der Vatertyp. Ohne Hintergedanken. Da war keine Doppelbödigkeit. Bei mir ganz bestimmt nicht. Und bei anderen …" – sie überlegte – „nein, da kann ich mich wirklich an nichts erinnern. Dass ihr Männer immer gleich an so etwas denkt!"

Dominik Thiele machte eine Entschuldigungsgeste und lehnte sich in seinen Sessel zurück, schickte aber noch eine Bemerkung hinterher: „Aber vor einigen Jahren hatte er definitiv eine Affäre mit einer jüngeren Kollegin eurer Schule. Das steht fest!" Kellert warf ihm einen scharfen Blick zu.

Das hätte sein Kollege eigentlich nicht verraten dürfen. Das war eine interne Information. Der Kriminalhauptmann biss sich auch sofort auf die Lippen. Blöd, da war der Gaul mit ihm durchgegangen. Passierte ihm sonst nicht. Aber das konnte eben vorkommen, wenn Privat- und Berufsleben sich vermischten. Verena schaute verwundert. Sie zweifelte keinen Moment daran, dass diese Aussage stimmte. „Echt!?", rief sie verblüfft. „Das hätte ich nie gedacht. Und davon habe ich auch noch nie etwas gehört am KaRaGe. Keine Silbe! Aber er hat doch auch diese wunderbare Frau, Thea. Die ist bei offiziellen Anlässen doch fast immer mit dabei. Eine richtige Dame, denke ich immer." ‚Du auch?', grinste Thiele innerlich. ‚Aha, da haben sie am Gymnasium also ein System von Geheimhaltung aufgebaut. Zum Schutz aller Beteiligten. Und es scheint zu funktionieren', ging es Kellert durch den Sinn.

Verena schüttelte den Kopf. Sie musste das Gehörte erst verarbeiten. Es brachte das Bild, das sie sich von ihrem ehemaligen Chef gemacht hatte, ins Wanken. „Der Geißendörfner!", murmelte sie.

## 9.

„Ena", wandte sich Dominik Thiele einige Minuten später an seine Frau, nachdem er das Teegeschirr in die Küche gebracht hatte. „Wir suchen natürlich nach einem Motiv. Warum bringt jemand einen Menschen um, den du als so freundlich und ausgeglichen erlebt hast? Und nicht nur du. Das hören wir eigentlich von fast allen, die wir nach diesem Geißendörfner befragen. Warum also? Warum hat man ihn umgebracht? Natürlich, das kann etwas mit seinem Privatleben zu tun haben oder womit auch immer. Aber eben auch mit seinem Beruf. Erinnerst du dich an ganz besondere Streitigkeiten oder Konflikte?"

Sie dachte nach. „Ihr sucht jetzt nach etwas Besonderem jenseits des normalen Alltagsgeplänkels, richtig?" Kellert und Thiele nickten. „Ich bin natürlich noch nicht lange dabei", rief sie in Erinnerung. „Aber drei Dinge fallen mir durchaus ein, wenn ihr mich nun so fragt. Kurz nachdem ich hier richtig angefangen habe, also …" – sie überlegte – „im Oktober muss das gewesen sein, da gab es mal eine heftige Auseinandersetzung um einen Schüler aus der Zwölften, der von der Schule verwiesen wurde. Warum, weiß ich nicht. Seine Eltern haben jedenfalls richtig Ärger gemacht. Einmal musste der Chef den Vater fast mit Gewalt aus der Schule führen lassen. Vorher hatte es im Direktorat so richtig geknallt. Laut, Gebrüll, mit Türenschlagen und allem."

Sie überlegte kurz: „Und danach gab es ein Gerichtsverfahren. Aber alles war rechtens. Die Schule und der Chef hatten sich vollkommen korrekt verhalten, wenn ich mich richtig erinnere. Tja: Es gibt Eltern, die halten sich an keine Regeln. Ätzend! Jedenfalls: Da könnte man einmal nachhaken." Kellert hob seine Augen in Richtung seines Mitarbeiters und schloss sie kurz. Thiele wusste, was das zu bedeuten hatte: sein Job! ‚Schön, so stelle ich mir Teamarbeit vor', dachte Kellert und grinste still in sich hinein.

„Ist was? Habe ich etwas verpasst?", fragte Verena Thiele nach, der das Grinsen nicht entgangen war. „Nein, nein: alles in Ordnung, Entschuldigung!", gab Kellert zurück und blickte sie ermunternd an. Sie hing auch noch einem anderen Gedanken nach: „Gut, also die zweite Sache, die mir einfällt: Als ich ganz frisch an der Schule war, im September, da gab es einmal eine komische Situation. Seltsam, dass ich mich jetzt daran erinnere. Da wurden in der Konferenz die Beförderungen verkündet, vom Chef natürlich. Da ging es drunter und drüber, das kann man sich ja vorstellen." Die beiden Polizisten schauten sie erwartungsvoll an. Und Verena Thiele hatte nun einen für sie fast unerschöpflichen Erzählgegenstand gefunden. Die Erinnerungen sprudelten nur so aus ihr heraus. „Drei Beförderungen zum Studiendirektor gab es zu feiern, das heißt für die beförderten Kollegen: bis zu 450 Euro im Monat mehr auf dem Konto. Verbunden mit so genannten Funktionsstellen, also irgendeiner wichtigen Aufgabe in der Schulverwaltung oder Schulgestaltung neben dem Unterricht. Und in der Regel mit einer Stundenreduktion verbunden. Das bedeutet: Eine Verringerung der Deputatsstunden, also des Umfangs des zu haltenden Unterrichts. Da sind die älteren Kolleginnen und Kollegen richtig scharf drauf: *weniger* unterrichten! Komisch, ich möchte lieber *nur* unterrichten! Okay, das sieht man nach zwanzig Berufsjahren vielleicht ein bisschen anders. Vielleicht."

Nur kurz hielt sie inne und fuhr dann fort: „Vier neue Oberstudienräte gab es auch noch zu feiern, das ist aber eher eine normale Beförderung nach mehreren Jahren. Lohnt sich auch finanziell nicht so besonders. Und ist nicht automatisch mit einem veränderten Aufgabenfeld verbunden. Und eine, nein: zwei Verbeamtungen. Die ich mir ja auch wünschen würde ..."

„Und was war daran nun seltsam?", fiel ihr Bernd Kellert nun doch ins Wort. „Was hat das mit dem Mord zu tun?"

„Nichts wahrscheinlich", gab Verena Thiele zu, „aber mir wurde damals klar, dass Beförderung für die einen auch immer Nicht-Beförderung für andere bedeutet. Da gab es schon frustrierte Blicke, auch böse, eifersüchtige. Wenn ich es von heute aus bedenke: vielleicht sogar hasserfüllte. Das ist schön blöd: die einen feiern, und du sitzt wieder einmal mit leeren Händen da. Andere bekommen die Stelle, die du selbst nur zu gern übernommen hättest."

Wieder dachte sie nach: „Und alle wissen, dass der Chef mit seinen Beurteilungen natürlich ein wesentlicher Faktor dabei ist. Letztlich hängt vieles, wenn auch nicht alles von seiner Einschätzung ab. Dass sich da manche vor den Chefs groß aufspielen, kann man ja irgendwie nachvollziehen. Aber das muss doch für den Chef auch sehr unangenehm sein: Nie weißt du, ob jemand zu dir freundlich ist, weil er dich als Mensch meint, oder ob er nur auf Protegierung schielt. Da muss man dann wohl darüberstehen, schätze ich. Für mich wäre das nichts."

„Hasserfüllte Blicke, hast du gesagt", hakte Bernd Kellert ein, der diese Mechanismen aus seinem Arbeitsfeld natürlich auch kannte. „Von wem? Kannst du dich an irgendjemanden konkret erinnern?" Die Frage war Verena sichtlich unangenehm. Sollte sie jetzt irgendwelche Kollegen bloßstellen und verdächtig machen, wahrscheinlich völlig grundlos? „Hass, das Wort war vielleicht zu stark", entgegnete sie ausweichend. „Und nein: Da war ich ja noch neu im Kollegium, kannte noch nicht so viele. Nein, ich habe da kein Gesicht ganz konkret vor Augen. Kein Name, sorry."

‚Schade', dachte Kellert, hatte aber noch eine vermeintlich letzte Frage: „Und dieser Thomas Bedlinger ..." – „Torsten", fiel ihm Thiele ins Wort. Irritiert und ein bisschen verärgert schaute Kellert zu seinem Mitarbeiter: „Was?", fragte er unwirsch. „Torsten Bedlinger heißt der, nicht Thomas", erklärte dieser. „Von mir aus, dann eben Torsten Bedlinger. Jedenfalls: Was hältst du von dem?"

Verena grinste schief: „Ach, der Torsten! Ja, der fällt natürlich auf. Torsten und sein Toto." Kellert blickte völlig irritiert. Sie lachte auf: „Na, Torstens Toyota. ‚Toto‘, das sagen alle! Der Torsten ist irgendwie ein deutlich verspäteter Achtundsechziger, scheint mir. Aus der Zeit gefallen. Macht wohl einen grottenschlechten Unterricht. Gibt aber gute Noten, dann halten sich die Beschwerden der Eltern in Grenzen. Alle dürfen, nein *müssen* ihn duzen. ‚Hallo, ich bin der Torsten‘, so eben. Und der, der hat nun wirklich einen besonderen Blick für die Kolleginnen. Aber nicht auf uns, die jungen“, fügte sie mit einem begütigenden Blick auf ihren Mann hinzu. „Der ist eher in der Altersklasse ‚vierzig plus‘ unterwegs. Da gibt es ja einige alleinstehende Kolleginnen. Und da jagt er mit erstaunlichen Erfolgen, sagt man. Also, was ich so höre.“

Ungläubig nahm Kellert diese Information auf. Was die Frauen an dem finden könnten, konnte er sich selbst in seinen kühnsten Phantasien nicht vorstellen. Wollte er aber auch nicht. Phantasie war sowieso nicht seine Stärke. „Aber, äh … das ist doch ein kirchliches Gymnasium, oder? Wie passt dieser Typ denn ausgerechnet da hinein?“

„Staatliches Gymnasium in kirchlicher Trägerschaft, so heißt das offiziell“, korrigierte Verena Thiele. „Auch da sind die Lehrkräfte Staatsbeamte. Zumindest der überwiegende Teil. Und wenn du da einmal Teil des Systems bist, kann dich niemand so leicht daraus entfernen. Beamter ist Beamter. Wer sich Freiheiten herausnehmen will, hat breiten Spielraum. Leider, denke ich manchmal. Auch als Direktor wirst du so jemanden nicht einfach los. Wenn sich der Betreffende querstellt und nichts wirklich objektiv Belastendes gegen ihn vorliegt, ist er Teil der Schule. Und bleibt es auch.“

„Doch, einen Weg gibt es natürlich“, verbesserte sie sich, nun selbst mit bitterem Grinsen. „Du kannst ihm als Chef so gute Beurteilungen schreiben, dass er sich damit wegbewerben kann. Auf irgendeine Planstelle mit höherer Besoldung an einer anderen Schule. Dann bist du ihn zwar los, aber eine andere Schule hat das Problem. So läuft das. Die Wege der Beförderung sind manchmal seltsam. Der einzige Ausweg führt nach oben ..."

Ihre rechte Hand zeigte in Richtung Zimmerdecke. „Deswegen stockt das wahrscheinlich mit deiner Beförderung, Dominik", raunte Kellert in Richtung seines Mitarbeiters, dessen Wunsch nach offizieller Bestätigung und beruflichem Fortkommen er natürlich kannte. Und nach besten Kräften unterstützte. „Du bist einfach zu gut. Erst einmal müssen all die Flaschen entsorgt werden. Da hörst du es."

Dominik Thiele grinste säuerlich. „Ach deswegen, alles klar. Endlich kapiere ich, wie der Hase läuft. Dann werde ich mich ab jetzt einfach mal ganz blöd anstellen, oder?" „Bloß nicht!", entgegnete Kellert. „Das wird schon noch, du brauchst einfach ein bisschen Geduld." Sein Mitarbeiter verzog das Gesicht und schwieg.

Verena ergriff wieder das Wort, unglücklich darüber, das Thema aufgebracht zu haben. Sie wusste, dass das für ihren Mann ein heikles Terrain war. „Nein, da möchte man nicht unbedingt Chef sein, oder? Ich habe übrigens nicht die geringste Ahnung, wie das Verhältnis von Torsten zu unserem Chef, also Geißendörfner, war. Da hatte ich nun wirklich keinen Einblick. Aus dem ganzen religiösen Leben der Schule hält sich Torsten jedenfalls heraus. Aber da ist er nicht der Einzige. Gott sei Dank haben wir ein großes Kollegium. Mit vielen guten und richtig engagierten Leuten. Das hat sich auch heute bewährt. Doch, wir haben das gut gemacht. Den Umgang mit Schock und Trauer gut hinbekommen. Morgen soll wieder ganz normaler Unterricht stattfinden. Ich hoffe, dass das funktioniert."

Kellert hatte dem Wortgeplänkel des jungen Ehepaars geduldig zugehört, mischte sich jetzt aber doch noch einmal ein: „Du hast aber von drei Konflikten gesprochen, Verena", erinnerte er sie. „Was war denn der dritte?" Sie blickte ihn verwirrt an, schien den Gesprächsfaden verloren zu haben. Legte die Stirn in Falten, überlegte. Dann schlug sie sich sanft mit der rechten Hand gegen die Schläfe. „Ach so, ja! Das ist aber jetzt auch schon einige Monate her. Eine meiner Studienkolleginnen, die Kathrin, Kathrin Prestele, zu der hatte ich eigentlich gar keinen Kontakt mehr. Aber dann treffe ich sie hier überraschend an der Schule wieder. Die hat sich dazu entschlossen, zu promovieren, also in Theologie ihren Doktor zu machen. Beim Professor Brandtstätter von der Theologischen Fakultät."

„Den kennen wir ja noch", knurrte Kellert. „Ganz gut sogar." In gleich zwei Fällen hatten er und Thiele mit Brandtstätter zu tun gehabt. „Und?", fragte er in Richtung Verena nach. „Die Kathrin hat eine Arbeit über irgendein empirisches Thema geschrieben, also etwas mit Unterrichtsbeobachtungen, Fragebögen und so. Das genaue Thema weiß ich nicht mehr. Und diese Untersuchungen hat sie bei uns an der Schule gemacht. Das ist ja naheliegend: Da können Theologische Fakultät und Katholisches Gymnasium doch einmal Hand in Hand zusammenarbeiten. Man kennt sich, die Beziehungen sind ganz okay, die Wege kurz. Optimale Voraussetzungen."

„Aber?", bohrte Kellert etwas ungeduldig nach. Er wartete immer noch auf die Schilderung des angedeuteten Konfliktes. Verena war seine zunehmende Ungeduld nicht entgangen. „Nun ja: Dann ist irgendetwas passiert, keine Ahnung, was. Jedenfalls hat der Direktor, also Geißendörfner, ihr dann verboten, ihre Untersuchungen bei uns zu Ende zu führen. Natürlich, als Chef konnte er das."

„Und was wurde dann aus dieser Kathrin?", fragte Thiele nach, der sich nicht erinnerte, diesen Namen jemals gehört zu haben. Verena zuckte mit den Schultern. „Das weiß ich nicht. Wie gesagt: Sie war keine nähere Freundin oder so. Wir kannten uns halt vom Sehen. Sie war, das weiß ich noch, ziemlich verzweifelt. Hatte wohl schon zwei Jahre in die Arbeit hineingesteckt. Und dann plötzlich das Aus. Schön ist das nicht! Aber der Geißendörfner wird schon seine Gründe gehabt haben, die weitere Arbeit bei uns zu untersagen. Das sieht ihm eigentlich gar nicht ähnlich, jemanden so an die Wand fahren zu lassen. Dachte ich damals. Aber ich war damals und bin ja bis heute kein wirklicher Insider. Über die Hintergründe weiß ich nichts. Da müsst ihr andere fragen."

Kellert hob die Augenbrauen und blickte mit verkniffenen Lippen zu Dominik Thiele hinüber. Der wusste wieder einmal ohne Worte, was das bedeutete. ‚Das werden wir, keine Sorge!'

## 10.

Ein ereignisreicher Tag, dieser Mittwoch. Dominik Thiele hatte seinen Chef zurück in das Kommissariat gebracht. Nun setzte sich Bernd Kellert auf sein Fahrrad und fuhr in den kühlen Abendnebel, der Friedensberg im März häufig umhüllte. Für die achtzehn Kilometer bis zu seinem Wohnort Polzingen würde er weniger als eine Stunde brauchen, das wusste er. Aber er liebte das tägliche Radeln vom Polizeipräsidium nach Hause, das er nur im Winter oder bei starkem Regen durch Autofahren ersetzte. Auf dem Rad konnte er sich morgens perfekt in Ruhe auf den Arbeitstag einstimmen, abends den Tag Revue passieren lassen und Abstand gewinnen.

‚Achtundfünfzig ist er nur geworden, der Schuldirektor', ging es ihm durch den Kopf. ‚Viel zu jung zum Sterben!' Unwillkürlich musste er grinsen. ‚Das hättest du früher anders gesehen, mein Junge', führte er ein imaginäres inneres Selbstgespräch. Vor seinem eigenen fünfzigsten Geburtstag hatte es Bernd Kellert richtiggehend gegraust. „Du nimmst dir deine Midlife-Crisis ein bisschen spät, mein Lieber", hatte seine Frau Beate ihn mehrfach zu provozieren versucht. Dass er auf diese Stichelei nicht so recht reagiert hatte, war für sie ein deutliches Krisenzeichen gewesen. Selbst seine Arbeit hatte ihm nicht mehr so viel Spaß gemacht wie früher, auch wenn er sich nie etwas zu Schulden kommen ließ. Sie hatte sich einige Monate lang richtige Sorgen um ihn gemacht. Mit dem Geburtstag selbst war all das wie weggeblasen. „Ganz der Alte", seufzte Beate ab und zu erleichtert, wusste aber, dass das nicht stimmte. Anders war er. Fast erleichtert. Aufmerksamer auf die leisen Nebengeräusche in ihrem Leben. Froh um den neuen Lebensmut. Dankbar für jeden Tag. ‚Er packt wieder zu wie früher', hatte auch Dominik Thiele beobachtet, der seinen Chef inzwischen gut einschätzen konnte.

Während der Kommissar nun in runden, gleichzeitig kräftigen wie unangestrengten Bewegungen den ihm inzwischen so gut bekannten Flussradweg entlangfuhr, blitzten einzelne Bilder des Tages auf: ein Mord, ausgeführt mit großer Wut und in heftigem Zorn. Gleichwohl mit Geschick – wenn man denn bei einer solchen Tat von ‚Geschick' reden konnte. Niemand hatte etwas Ungewöhnliches beobachtet. An dem regnerischen und dunklen Abend war kaum jemand unterwegs gewesen. Keine Zeugen.

An den Schlüssel des Wagens – ‚Toto', erinnerte sich Kellert und musste erneut schmunzeln – konnten viele Personen unbemerkt herankommen. Alle, die an dieser Schule ein-

und ausgingen. Auto wie Schlüssel waren voller Fingerabdrücke, das hatte die KTU inzwischen bestätigt. Viel zu viele. Manche verwischt, andere deutlich. Die Kollegen von der Spurensicherung würden dem weiter nachgehen, das war Routine. Aber Kellert erwartete sich davon keine relevanten Erkenntnisse.

Andere Bilder schossen durch sein Hirn: Der wie ein Altar hergerichtete Tisch im Flur des Gymnasiums mit dem Bild des Opfers, den Blumen, den Kerzen. Die drei Kollegen der ihres Chefs beraubten – oder von ihrem Chef befreiten – Schulleitung. Torsten Bedlinger und seine jetzt schon wieder gesichtslosen Begleiterinnen. Kellerts neue Mitarbeiterin Hannah Mellrich. Je näher er seinem Wohnort kam, umso unschärfer wurden die Bilder. Schließlich dachte er gar nichts mehr, lauschte nur auf das vom Nebel gedämmte Rauschen des Fahrtwinds in seinen Ohren und seine eigenen regelmäßigen Atemzüge.

„Hallo, Dicker", rief er, als er in die Einfahrt zu dem alten Knechtshaus einbog, in das er und seine Frau Beate vor knapp zwei Jahren gezogen waren. Keine Reaktion. „Vieh!", rief er, als er vom Rad abstieg. Mühsam rappelte sich sein alter, gelb-orange getigerter Kater Barry auf. Er hatte auf dem Fußabstreifer vor der Haustür gelegen.

Noch letztes Jahr war ihm das Tier immer entgegengesprungen, wenn er von der Arbeit nach Hause kam. Doch Barry war schlecht über den Winter gekommen. Fraß noch hastiger und gieriger als früher, bewegte sich aber nur noch widerwillig. Meistens lag er auf dem Sofa im Wohnzimmer oder aber auf einer extra im Flur des Hauses für ihn bereitgelegten Decke. Oder eben draußen auf dem Fußabstreifer.

Bernd Kellert hatte Barry anfangs nur zögerlich akzeptiert. Sie hatten sich das Tier seiner Tochter Jenny zuliebe angeschafft. Als psychische Stütze in den Wirrnisjahren der Pubertät. Jenny war inzwischen lange ausgezogen, studierte in Friedensberg, hatte dort ihren Freundeskreis. Barry war nicht mit umgezogen. „Die Kinder gehen, der Kater bleibt", hatte Beate einmal wehmütig bemerkt.

Doch seltsam: Mann und Kater waren sich Jahr um Jahr nähergekommen. Der alte Kater war Bernd Kellert unendlich sympathischer, als es früher der junge gewesen war. ‚Vielleicht sehe ich mich selbst ein bisschen in ihm', dachte er manchmal in bewusster Selbstironie. ‚Barry, mein Spiegel des Älterwerdens.' Inzwischen sah Bernd Kellert einer Zeit ohne Barry mit Bedauern entgegen. „Es wird mir fehlen, das Vieh", hatte er Beate gegenüber zugegeben, als sie sich vor Kurzem über die deutlich spürbaren Verhaltensänderungen ihres Katers unterhalten hatten.

Wenig später saß er am Esstisch im Erkerzimmer des kleinen Hauses. Seine Frau hatte eine Quiche vorbereitet, vegetarisch natürlich, seit drei Jahren kochte sie nur noch so. Meistens sogar vegan. Nachdem ihre Kinder aus dem Haus gegangen waren, hatte sich Beate Kellert mit zwei Freundinnen zusammen ein kleines Steuerberatungsbüro in Friedensberg aufgebaut. Inzwischen hatten sie sich gut etabliert. Aus dem anfänglichen Halbtagsjob war eine umfassende Beschäftigung geworden, die ihr Spaß machte.

Dass die beiden Kellerts ein gemeinsames Abendessen zu sich nahmen, war deshalb alles andere als selbstverständlich. Beide übten anspruchsvolle und zeiteinfordernde Berufe aus. Heute jedoch genossen sie Zeit und Muße. Beate hatte eine CD mit klassischer Musik aufgelegt, irgendeine sanfte und nur leise hörbare Streichereinspielung. Sie hatten sich einen Bocksbeutel aus dem Weinregal geholt und probierten nun den gelbgrünen, trockenen Silvaner in kleinen Schlückchen.

„Hm, gut!", lobte Bernd Kellert und schloss darin Wein und Quiche gemeinsam ein.

„Sag mal, Beate, Du hörst doch so einiges aus der Gerüchteküche Friedensbergs", eröffnete Bernd Kellert eine neue Gesprächsrunde, nachdem sie sich zuvor über das übliche Alltagseinerlei ausgetauscht hatten. „Was erzählt man sich denn so über den alten Chef des Domgymnasiums?" Natürlich hatten sie auch über die Ereignisse der vergangenen zwei Tage geredet, das war ja Stadtgespräch in und um Friedensberg.

Beate kaute langsam zu Ende, spülte mit einem Schlückchen Silvaner nach und antwortete dann: „Erstaunlich wenig. Klar, bei uns geht es drunter und drüber, alle Kundinnen und Kunden kommen auf den Mord zu sprechen. Und spekulieren über die Hintergründe. Aber über den Geißendörfner gibt es offenbar wenig zu tratschen. Ein guter Schulleiter. Regelmäßiger Kirchgänger. Rotary Club. Natürlich in der Partei. Alle Kinder aus dem Haus, ohne Skandale. Dass das KaRaGe immer noch zu den angesehenen Gymnasien gehört, schreibt man ganz stark seiner Persönlichkeit zu."

Sie nahm noch einen Schluck, überlegte, fuhr dann fort: „Irgendjemand hat mal was von einer Affäre erzählt, die aber schon längere Zeit zurückliegt. Aber das kann ich mir bei dem nicht vorstellen. Du etwa?" Bernd Kellert behielt sein Wissen für sich. An diesem Punkt schien ihm seine polizeiliche Schweigepflicht doch wichtiger als die eheliche Offenheit. Die ja sowieso ihre Grenzen hatte. Er grunzte irgendeinen unartikulierten Zustimmungslaut und griff seinerseits nach seinem Weinglas.

„Über seine Stellvertreterin, da hört man allerdings schon so einiges", erwähnte Beate Kellert eher beiläufig. Ihr Mann wurde hellhörig. „Ach, über die Wiesmüller?", hakte er nach. „Was denn?" „Also ihre Vorgängerin, diese Frau Schildbach, die kennt noch jeder. Die war äußerst beliebt. Muss eine klasse Lehrerin gewesen sein, was man so hört. Und eine sehr gute zweite Chefin. Und die ist dann vor ein paar Jahren ziemlich überraschend in den Frühruhestand gegangen. Warum auch immer. Jedenfalls kam danach diese Frau Wiesmüller. Und die muss das ziemlich genaue Gegenteil sein. Herrisch – falls man das über eine Frau sagen kann. Hart. Scharf im Ton gegen Schüler, aber auch Eltern. Also da hört man kaum ein gutes Wort."

Sie überlegte. „Andererseits kennst du ja die Leute. Die kommt eben nicht von hier. Keiner kannte sie. Das mögen unsere Friedensberger nicht. Da bleibst du eine Zugezogene, auch wenn du schon zwanzig Jahre oder länger da wohnst. Ein Provinznest, unser liebes Friedensberg. Das ist nun einmal so."

Kellert nickte schweigend. Er selbst war in Friedensberg geboren, hatte dort fast sein ganzes Leben verbracht, bis er dann zur völligen Überraschung seiner Freunde und Familie hierhergezogen war, aufs Land. Nicht weil er sich in seiner Heimatstadt nicht mehr wohlgefühlt hätte. Ganz und gar nicht. Friedensberg blieb seine Stadt. Sondern aus dem ihn selbst überraschenden Wunsch heraus, noch einmal etwas Neues anfangen zu wollen. Und das, ohne Gegenstand des Tratsches zu werden.

„Die ist schon gewöhnungsbedürftig, diese Frau Wiesmüller", räumte er dann ein. „Und, was munkelt man noch so über sie?" Beate hatte in der Tat noch einiges zu erzählen: „Na ja, erstens ist die ja unverheiratet. Da kannst du dir denken, was die Gerüchteküche sich zusammenbraut. Von einer in einer anderen Stadt lebenden festen Freundin wird gemunkelt, aber auch von ständig wechselnden heimlichen

Liebhabern. Nichts davon hat Hand und Fuß, wenn du mich fragst. Das sind alles haltlose Gerüchte. Da geht die Phantasie mit einigen durch. Aber so sind die Leute."

‚Manche', dachte Bernd Kellert, der die Ansicht vertrat, dass jeder so leben sollte, wie es für ihn passte, solange er dabei nicht das Recht und Grundlebensgefühl anderer verletzte. „Und zweitens?", fragte er. „Im Blick auf ihre Arbeit gilt sie als knallhart. Kompromisslos. Als Karrierefrau halt", antwortete Beate. „Aber auch da bin ich skeptisch. Wenn sich mal eine Frau in einer klassischen Männerdomäne durchsetzt, wird das gleich wieder negativ beurteilt. Wenn ihr euch mit Ellbogen hochkämpft, halten das alle für professionell. Bei einer Frau gilt das als anrüchig. Also: Darauf gebe ich nichts."

Bernd kannte diese Position seiner Frau, fühlte sich jedoch nicht befleißigt, jetzt darauf zu antworten. Er hatte nicht das Gefühl, sich selbst mit Ellbogen emporgearbeitet zu haben. Das kollektive ‚ihr' fand er unpassend. Sei's drum. Beate sprach sowieso weiter: „Aber was ich schon glaube, ist, dass sie ganz schön hart ist. Kühl. Gegen Schüler, auch gegen Eltern, erst recht gegen Kollegen an der Schule. Viele männliche Kollegen lästern hinter ihrem Rücken über sie. Das bleibt natürlich nicht geheim. Und über Umwege dringt das dann auch zu uns ins Steuerbüro."

„Ich weiß nicht, ob das so stimmt", entgegnete Bernd Kellert, nachdem er sich die Eindrücke seiner Frau angehört hatte. „Klar, besonders warmherzig wirkt sie nicht, diese Ingrid Wiesmüller. Aber vielleicht ist das auch einfach eine Rolle, die sie spielen muss. Wenn ich die Einschätzungen über Geißendörfner zusammenfasse, also das, was man sich so über ihn erzählt, dann war er der *good cop*. Guter, netter, verständiger Chef. Du kannst so einen großen Betrieb aber nur leiten, wenn es auch den *bad cop* gibt. Das ist so. Kannst du in jeder Behörde sehen. In jeder Firma. Auch bei uns." Er hielt kurz inne, schmunzelte und fügte hinzu: „Na ja, bei uns gibt es manchmal auch mehr als einen bad cop."

Er spürte, dass ihm der Austausch mit seiner Frau guttat. Sie hatte so ganz andere Erfahrungsfelder. Ihr Blick half ihm, seine eigenen Wahrnehmungen neu sehen zu lernen. Er fuhr fort: „Jedenfalls frage ich mich schon: Hat es sich der Direktor vielleicht ein bisschen leicht gemacht, indem er ihr diese Rolle gleich zugeschustert hat? Oder hat er sie sogar genau deshalb ausgesucht? Die Ernennung zur stellvertretenden Schulleiterin ist sicherlich auch über seinen Schreibtisch gelaufen, das kann ich mir nicht anders vorstellen."

Er führte sich noch einmal die Tageserinnerungen vor Augen: „Puh, so ein Lehrerkollegium. Da hast du wirklich die unterschiedlichsten Typen darunter. Einige unfähig, einige extravagant, alle sehr von sich eingenommen. Wenn du den Haufen nur mit Güte, Gerechtigkeit und Transparenz führen willst, bist du verloren. Glaub mir. Das kenne ich von der Polizei."

Wieder hielt er inne. Beate sagte nichts. Sie wusste, dass das nicht nötig war. Ihr Mann ordnete seine Gedanken. Diese Momente großer Vertrautheit genossen sie beide still für sich. „Die beiden anderen in der Schulleitung werden jedenfalls einen Teufel tun, aber nicht die Rolle des bad cop übernehmen. Der Schulseelsorger, Ulrich Schongauer, ist viel zu weich. Er will ein Freund und Begleiter der Schüler sein. So schätze ich den zumindest ein. Gut, das braucht gerade ein kirchliches Gymnasium. Auch wichtig. Und diesen Thomas Brox finde ich am wenigsten durchschaubar. Der coole Sozialpädagoge? Der Vertrauenslehrer mit Wiederwahlgarantie? Jedenfalls sicherlich auch nicht der bad cop."

„Aber ob man das auf Dauer aushält, diese Rolle zu spielen?", überlegte Beate Kellert. „Bad cop für immer? Also, ich könnte das nicht." „Ich schon, glaube ich", gab ihr Mann zurück. „Oder zumindest auf Zeit. Das liegt aber bestimmt auch am eigenen Charakter. Manche müssen diese Rolle ja nicht spielen, sondern sie sind wirklich so. Ich zum Beispiel." Er grinste, weil er sich selbst eigentlich nicht so einschätzte. Und annahm, dass auch seine Frau ihn nicht so sah.

Sein Gedankengang spann sich weiter: „Aber andere? Kann das zu tiefer Unzufriedenheit führen, zu sich aufstauender Aggression? Die sich dann irgendwo und irgendwie entladen muss? Ich weiß es nicht. Vielleicht sollte ich mal einen Fachmann befragen." Er blickte auf Beate, die gar nichts sagte, nur so dasaß. Das genügte jedoch: „Okay, okay: oder eine Fachfrau."

Lange sagte niemand etwas. Sie genossen den Wein und die Ruhe. Dass Barry irgendwann mit sichtlicher Mühe, aber festem Willen auf das Sofa hochsprang und sich an Bernd Kellert schmiegte, registrierten sie kaum. Das hätte es letztes Jahr noch nicht gegeben: dass der Hausherr gedankenverloren die Kehle des Katers kraulte. Und dass dieser es sich nur allzu gern gefallen ließ. Als es Beate Kellert auffiel, lächelte sie still in sich hinein.

## 11.

„Kommen Sie, das müssen Sie sich anschauen! Schnell!" Hastig, nein: stammelnd tönten die Worte aus dem Hörer. Kommissar Bernd Kellert konnte kaum etwas verstehen. Noch vor acht Uhr morgens. Ungewöhnlich früh für ihn, aber er rechnete mit einem arbeitsreichen Tag. Er hatte sich gerade seiner klamm-feuchten Fahrradkluft entledigt, hatte seine Arbeitskleidung angezogen und war soeben in sein Büro eingetreten, als das Telefon klingelte. Da Thiele noch nicht eingetroffen war – normalerweise war das Annehmen von Telefonaten sein Job –, hatte er den Anruf selbst entgegengenommen.

„Was ist denn los?", fragte er zurück, bemüht, seine Neugier zu zügeln und gleichzeitig Ruhe zu verbreiten. „Sie ... Sie müssen sich das anschauen!", antwortete die Frau am anderen Ende der Leitung, die sich namentlich gar nicht vorgestellt hatte, so aufgeregt war sie. Aber er hatte Ingrid Wiesmüllers Stimme fast sofort erkannt. „Ich bin in fünf Minuten da!", gab er zurück. In einem solchen Fall brachten weitere Nachfragen nichts, das sagte ihm seine Erfahrung.

„Kommen Sie, Frau Mellrich!", rief er, während er die Tür zum Nachbarbüro aufriss. Die Kommissariats-Anwärterin war natürlich schon an ihrem Arbeitsplatz. Sie war ein ausgesprochener Morgenmensch und in der Frühe in der Regel als Erste im Büro. Nun blickte sie ihren Chef fragend an, war aber schon aufgesprungen, um ihm zu folgen. „Zum Domgymnasium", erklärte er auf dem rasch zurückgelegten Weg zum Dienstwagen. „Irgendetwas ist dort vorgefallen."

Schon von Weitem erkannten sie, dass etwas nicht stimmte. Schülermassen tummelten sich vor dem KaRaGe, aufgeregt in Gespräche vertieft. Nicht alle: Einige tippten ungerührt und scheinbar unbeteiligt in ihre Smartphones. Einige Lehrkräfte bemühten sich um Ordnung, weitgehend ohne Erfolg. Wie ein Ruhepol ragte der kräftige Hausmeister aus der Mitte des Schulhofs heraus, das Kinn nach oben gereckt, die Hände in die Seiten gestemmt. Er blickte langsam mal nach links, dann nach rechts, schien sich durch nichts erschüttern zu lassen.

Der Polizei-BMW fuhr langsam durch die aufgeregt wogende Menschenmenge. Ingrid Wiesmüller, heute in engem dunkelblauem Kostüm, erwartete sie vor dem Haupteingang. Hektisch ging sie mit kurzen, hastigen Schritten vor den Treppen auf und ab. Es war ihr gelungen, die Schülerinnen und Schüler am Betreten des Gebäudes zu hindern. Wie lange diese dort draußen in einem sanften, aber kalten Nieselregen ausharren mussten, war kaum abzuschätzen.

Sichtlich erleichtert hielt die stellvertretende Schulleiterin inne, als sie die Kriminalbeamten in ihrem Auto näher kommen sah. Sie eilte auf die beiden zu, reichte Kellert wortlos und knapp die Hand und führte die Polizisten schweigend, aber mit weit aufgerissenen Augen ins Innere der Schule.

Einige Lehrerinnen huschten über die Gänge, beäugten die beiden Kriminalbeamten kritisch. Mit eiligen Schritten und verkniffenen Lippen führte Ingrid Wiesmüller diese in die große Vierungshalle am Treppenhaus des Domgymnasiums. Dorthin, wo der Erinnerungstisch für Direktor Geißendörfner aufgebaut war. Ihre Direktoratskollegen Schongauer und Brox warteten dort wortlos und sichtlich geschockt. Saskia Blum, die Chefsekretärin, war gerade dabei, mit zwei anderen Damen, wohl ihren Kolleginnen im Sekretariat, ein rotweißes Absperrband um die plump aufragenden Begrenzungssäulen der Halle zu schlingen, um so den zentralen Raum abzusperren.

Kellert erinnerte sich gut daran, wie dieser Ort gestern ausgesehen hatte. Heute war alles anders. Der Tisch lag umgeworfen vor der Treppenstiege. Das Bild des alten Direktors war in mehrere kleine Teile zerrissen worden. Die Schnipsel waren über das wild wuchernde, völlig zerpflückte und zertretene Blumenmeer zerstreut. Der Glasrahmen lag zersplittert am Boden. Auch die Kerzen waren in wilder Wut umgestoßen worden, lagen weit verteilt im Chaos. Eine Szenerie der Verwüstung. Der Wut. Des Zorns. ‚Wie passt das zu dem Bild, dass mir alle von Geißendörfner vermitteln – ein gerechter Pädagoge, weise, ausgeglichen? Da stimmt doch etwas nicht!‘, dachte Kellert.

„Sie werden die Schüler nach Hause schicken müssen", wandte er sich an die stellvertretende Direktorin. „Wir müssen die Spuren gründlich sichten. Das wird seine Zeit brauchen. Und wir müssen das Gebäude untersuchen."

„Aber …", hob Ingrid Wiesmüller an, bereit, zu protestieren und auf die weitreichenden Konsequenzen zu verweisen. Kellert jedoch, jetzt und hier eindeutig der Chef – und an dieser Rolle ließ er auch nicht den Hauch eines Zweifels –, schnitt ihr das Wort ab. „Kein Aber! Bitte tun Sie, was ich gesagt habe. Sofort!" Er blickte zu der Sekretärin, die seine Chefrolle sofort akzeptierte: „Und Sie, Frau Blum, sorgen bitte dafür, dass niemand diese Fläche betritt, bevor die Spurensicherung alles aufgenommen hat. Gut, dass Sie die Absperrbänder schon angebracht haben." Ein Lob, ein dankbarer Blick, ein Nicken.

Zwei Stunden später saßen sie zu fünft im Direktorat. Wie gestern. Und doch ganz anders. Einige Schüler, vor allem Fünft- und Sechstklässler, waren unter Aufsicht von Lehrern in der Turnhalle untergekommen und vertrieben sich dort die Zeit. Die meisten waren nach Hause gegangen. Man konnte nur hoffen, dass ihre Eltern Verständnis für die Situation aufbringen würden.

Ingrid Wiesmüller hatte gestern auf die Nachricht vom Tod ihres Chefs erstaunlich kühl und sachlich reagiert, hatte sofort die Regie übernommen, nun selbst als Chefin. Kellert hatte einerseits ihre Emotionslosigkeit befremdet, andererseits ihre Professionalität bewundert. Nun jedoch war sie verstört. Der nächtliche Einbruch in die Schule, die ja im Moment von ihr geleitet wurde, hatte sie aus der Fassung gebracht. Die brutale Zerstörungsenergie, mitten im Schulgebäude unübersehbar, ließ sie verstummen. Für sie war es ein unkontrollierbares Eindringen in ihren persönlichen Zuständigkeitsbereich, so viel war deutlich. Gestern hatte sie funktioniert, ihre berufliche Rolle gespielt, ohne persönlich involviert zu sein. Heute war die Grenze zu ihrem eigenen, geschützten Binnenleben überschritten worden. Das änderte für sie alles.

Ulrich Schongauer, der Schulseelsorger, hatte mehr schlecht als recht ihre Rolle als Befehlsgeber und Ansprechpartner für die Schülerschaft, das Kollegium und die Angestellten übernommen. Thomas Brox war sich noch nicht sicher, welche Rolle ihm nun zukommen sollte. Er ließ dem älteren Kollegen den Vortritt. Auf den dieser ganz offensichtlich gern verzichtet hätte. „Das war ja wohl der Mörder, oder?", fragte er nun.

Kellert blickte auf die drei Vertreter der Schulleitung des KaRaGe. „Denkbar, ja", entgegnete er. „Ich würde sogar sagen: wahrscheinlich. Sicher können wir uns da zum jetzigen Zeitpunkt aber nicht sein. Vielleicht hat sich da nur jemand angehängt oder will sich wichtig machen. Das ist alles schon vorgekommen. Wir sollten also voreilige Schlüsse vermeiden!"

„Es kann sich auch um ganz andere Täter handeln", mischte sich nun Hannah Mellrich ins Gespräch. „Und wir sollten die Möglichkeit nicht ausschließen, dass es sich um mehrere Personen handelt." „Weiß man denn schon, wie der oder die Täter ins Schulgebäude gelangt sind?", fragte

Ulrich Schongauer nach. Er hatte heute nicht nur seinen Priesterkragen umgelegt, sondern auch einen unauffälligen schwarzen Anzug angezogen und war so als Kleriker deutlich erkennbar. „Ich wollte eigentlich eine Andacht feiern", hatte er Kellert auf dessen diesbezügliche Nachfrage erklärt.

„Keinerlei Einbruchsspuren", erklärte Hannah Mellrich, von ihrem Chef durch ein bloßes Kopfnicken dazu aufgefordert. ‚Na, das klappt ja schon ganz gut', dachte Kellert über die reibungslose Form der Zusammenarbeit. Seine Mitarbeiterin fuhr fort: „... also soweit wir das bis jetzt sagen können. Die Spurensicherung ist mit acht Kollegen im Haus unterwegs. Vielleicht finden die ja noch etwas Brauchbares. Bis jetzt liegt aber noch kein Befund vor. Keine zerstörte Tür, kein zerbrochenes Fenster. Nichts."

Nun mischte sich Thomas Brox in das Gespräch: „Aber das heißt doch, dass der Täter – oder die Täterin – einen Schlüssel zur Schule haben muss!" „Und dann ...", stammelte Ingrid Wiesmüller, „dann wäre es ja doch jemand aus dem Kollegium!" Die drei Direktoratsmitarbeiter schauten sich mit schreckgeweiteten Augen an.

„Nicht so schnell!", mahnte Kommissar Kellert das Vermeiden aller voreiligen Schlüsse an. „Warten wir wirklich erst einmal ab, was die Spurensicherung zu Tage fördert. Und selbst wenn es keine gewaltsamen Einbruchsspuren geben sollte: Es haben sicherlich viel mehr Personen Zugang zum Gebäude als nur Ihre Lehrerkolleginnen und -kollegen. Die Sekretärinnen, der Hausmeister, Reinigungskräfte, Servicekräfte und was weiß ich. Außerdem kann es doch bestimmt ganz leicht passieren, dass einmal ein Schlüssel verloren geht. Und dann in alle möglichen Hände gerät. Oder?"

„Aber das müsste die betroffene Person sofort melden!", warf die Vizedirektorin ein. „Das müssen wir schriftlich bekunden, wenn wir die Schlüssel entgegennehmen. Wir alle haben Pflichtversicherungen für solche Fälle. Denn dann muss das gesamte Sicherheitssystem ausgewechselt werden. Ein Riesenaufwand!" „Eben", stimmte Thomas Brox zu. „Aber genau deswegen meldet das ja auch niemand, oder? Das wäre halt sofort ein Wahnsinnstrouble. Außerdem: Wer geht schon gern zum Bogdan und beichtet ihm den Verlust des Schulschlüssels?"

„Zu wem bitte?", unterbrach Kellert.

„Zum Bogdan! Bogdan Kaminski. Unserem Hausmeister. Der große Kräftige mit dem Schnurrbart. Kommen Sie, den haben Sie bestimmt schon gesehen, oder?" Kellert nickte. „Nun, das ist doch hier der Herr der Schlüssel. Und mit dem will niemand gern aneinandergeraten. Ist doch so, oder?" Er blickte zu seinen beiden Kollegen, die sofort zustimmend nickten und das Gesicht verzogen. Offenbar hatte dieser Hausmeister hier durchaus eine Respektsposition. ,Mit dem werde ich auch noch einmal reden müssen', nahm sich Kellert vor.

Brox hatte unterdes weitergesprochen: „Na also. Und, liebe Kollegen, Sie haben doch bestimmt auch schon einmal den Schulschlüssel verlegt und dann später wiedergefunden. Das ist doch ganz normal." „Nein, noch nie", schnappte Ingrid Wiesmüller dazwischen. „Ich schon. Mehrfach", fuhr Thomas Brox fort. „Und das meldet man dann natürlich nicht sofort. Denn es ist doch so: Meistens erledigt sich das Problem von selbst. Irgendwann findet man ihn wieder. Kein Grund, einen großen Aufstand darum zu machen."

„Stimmt", bestätigt Ulrich Schongauer, „das ist mir auch schon mal passiert. Allerdings nur einmal in mehr als fünfundzwanzig Dienstjahren. Aber wenn ich es recht überlege: Klar, ständig stehen mal Kollegen vor der Tür zum Lehrerzimmer und bitten, dass man ihnen aufschließt, weil sie gerade ihren Schlüssel nicht zur Hand haben. Das ist eigentlich ganz alltäglich.“

„Und wann, Kollegin Wiesmüller, haben wir zuletzt den kompletten Schlüsselsatz ausgetauscht?“ Triumphierend blickte Thomas Brox auf seine heute sehr kleinlaut dasitzende Chefin auf Zeit. Sie zuckte wortlos mit den Schultern. „Eben“, führte er seinen Gedanken fort. „Ich kann mich daran auch kaum erinnern. Irgendwann mal gab es das, aber das ist vielleicht fünf oder sechs Jahre her.“ Schongauer nickte zustimmend. „Das heißt, wenn ich das mal zusammenfassen darf“, übernahm Kellert wieder das Wort. „Wer alles einen Schulschlüssel hat, lässt sich kaum klären, oder?“ Zögerlich stimmten die drei Mitarbeiter des Direktorates zu. „Das müsste eigentlich der Bogdan wissen. Aber dass er da den genauen Überblick hat, das wage ich selbst bei ihm zu bezweifeln“, warf Thomas Brox ein. „Könnten also theoretisch auch Schülerinnen oder Schüler einen Schlüssel haben?“, fragte Hannah Mellrich nach. Ingrid Wiesmüller riss die Augen weit auf. Dieser Gedanke war ihr offensichtlich sehr unangenehm. Thomas Brox erwiderte nach leichtem Zögern: „Ja, die Möglichkeit lässt sich letztlich nicht völlig ausschließen. Leider.“

## 12.

Plötzlich klopfte es laut an der Tür des Direktorats. Fordernd. Nicht als Information, wie es bei der Chefsekretärin geklungen hatte: ‚Achtung, ich komme jetzt hinein‘, sondern als Unterbrechung und Befehl: ‚Obacht! Alles hört auf mein Kommando!‘ Ohne auf eine Bestätigung seines Klopfzeichens zu warten, betrat ein mittelgroßer, korpulenter, bis auf einen spärlichen, undefinierbar braun-grauen Haarkranz fast komplett kahler Mann den Raum, von dem er sofort Besitz nahm. Ein Macher. Der perfekt geschnittene schwarze Anzug und der blitzend weiß strahlende Kollar wiesen ihn als Kleriker aus. Er schwitzte. ‚Den kennst du doch‘, dachte Kellert, ohne dass ihm sofort eingefallen wäre, woher.

Der Schulseelsorger Ulrich Schongauer sprang sofort auf, eilte dem Neuankömmling entgegen und reichte ihm so die Hand, dass seine hierarchische Unterordnung von Anfang an deutlich wurde. „Herr Prälat, gut, dass Sie kommen!“ Die beiden anderen Mitglieder des Direktorates nickten dem Hinzukommenden distanziert und ohne merkliche Emotionen zu.

„Breskamp“, stellte er sich den beiden Polizisten vor und reichte auch ihnen die Hand, aber so, dass ein deutlicher Abstand gewahrt wurde. Genau die Art von weichlichem Händedruck, wie Kellert ihn hasste. Natürlich, Dr. Franz Joseph Breskamp! Mit ihm hatte er in seinem Fall um den ermordeten Regens des Priesterseminars zu tun gehabt. Die unerfreuliche Begegnung stand Kellert sofort wieder vor Augen.

Der Kleriker musterte den Kommissar kurz, dann schien auch er sich zu erinnern. „Ach ja: der Kommissar Kellert! Vom Morddezernat. Wir kennen uns ja“, fügte er nur kurz an. Davon, dass der Polizeibeamte dem Ortsbischof damals einen Brief geschrieben hatte, in dem er sich über die mangelnde Kooperation Breskamps als damaligem Leiter der bischöflichen Pastoralabteilung beschwert hatte, schien er nichts zu wissen. Oder es sich nicht anmerken zu lassen.

Ulrich Schongauer fiel ganz offensichtlich die Aufgabe des Vermittlers zu. Er führte Breskamp zu einem der freien

Sessel, bat ihn, Platz zu nehmen, und erklärte den Kriminalbeamten: „Prälat Dr. Breskamp ist seit einem halben Jahr der Leiter des Schuldezernats der Diözese. Er ist also sozusagen unser aller" – seine rechte Hand vollführte einen Bogen hin zu seinen beiden Kollegen – „Vorgesetzter." Ingrid Wiesmüller blickte weiterhin regungslos vor sich hin. Thomas Brox verzog seinen Mund zu einem unergründlichen Lächeln. ‚Ob das nun ein Aufstieg war? Vom Leiter der Pastoralabteilung zum Leiter des Schuldezernats? Eher das Gegenteil‘, mutmaßte Kellert. „Genau, und als solcher bin ich hier. Herr Kommissar!" Dr. Breskamp wandte sich an Kellert, dessen Mitarbeiterin ignorierte er völlig. „Wir müssen unbedingt – unbedingt, hören Sie! – alles Aufsehen vermeiden. Der Ruf unserer Schule darf auf keinen Fall in Mitleidenschaft gezogen werden. Sie verstehen schon: Das Ansehen einer Schule ist ihr Kapital. Und das Domgymnasium Friedensberg gilt deutschlandweit als ein Spitzengymnasium. Deutschlandweit!" ‚Ich verstehe sehr gut, und das auch ohne Wiederholungen‘, dachte Kellert.

Breskamp redete jedoch atemlos, pausenarm und mit erhobener Stimme weiter: „Dieser Mord ist fürchterlich. Sie müssen ihn so schnell wie möglich aufklären, das ist ja klar. Und ich werde Sie dabei unterstützen, so gut ich es kann." ‚Hoffentlich‘, dachte Kellert. „Aber unsere Schule darf nicht darunter leiden. Das habe ich unserem hochehrwürdigen Herrn Bischof in die Hand versprochen. Das sind wir aber auch dem Ruf des KaRaGe, den Schülern und den Eltern schuldig. Ach ja, und den Lehrerinnen und Lehrern sowieso. Ich bin überzeugt, dass die Motive dieser Tat mit der Schule nichts zu tun haben."

„Das werden wir sehen", schaltete sich der Kommissar nun ein. „Und danke, Herr Breskamp, für alle Zusagen zur

Kooperation. Das wird uns helfen. Im Moment wäre ich Ihnen schon einmal dankbar, wenn Sie mir den Rechtsstatus dieser Schule erläutern könnten. Also was ist das denn nun: ein kirchliches oder ein staatliches Gymnasium?" ‚Sehr geschickt', ging es Hannah Mellrich durch den Sinn: ‚Höflich, die Form wahrend; und gleichzeitig bremst er diesen Breskamp souverän aus. Ich weiß schon, warum ich gerade beim Kellert arbeiten wollte!'

Der Prälat blickte Kellert verblüfft an. Er war es offensichtlich nicht gewohnt, unterbrochen zu werden. Ihm, Breskamp, nahm man das Steuerruder nicht aus der Hand! Normalerweise. Nun fuhr er sich, ohne groß nachzudenken, mit dem Jackenärmel über die schweißglänzende Stirn und schmolz förmlich um einige Zentimeter zusammen. Dann gab er sich einen Ruck und antwortete, viel langsamer als zuvor und mit etwas tieferer Stimme. „Ja, das ist so. Früher betrieb die Kirche solche Schulen ganz selbständig. Das ganze abendländische Schulwesen geht ja auf die Kirche als ersten öffentlichen Bildungsträger zurück."

‚Bitte keine Vorlesung!', dachte Kellert und hüstelte. Breskamp war aufmerksam genug, das Signal zu bemerken und zu deuten. „Nun ja, lange Geschichte. Ich mache es kurz!" ‚Ja, bitte!', flehte Hannah Mellrich in Gedanken. „Seit den 1970er Jahren haben viele bis dahin kirchliche Schulen – keineswegs alle – ihre Alleinstellung aufgegeben. Sie sind nun staatliche Schulen wie alle anderen auch. Haben die gleichen Lehrpläne, die meisten ihrer Lehrkräfte sind verbeamtet."

Ingrid Wiesmüller nickte ergeben, lauschte eher beiläufig auf die ihr selbst ja nur zu gut bekannten Ausführungen ihres Dienstvorgesetzten. Der fuhr fort: „Aber die Kirche behält die Trägerschaft. Sie übernimmt einen kleinen Teil der

Finanzierung, darf im Gegenzug eigene Schwerpunkte setzen. Darf spirituelle Elemente einbauen: Schulgottesdienste, religiöse Freizeiten, meditative Frühschichten und so weiter. Und einige eigene Lehrkräfte einstellen."

„Müssen die alle katholisch sein?", unterbrach Kellert.

„Nein, das müssen sie nicht", entgegnete Breskamp. „Obwohl uns natürlich schon wichtig ist, dass möglichst viele Lehrkräfte die Ausrichtung der Schule innerlich mittragen. Also das kirchliche Profil. Wir haben auch einige evangelische Lehrkräfte. Konfessionslose eher nicht. Ganz ehrlich: Was sollen die an unseren Schulen? Seit Kurzem gibt es Diskussionen, ob wir auch muslimische Lehrkräfte einstellen sollen. Dazu gibt es unterschiedliche Meinungen. Ich selber denke: Wenn sie das Schulprofil ehrlich mittragen, warum nicht? Schließlich haben wir auch einige muslimische Schüler. Immer mehr!"

„Muslimische Schüler an einer katholischen Schule!?", entfuhr es Hannah Mellrich, die davon offensichtlich wirklich überrascht war. Breskamp drehte sich zu ihr um, blickte sie erstmals und abschätzend an, runzelte die Stirn, stellte den Blick scharf und meinte dann missbilligend: „Manchen muslimischen Eltern ist es eben lieber, ihre Kinder zu uns zu schicken als an die säkularen öffentlichen Schulen, junge Frau. ‚Hier hat man noch Respekt vor Religion und Gott ...' – Was glauben Sie, wie oft ich das in solchen Gesprächen höre?"

Er seufzte. „Diese bewusste Entscheidung wünschte ich mir bei unseren katholischen Eltern auch viel öfter. Das ist eben der Nachteil von Schulen mit gutem Ruf: Manche nehmen das religiöse Profil eher billigend in Kauf, wünschen sich hauptsächlich eine gute Schule. Wir können uns vor Anfragen gar nicht retten. Wissen Sie, was ich manchmal als

Motiv für die Schulwahl höre: ‚Da gibt es wenigstens nicht so viele ausländische Schüler.' Was ja stimmt. Trotzdem …"

Er merkte, dass seine Gedanken abgeschweift waren. „Äh, habe ich damit Ihre Frage hinreichend beantwortet, Herr Kommissar?" „Danke, ja. Wunderbar!", antwortete Kellert, der froh war über den sachlichen Ton, den das Gespräch nun angenommen hatte. „Eine Nachfrage habe ich aber noch. Was passiert denn, wenn einzelne Lehrkräfte sich *nicht* an das Schulprofil anpassen? Wenn sie in ihrem Privatbereich ganz anders leben. So etwas bleibt gerade hier in Friedensberg ja kaum lange geheim."

Thomas Brox spitzte merklich die Ohren. Völlig unerwartet schaltete sich nun Ingrid Wiesmüller in das Gespräch ein. Leise, aber bestimmt, antwortete sie: „Dann muss er oder sie die Schule verlassen! Punktum." Breskamp betrachtete die Kollegin, deren Auftritte er von anderen Anlässen her ganz anders in Erinnerung hatte. „Ganz so einfach ist es nun auch wieder nicht, werte Kollegin", meinte er dann.

Er wandte sich erneut den Polizisten zu: „Das ist eine komplizierte Angelegenheit. Natürlich scheitern manchmal Ehen und es kommt zu Scheidungen und Wiederverheiratungen, um ein sehr häufig auftretendes Beispiel zu nennen. Das verstößt zwar gegen die Lehre der Kirche, aber solange die Kollegen nicht in der unmittelbaren Verkündigung arbeiten, tolerieren wir das." „Inzwischen", warf Thomas Brox lakonisch ein.

„Ja, das war früher anders, Kollege Brox. Wir haben dazugelernt. Das Leben hat sich eben weiterentwickelt. Das weiß die Kirche doch auch. Also, das ist kein Problem mehr. Schwieriger, da will ich ganz offen sein, ist es bei homosexuellen Kolleginnen und Kollegen. Natürlich gibt es die. Und solange das nicht öffentlich wird, werden wir auch nicht aktiv. Aber wenn sie ihre Neigung ausleben, kann es schwierig werden. Dann ist es ein unmittelbarer Verstoß gegen kirchliche Lehren, egal, wie man das persönlich einschätzt. Und der Druck der Öffentlichkeit und der Eltern ist groß. Dann muss man Lösungen finden." Brox grinste säuerlich und verdrehte die Augen. „Und die wären …?", hakte Kellert nach. „Frühpensionierungen, wenn das vom Alter her möglich ist", erwiderte Dr. Breskamp, „das kommt immer mal wieder vor. Und bei jüngeren Kolleginnen oder Kollegen prüfen wir, ob Versetzungen an staatliche Schulen realisierbar sind, so diskret wie möglich natürlich. Zum Schutz aller Beteiligten. Manche haben sich auch selbst aktiv wegbeworben."

Er schaute auf den Kommissar, nahm aber auch die drei Kollegen der Schule mit in sein Blickfeld. „Ich weiß, das ist alles nur ein Notbehelf. Aber wie soll man das sonst lösen? Haben Sie einen Vorschlag?" Hier schaute er besonders zu Thomas Brox. Die beiden schienen sich gegenseitig nicht besonders zu schätzen. Kellert schmunzelte, ließ sich aber auf die geschickt versuchte Umdefinition der Gesprächsrollen nicht ein. „Nicht mein Job, Herr Prälat. Vielmehr würde mich interessieren, ob Direktor Geißendörfner zuletzt hier an dieser Schule einen derartigen Fall regeln musste."

Breskamp hob die Augenbrauen, zuckte mit den Schultern und blickte nun ganz direkt zu seinen Kollegen. „Also da bin ich jetzt überfragt. So gut kenne ich die Interna dieses Gymnasiums nun auch wieder nicht. Wissen Sie, das Bistum hat fast dreißig eigene Schulen, darunter fünf Gymnasien. Da kann ich nicht die Verhältnisse an jeder Schule ganz genau kennen. Kann jemand von Ihnen dazu etwas sagen?"

Ingrid Wiesmüller hatte sich offensichtlich gefangen. Sie besann sich auf ihre Rolle als stellvertretende Chefin, setzte sich kerzengerade auf und erklärte mit fester Stimme: „Seit ich hier bin, hatten wir keinen solchen Fall. Da bin ich mir sicher!"

Ulrich Schongauer, um Ausgleich bemüht, nickte: „Ja, das kann ich bestätigen. Es gab mal solche Fälle, doch, daran kann ich mich schon erinnern. Aber das ist bestimmt schon mehr als zehn Jahre her. Das könnten wir in den Unterlagen herausfinden." „Bitte, tun Sie das. Damit wir nichts übersehen!", schaltete sich Kellert ein.

Schongauer ging aber noch eine andere Idee durch den Kopf: „Lilli würde das wissen, die ehemalige stellvertretende Chefin. Aber die ist ja nun im Ruhestand. Vielleicht sollten Sie mit der mal reden, Herr Kommissar. Lilli Schildbach. Die wohnt noch hier in Friedensberg. Sie werden niemanden finden, der das KaRaGe besser kennt als sie. Und auch den Chef, also Dr. Geißendörfner." Kellert blickte neutral: „Vielleicht werde ich das tun, mal sehen", entgegnete er geistesabwesend. Seine Gedanken waren offensichtlich anderswo.

Nun schaltete sich Thomas Brox wieder in das Gespräch ein: „Soweit ich weiß, liegt der letzte dieser Fälle tatsächlich schon lange zurück. Wie Ulrich sagte. Aber an einen Namen erinnere ich mich: Jens Schlatter." „Gott, ja: Jens Schlatter!", stimmte Schongauer spontan zu. „Der Name war mir völlig entfallen. Aber von dem war dann ja auch nie mehr die Rede. Das kann nichts mit dem Mord zu tun haben. Das ist Ewigkeiten her. Und der wollte ja selbst versetzt werden, der Jens. Irgendwo nach Niedersachsen, das fällt mir jetzt wieder ein."

Hannah Mellrich verdrehte die Augen, sagte aber nichts. Dass solche Probleme im 21. Jahrhundert in einer aufgeklärten Gesellschaft noch relevant waren, schien sie zu überraschen. Und zu empören. Sie war Single. Wusste sie, was man hinter ihrem Rücken über sie herumerzählte? Bislang hatte sie sich über so etwas keine Gedanken gemacht. Plötzlich war sie sich nicht mehr so sicher.

„Herr Kommissar, trotzdem sollten Sie damit rechnen, dass es viele solche Fälle gibt, von denen niemand etwas weiß", mischte sich Thomas Brox wieder in das Gespräch. „Die jahrelang vor sich hinleben, in einer latenten Unsicherheit und Doppelbödigkeit. Nach außen wie nach innen. Wie ein Pulverfass kann das werden, das dann plötzlich hochgeht. Und dann wird es unangenehm. Für alle. Ich könnte Ihnen da viele Geschichten von anderen Schulen erzählen. Ich habe lange Zeit im allgemeinen Personalrat des Bezirks gearbeitet. Da hört man so allerlei, das kann ich Ihnen sagen."

Kellert wandte sich ihm zu: „Was denn zum Beispiel?"

Brox überlegte, was er hier sagen durfte und wollte. Als Personalrat stand er unter einer Art Verschwiegenheitspflicht. Fast wie ein Beichtvater. Fast. Er wich der Frage aus: „Nun ja, man weiß, dass betroffene Kolleginnen und Kollegen sehr empfindsam sein können. Dass sie alle möglichen, frei umherschwebenden Gerüchte auf sich beziehen. Aus Angst, entlarvt zu werden. Da wird man leicht erpressbar. Das kann zu unschönen Szenarien führen. Sehr belastend kann das werden. Für alle Beteiligten."

Er zögerte, sprach dann weiter. „Ich nenne mal ein Beispiel. Ein Kollege, nicht von hier, an einem staatlichen Gymnasium, entdeckt mit Mitte fünfzig, dass er sich eigentlich immer schon wie eine Frau gefühlt hat. Verstehen Sie: ein richtiges Mannsbild. Groß, kräftig, gefürchtet. Lateinlehrer. Und der unterzieht sich nun einer Geschlechtsumwandlung. Erst langsam mit einer Hormonkur, dann richtig mit Operation. All das ist sein gutes Recht. Aber es vollzieht sich mitten in der schulischen Öffentlichkeit. Alle werden Zeugen. Aus Hubert wird Yvonne. Können Sie sich vorstellen, wie das auf pubertierende Schülerinnen und Schüler wirkt? Die gerade dabei sind, mühevoll ihre eigene Geschlechterrolle zu suchen. Und auf die Kolleginnen, die dem eher machomäßig auftretenden Kollegen von vorgestern nun plötzlich auf der Damentoilette begegnen. Und was das für ein Kollegium bedeutet, dem er – beziehungsweise sie – ständig und immer wieder neu seine, äh: *ihre* Geschichte aufs Ohr drückt. Als gäbe es keine anderen Probleme auf der Welt und an der Schule."

Thomas Brox spürte, dass alle seinen Ausführungen folgten. Einige gebannt, andere zweifelnd, noch einmal weitere ablehnend. Er winkte ab: „Verstehen Sie mich bitte richtig: Klar, das ist nun wirklich ein besonderer Fall. Aber authentisch. Ich wollte damit nur zeigen, was man an Schulen so alles erleben kann. Lehrer sind auch nur Menschen. Nichts, was es in der großen, weiten Welt gibt, bleibt vor der Schultür stehen. Im Gegenteil: Wir sind wie ein Brennspiegel. Schau auf die Schule, und du weißt, wie die Gesellschaft funktioniert."

Dr. Breskamps Miene ließ auf seine skeptische Distanz zu all diesen Ausführungen schließen. ‚All das gehört doch nicht hierhin', schien sie zu sagen. Auch Ingrid Wiesmüller fiel es sichtlich schwer, ihrem Kollegen zuzuhören. Wenn, dann wäre er es, der zuzuhören hätte, so empfand sie die hierarchischen Strukturen. Auch Ulrich Schongauers Gesicht ließ erahnen, dass er diese Situation als unangenehm empfand. Er sehnte ein Ende des Gesprächs herbei. Brox ignorierte derartige Signale und wandte sich nun direkt an die beiden Kriminalbeamten: „Noch einmal zur Klarstellung: Nicht dass ich glaube, dass irgendetwas Derartiges hier im

KaRaGe auf irgendjemanden zutrifft. Aber wer weiß das schon?"

## 13.

So plötzlich, wie Prälat Breskamp aufgetaucht war, war er auch wieder verschwunden. Die drei Mitglieder des KaRaGe-Direktorates blickten ihm nach, als er die Tür mit hartem Ruck hinter sich zuzog: Ingrid Wiesmüller mit Genugtuung, Thomas Brox mit säuerlichem Grinsen, Ulrich Schongauer mit kaum hörbarem Durchatmen.

Wenige Sekunden blieb es still. Eine Stille der Erleichterung. Schließlich wandte sich der Schulseelsorger an Kellert: „Herr Kommissar, ich würde Ihnen gern noch einiges über unsere Schule erzählen. Aber dazu könnten wir uns vielleicht besser in mein Büro zurückziehen." ‚Was du meinst, ist wohl vor allem: das Gespräch ohne die beiden Kollegen weiterführen', ging es Kellert durch den Sinn.

„Schön, aber Frau Mellrich sollte uns begleiten", entgegnete er und nickte den beiden anderen zum Abschied zu. Der Schulseelsorger war schon aufgestanden und führte sie am Sekretariat vorbei auf den Flur. Beim Vorübergehen ließ es sich Kellert nicht nehmen, Saskia Blum ein für seine Verhältnisse überaus freundliches Lächeln zu schenken. Und auf eine entsprechende Reaktion zu warten. Beides dauerte nur den Bruchteil einer Sekunde. Hannah Mellrich war der kurze Blickkontakt allerdings nicht verborgen geblieben.

Hohe, hallende Gänge. Rechts ein Raum, dessen Tür halb geöffnet war. Man sah einige weiche Matten auf dunkelblauem Teppichboden, niedrige Sessel, ein Kreuz ohne Korpus an der gegenüberliegenden Wand. „Unser ‚Raum der Stille'", erklärte

Ulrich Schongauer, dem der fragende und zugleich neugierige Blick der beiden Polizisten aufgefallen war. „Den nutzen wir für kleine Meditationen in den Pausen, also als freies Angebot. Oder für spirituelle Impulse im Religionsunterricht. Oder für Frühschichten im Advent oder in der Fastenzeit."

„Frühschichten!?", platzte es aus Hannah Mellrich hervor. Das Wort kannte sie natürlich aus der Arbeitswelt, aber was sollte das hier? Der Schulseelsorger sah sie einen Moment lang fragend an, lachte dann auf. „Ach, richtig, mal wieder so ein kirchlicher Begriff! Für uns so selbstverständlich. Aber das muss für Sie wirklich seltsam klingen. ‚Frühschicht'! Das sind Gottesdienste zur Einstimmung auf die jeweilige Zeit im Kirchenjahr. Freitags morgens, vor Unterrichtsbeginn. Da kommen doch immer so fünfzehn bis zwanzig Schüler. Ganz freiwillig. Und manchmal auch der ein oder andere Kollege."

Inzwischen waren sie an seinem Büro angekommen. ‚Gemütlich', dachte Bernd Kellert. Hier sollte man sich wohlfühlen. Freundliche Farben, helles Holz, leichte Möbel. Die sahen aus wie von IKEA, waren aber handfest und stabil. Wahrscheinlich von einem Schreiner maßgefertigt. „Ja, das ist kein Büro, sondern eher eine Art therapeutische Praxis", kommentierte Ulrich Schongauer, der natürlich bemerkt hatte, dass der Kommissar und seine Mitarbeiterin sich gründlich umgesehen hatten.

Er hatte sich hinter einem nur aus einer Holzplatte auf vier Stützen bestehenden Tisch auf einen rückenfreundlichen Gymnastikball gesetzt, während seine Besucher sich in angenehme Sessel lehnen durften. „Sie fragen sich schon, begann er freundlich, „ob so eine kirchlich geprägte Schule noch zeitgemäß ist, oder?" Bernd Kellert blickte ihn neutral an, Hannah Mellrich lächelte zustimmend.

„Ganz ehrlich, ich frage mich das manchmal auch", gestand der Priester zur großen Überraschung seiner Besucher. Er strich sich über die Glatze und nestelte mit der rechten Hand an seinem Kollar. „Wer braucht das noch, eine kirchliche Schule? Das darf man fragen. Das *muss* man fragen! Gerade wenn uns die Leute die Bude einrennen! Denn an Nachfragen mangelt es ja nicht. Sie haben es ja gehört: im Gegenteil! Wir müssen immer wieder weit mehr Anträge zurückweisen, als wir annehmen können. Und das heißt: Auswahl. Aber nach welchen Kriterien sollen wir vorgehen: die von den Noten her Besten? Die nachweislich kirchlich Gebundenen? Die Reichen? Oder gerade die Armen?"

„Ja, und nach welchen Kriterien entscheiden Sie nun?", fragte Hannah Mellrich. „Eben, das ist die Frage! Darüber diskutieren wir im Direktorat und im Schulausschuss auch immer wieder", stimmte Schongauer sofort zu. „Es ist ein ganzes Bündel. Ob die Familie schon andere Kinder an der Schule hat. Ob es soziale Gründe gibt, gerade diese Kinder aufzunehmen. Wir haben zum Beispiel aktuell sechs Flüchtlingskinder. Jesiden aus dem Irak. Sie ahnen nicht, was die hinter sich haben. Sind aber lernwillig und pfiffig. So etwas muss möglich sein an unserer Schule."

Er nickte sich selbst eine Bestätigung seiner Ausführungen zu. Und sprach dann weiter: „Also wo waren wir? Richtig, bei den Auswahlkriterien. Wir fragen durchaus, ob sich die Eltern und Schüler mit dem Schulprofil identifizieren. Wir führen mit allen Gespräche, bevor wir jemanden aufnehmen. Die Entscheidung treffen dann immer wir drei: der Direktor, ein Mitglied des Schulausschusses und ich. Und das ist nicht immer leicht, glauben Sie mir."

„Gibt es denn manchmal Ärger, wenn Sie Schüler abweisen müssen?", fragte Kellert nach. „Ja, mitunter schon", räumte Schongauer ein. „Die meisten schlucken unsere Entscheidung. Und die Kinder gehen dann eben auf ein anderes Gymnasium. Meistens auf das HaDeGe drüben in der Weststadt. Oder anderswohin. Es gibt in und um Friedensberg ja genügend Möglichkeiten. Aber einige Eltern rufen an, schreiben Mails oder erbitten ein Gespräch. Mit der Forderung einer Erklärung, warum ausgerechnet ihr Kind nicht aufgenommen wurde. Nur ganz selten werden sie dabei wirklich aggressiv. Es kommt aber vor. Deswegen führen wir solche Gespräche stets nur zu zweit."

„Das ist bei uns ähnlich", nickte Kellert. „‚Aggressiv‘, wie können wir uns das vorstellen?", hakte Hannah Mellrich nach. Ulrich Schongauer nestelte wieder an seinem Priesterkragen herum und lockerte ihn. „Nun ja: Manche werden laut. Andere drohen damit, irgendwelche Kontakte zu nutzen, um uns zu schaden. Sich an die Presse zu wenden oder was weiß ich. Das bleibt aber immer eine reine Drohung. Kein Mordmotiv, fürchte ich."

Kellert nickte. Etwas Derartiges hatte er bei diesem Mordfall auch gar nicht erst vermutet. Aber er wollte so viel wie möglich über die Hintergründe dieser Schule erfahren. „Sie haben vorhin erwähnt, dass Sie selbst manchmal an der Daseinsberechtigung dieser Schule zweifeln. Wie haben Sie das gemeint?"

Schongauer schüttelte energisch den Kopf. „Nein, so habe ich das nicht gesagt. Und so meine ich das auch nicht. Ich sage immer: Auch andere Schulen machen gute pädagogische Arbeit. Auch an anderen Schulen stehen die Schüler im Mittelpunkt, versucht man ihnen gerecht zu werden und sie bestmöglich zu fördern. Das ist doch nun wirklich kein Alleinstellungsmerkmal von uns. Auch wenn einige im Bistum das nach wie vor gern so darstellen."

Er stand auf, führte die Hände hinter dem Rücken zusammen, wippte auf den Füßen vor und zurück. „Früher dienten solche kirchlichen Gymnasien unter anderem dazu, Priesternachwuchs heranzuziehen. Die Lebenswege waren kurz: vom Domgymnasium hinüber ins Priesterseminar. Dann hinaus in die Diözese als Priester. Es waren nie viele, die diesen Weg gingen, aber immer doch einige. Das war noch zu meiner Zeit so. Auch wenn mein eigener Weg ja anders verlief. Egal. Das gehört nicht hierher." Er konzentrierte sich, strich sich über das Kinn, setzte sich wieder auf seinen Gymnastikball und federte leicht auf und ab. „Wissen Sie, wann der letzte Abiturient von uns Priester wurde?" Er wartete gar nicht erst auf eine Antwort. „Vor fünfunddreißig Jahren! Fünfunddreißig! Also, diese Bedeutung hat ein kirchliches Gymnasium schon lange nicht mehr. Aber welche dann? Zehn Prozent unserer Schüler sind kirchlich stark gebunden. Gehen jeden Sonntag in den Gottesdienst in ihren jeweiligen Gemeinden. Nur zehn Prozent! Jeder Zehnte! Brauchen die eine eigene Schule, die sie in ihrem Glauben noch bestärkt?"

„Und die anderen?", fragte Hannah Mellrich in die kurze Stille hinein. „Ja, die neunzig Prozent", nahm der Schulseelsorger den Gedanken mit einem leichten Seufzer auf. „Doch, doch: Die sind schon neugierig in Sachen Religion. Anfangs zumindest. Wenn sie zu uns an die Schule kommen. Aber spätestens in der Mittelstufe lässt das schon deutlich nach. Und in der Oberstufe wird es immer spärlicher. Ob die unsere Schule gläubiger oder ungläubiger verlassen als an einem normalen Gymnasium, das müsste man mal wissenschaftlich untersuchen. Aber das will niemand so ganz genau wissen. Ich persönlich bin skeptisch."

„Und doch arbeiten Sie hier", gab Kellert zu bedenken. „Wie kriegen Sie das denn zusammen? Würde es Sie nicht reizen, in einer normalen Gemeinde zu wirken? Das wäre doch ein ganz anderes Arbeiten für Sie als Priester, oder?" Ulrich Schongauer lachte laut auf, kontrollierte sich aber sofort wieder. „In einer ‚normalen Gemeinde'. Sie sind gut! Das gibt es doch schon lange nicht mehr. Heute arbeiten meine Mitbrüder im geistlichen Amt fast durchwegs in sogenannten ‚Pastoralverbünden'. ‚Gemeindeverbände' nennt man das auch. Oder ‚Seelsorgeeinheit'. An klugen Namen fehlt es nicht. Da betreuen sie jedenfalls alle drei bis acht Gemeinden. Sind überall und nirgends. Und viele gehen dabei vor die Hunde. Das kann man nicht packen. Abgesehen davon, dass das Gemeindeleben leidet. Ja, in diese Mammut-Verbünde pressen sie alles hinein, was nicht schnell genug ‚nein' sagen kann. Im ganzen Bistum gibt es nur noch drei Schulpfarrer. Ich gehöre also einer aussterbenden Spezies an."

Hannah Mellrich schaute ihn mit großen Augen an. Da sie keiner Kirche angehörte, war all das für sie sehr fremd und neu. Aber sie wollte den Pfarrer nicht mit einer Frage unterbrechen, die eher ihrer persönlichen Neugier entsprang. „Ich will ehrlich zu Ihnen sein. Ich war jetzt über zwanzig Jahre nicht mehr in der Gemeindearbeit tätig", fuhr Ulrich Schongauer fort. „Und bin jetzt zweiundsechzig. Ich weiß nicht, ob ich das überhaupt noch könnte. Und wollte. Nicht unter diesen Bedingungen."

Nachdenklich betrachtete er die Zimmerdecke. Streifig gemusterte weiße Styroporplatten, wie sie vor Jahrzehnten einmal modern gewesen waren. Bei allen Renovierungen dieses Raumes hatte man die Decke offensichtlich vergessen. „Aber etwas anderes ist mir viel wichtiger", fügte er an. „Gemeindearbeit, das könnte ich schon, wenn es sein müsste. Wenn es der Herr Bischof so entscheiden würde. Aber ich glaube, Sie haben da etwas noch nicht richtig verstanden: Ich bin gern Schulpfarrer. Sehr gern. Und glaube, dass wir hier wirklich sinnvolle und gute Arbeit machen." Die beiden Kriminalbeamten schauten ihn nun verblüfft an. Hatte er nicht gerade eben erst seine Zweifel am Sinn einer solchen Schule benannt? „Sehen Sie: Ja, für viele Schülerinnen und Schüler bleibt Religion etwas Fremdes, etwas sie selbst kaum Betreffendes. Das ist so. Und trotzdem ist unser Ansatz richtig: Sie dürfen als Kinder und Jugendliche erfahren, dass es Gott gibt. Dass sie angenommen sind, jeder Einzelne. Dass ihr Leben nicht sinnlos vorbeirauscht, sondern getragen ist. Egal, ob sie das letztlich tief in ihrem Inneren spüren oder nicht. Egal, ob sie daran glauben oder nicht."

Er bemerkte die kritischen Blicke der Besucher. „Ja, gut. Ich fange an zu predigen. Schon gut. Ich bin mir ja selbst bewusst: einmal Pfarrer, immer Pfarrer. Vielleicht verstehen Sie, was ich sagen will: Wir bieten unseren Schülern einen anderen Rahmen, in dem sie hier aufwachsen und lernen dürfen. Wir sind eine Schule, da geht es immer um Leistung und Noten und Karriere. Aber ja. Das muss so sein. Jedoch vertreten wir gleichzeitig ein Menschenbild, das jeden annimmt. Auch und zuallererst unabhängig von Leistung und Noten."

„Und wie geht das zusammen, im Alltag?", warf Hannah Mellrich ein. „Das ist nicht leicht, das haben Sie natürlich gleich gemerkt." Der Schulpfarrer nickte ihr zu. „Wir versuchen, beides zusammenzubringen. Forderung und Förderung. Zuspruch und Anspruch. Das ist immer wieder ein Balanceakt. An uns, an uns Lehrenden, müssen die Schüler spüren können, dass es mehr gibt als den Notendruck und die Zeugnisse. In all unserer Alltäglichkeit und Mittelmäßigkeit. Selbst in unserem Scheitern."

Er hob die rechte Hand. „Und wir versuchen ihnen zu verdeutlichen, dass wir unsere Kraft eben letztlich von *ihm* haben, von Gott. Wer weiß, welche Langzeitwirkungen sich so entwickeln. Später, in ihrem Leben. Darauf setze ich. Und darauf baue ich auch. Immer wieder gibt es ermunternde Rückmeldungen von ehemaligen Schülern, die uns dankbar bestätigen, dass es diese Prägung wirklich geben kann, und die dann ihre eigenen Kinder hier anmelden."

Er zwinkerte seinen beiden Gesprächspartnern ohne einen Hauch von Fröhlichkeit zu. „Also, darum geht es: Nicht, zumindest nicht primär, um das Heranzüchten von künftigen Kirchgängern. Nicht um Menschen, die in oberflächlich gestalteten empirischen Umfragen die Häkchen so machen, dass die leichtgläubigen Empiriker das als Zeichen für starke Religiosität deuten könnten. Sondern um eine Schule, die im Zeichen der Barmherzigkeit Gottes steht. Gerade in unserem unbarmherzigen Schulsystem."

„Das klingt gut", warf Kellert ein. „Wirklich. Und ich glaube Ihnen, dass Sie das so sehen und auch fördern. Aber haben Sie denn das Personal dazu, diese Ziele umzusetzen? Längst nicht alle Kollegen werden das Programm dieser Schule so verstehen, wie Sie es uns gerade skizziert haben, oder? Darüber haben wir doch eben mit Ihren Kollegen gesprochen. Was machen Sie mit einem Kollegen Bedlinger zum Beispiel? Den habe ich ja nun kennengelernt. Und den kann ich mir nun wirklich nicht als vordersten Frontarbeiter an dem von Ihnen skizzierten Profil vorstellen."

„Ach, der Torsten", seufzte Ulrich Schongauer. „Der ist als Mensch gar nicht so verkehrt. Urteilen Sie nicht so leicht nach dem äußeren Eindruck. Ob er nun gerade als Lehrer wirklich seine berufliche Erfüllung gefunden hat, das steht freilich auf einem anderen Blatt." Er rieb sich die Augen.

„Aber natürlich haben Sie Recht. Das ist schwer, ein solches Programm in der täglichen Routine des Schulbetriebs umzusetzen. Sehr schwer. Mühsam. Und richtig: Das tragen nicht alle aktiv mit. Ich sage immer: Wir sind schon froh, wenn man uns wenigstens nicht behindert. Mehr als werben können wir nicht." Der Schulseelsorger wandte sich nun direkt an Kellert: „Sehen Sie, genau deshalb wollte ich mit Ihnen sprechen. Der Bertram, also Dr. Geißendörfner, der stand mit Leib und Seele hinter dieser Idee. Er war ein" – er suchte nach dem treffenden Begriff – „barmherziger Mensch. Doch, bei ihm passt dieses altmodische Wort. Manche haben das als Schwäche ausgelegt, als mangelnde Härte. Frau Wiesmüller zum Beispiel, Sie haben es ja erlebt. Aber er konnte auch hart sein, glauben Sie mir. Wenn es sein musste. Um eines höheren Zieles willen. Aber immer im Zeichen der Barmherzigkeit."

„Und doch hat ihn jemand umgebracht", schaltete sich Hannah Mellrich ein, der das Gespräch nun doch zu fromm wurde. Der sanfte und umschweifige Ton des Schulseelsorgers war ihr nicht nur fremd, sondern auf Dauer auch nur schwer erträglich, das war deutlich. „Genau!" Ulrich Schongauer wandte sich ihr zu, gar nicht gekränkt. „Das ist es ja, was ich nicht verstehe. Ich kann nachvollziehen, dass man manchmal Mordgelüste empfinden kann. Doch! Aber gegen irgendwelche Repräsentanten von Ungerechtigkeit, Ausbeutung oder Unterdrückung. All das passt auf Bertram Geißendörfner aber ganz und gar nicht."

„Reden wir offen –", hier wandte er sich wieder an Kellert. „Dass es Menschen gibt, die Prälat Breskamp hassen, das kann ich nachvollziehen. Obwohl er in Wahrheit ganz anders ist, als er sich nach außen gibt. Oder dass manche die Entschiedenheit von Kollegin Wiesmüller als Kälte und Hartherzigkeit empfinden. Das kann man sich vorstellen. Ich habe Sie beobachtet. Doch, das ist Ihnen durch den Sinn gegangen, Herr Kommissar. Obwohl auch Frau Wiesmüller vor allem das Wohl der Schule und ein gerechtes Vorgehen im Auge hat." Schongauer überlegte, führte dann seinen Gedankengang zu Ende. „Lassen Sie mich das so sagen: Ja, da kann man sich jedenfalls vorstellen, dass es bei einer besonderen Konstellation zu einem Aufstau von Aggressionen führen könnte. Aber Bertram war anders. Dass man gerade ihn umbringen konnte, und dann noch mit einer solchen Wut, das kann ich einfach nicht verstehen. Das will nicht in meinen alten Schädel. Darüber grübele ich nach. Ohne Lösung."

„Ich auch, Herr Schongauer. Ich auch. Wir werden herausbekommen, wer das getan hat. Und warum. Das verspreche ich Ihnen", versicherte Kellert, während er sich erhob. Hannah Mellrich wunderte sich. Dass man ein derartiges Versprechen, wenn irgend möglich, vermeiden sollte, hatte man ihr auf der Polizeischule schon im ersten Jahr beigebracht. Denn wie stünde man da, wenn man dieses Versprechen dann nicht halten könnte? Vor sich selbst und den Mitarbeitern oder dem Vorgesetzten? Vor den Angehörigen der Opfer? ‚Lieber wenig versprechen und viel einlösen', so lautete das Mantra der Ausbilder. Nun gut, Kellert war Kellert. Und er wies eine hohe Auflösungsquote seiner Fälle vor. Die beste im Bundesland. Deswegen war sie hier. Sie wollte von ihm lernen.

# 14.

Als Kellert und Hannah Mellrich aus dem Dienstzimmer von Schulseelsorger Ulrich Schongauer traten, warteten davor fünf Lehrerinnen und ein Lehrer. „Gibt es irgendetwas Neues?", fragte eine der Frauen, gleichzeitig vernahm man die Stimme des männlichen Kollegen: „Wird morgen wieder unterrichtet?" Kellert wandte sich zunächst dem Mann zu – ‚Typisch, auch bei ihm', durchfuhr es Hannah Mellrich. „Ja, von uns aus schon. Alles andere müssen Sie Frau Wiesmüller fragen", klärte Kellert auf, während der Mann sich auch schon in Richtung Direktorat aufmachte.

„Nichts, was uns weiterhelfen würde, meine Damen", fügte der Kommissar dann – an die Lehrerinnen gerichtet – hinzu. ‚Deutlich höflicher, fast schon charmant', notierte seine Kollegin im Geiste, ‚und dazu mit einer anderen Stimmfärbung.' Kellert blickte freundlich und selbstsicher auf die offensichtlich völlig verstörten Lehrerinnen.

Hinter den vier vorn stehenden fiel sein Blick auf eine leicht vornübergebeugte Frau, die sich zu verstecken schien. Fast so groß wie er. Breite Hüftknochen, mager, wenn nicht dünn. Anfang vierzig, vielleicht etwas älter, mit großer Brille und halblangen braunen Haaren. In der linken Armbeuge hielt sie eine unscheinbare grau-braune Lederhandtasche. Ihre Nase war leicht gerötet, irgendwie sah sie verschnupft aus. ‚Wahrscheinlich erkältet', vermutete Kellert.

Sie wich seinem Blick aus, das spürte er. Nein, falsch! Sie suchte ihn. Aus langjähriger Erfahrung wusste er nur zu gut, dass es das gibt. Dass gerade der sich verbergende Blick der suchende sein kann. Dass das Wegschauen der Hilferuf nach Beachtung ist. Er lächelte sein freundlichstes Lächeln. Hannah Mellrich beobachtete ihn verwundert aus den Augenwinkeln. Was war denn da los?

„Herr Kommissar, ich müsste Sie mal sprechen. Allein, wenn es möglich ist", bat die Lehrerin dann tonlos, während sie auf ihn zutrat. Ihre Kolleginnen blickten erstaunt. Kellert überlegte kurz. Wenn diese Lehrerin ausdrücklich das Zweiergespräch wünschte, sollte er es nicht verweigern. „Gut, dann kommen Sie. Wir werden schon ein leeres Klassenzimmer finden." Er hob die rechte Augenbraue in Richtung seiner Mitarbeiterin. Hannah Mellrich verstand, was das kleine mimische Signal bedeuten sollte. Zumindest glaubte sie das: ‚Fahren Sie schon einmal vor ins Kommissariat. Ich komme nach.'

Da der Unterricht für heute abgesagt war, fanden sie sofort einen leeren Raum. „7c" stand auf dem Schild rechts vor der Tür. Kellert staunte nicht schlecht, als sie sich – immer noch wortlos – gesetzt hatten, er auf den Lehrerplatz am Tisch vorn, sie hatte sich einen Stuhl vor diesem Tisch bereitgestellt. Sie sah seinen verwunderten Blick. Keine Tafeln. Keine Kreide. Nur eine Art Bildschirm vorn, von allerlei technischen Elementen umgeben. Rechts und links leinwandartige Wandbezüge, weitgehend leer. ‚Kalt', ging es ihm durch den Sinn.

„Whiteboard", erklärte die Lehrerin nun ungefragt mit nasal klingender Stimme. „Das gilt jetzt als der neueste didaktische Schrei. Da vorn können sie alles machen: Filme aus dem Internet hochladen und ausstrahlen, vorbereitete Arbeitsblätter aufblenden und verändern, mit anderen Klassen und Schulen kommunizieren. Willkommen im virtuellen Zeitalter! Da schwören unsere Bildungstheoretiker jetzt drauf. Alle Schülerinnen und Schüler haben einen eigenen PC und können sich mit der Zentrale kurzschließen. Und die Zentrale sind wir."

Die Lehrerin grinste matt. Dass diese Entwicklung ihr selbst nicht besonders gut zu gefallen schien, war deutlich. Auf einmal musste sie heftig niesen. Dreimal, viermal. Ihr ganzer Körper wurde durchgeschüttelt. Sie hatte sich rechtzeitig ein sorgfältig gefaltetes Stofftaschentuch aus der Handtasche gefischt, rasch entfaltet und sich vor Mund und Nase gehalten. „Gesundheit", raunte ihr Kellert zu. Sie nickte wortlos, erholte sich, tupfte sich auch die ungewollt tränenden Augen ab und lächelte schwach. „Danke! März ist einfach nicht mein Monat. Erkältungszeit. Und Heuschnupfen dazu. Haselnuss- und Birkenpollen. Eine Allergie. Jedes Jahr das Gleiche. Dagegen bin ich einfach wehrlos." Sie tippte sich mit der rechten Hand gegen die Stirn. „Ach, entschuldigen Sie bitte. Ich habe mich ja noch gar nicht vorgestellt. Ich bin hier Studienrätin, Ethik und Französisch: Sandra Friesinger. Wahrscheinlich haben Sie schon von mir gehört ..."

Kellert war dankbar, dass sie ihm nicht die Hand anbot, die eben noch eine kräftige Ladung Erkältungsbazillen abgewehrt hatte. Obwohl er fast nie krank war. Durch seine Arbeit, die ihn wieder und wieder mit den unterschiedlichsten Menschen zusammenbrachte, war er weitgehend immun geworden. Das war zumindest seine eigene Erklärung. Er stellte sich nun seinerseits kurz vor, antwortete dann aber vorsichtig: „Ich wüsste nicht, Frau Friesinger. Warum sollte ich denn schon von Ihnen gehört haben?" „Nicht!? Puh, das beruhigt mich aber." Sie lehnte sich in den viel zu kleinen Schülerstuhl zurück, spürbar erleichtert. „Wenigstens etwas! Man weiß ja nie, was die Leute so reden. Und jetzt sind ja hier alle eh völlig durch den Wind."

Kellert wusste immer noch nicht so recht, was er von der Situation halten sollte. Die Lehrerin wollte ihm etwas erzählen, was im weitesten Sinne mit seinem Fall zu tun hatte, das war ihm schon klar. Auch, dass sie irgendwo aus dem Norden Deutschlands stammen musste. Die akzentfreie Sprache klang für ihn fast so wie die Artikulationen der Nachrichtensprecherin in der ARD. Ein bisschen hektischer vielleicht. Wenn auch sehr stark durch die Nase gesprochen, oder vielleicht klang es gerade deshalb so: Klar. Deutlich. Offiziell. Unpersönlich.

„Was hätte ich da denn erfahren können?", fragte er nach, allmählich ungeduldiger werdend. Sie überlegte kurz, zögerte, gab sich dann einen Ruck. „Ja, Sie werden es sowieso bald hören, warum nicht also von mir selbst?" Sie blickte ihn aus meerblauen, aber wie mit einem Schleier verhängten Augen an: „Ich hatte einen Konflikt mit Direktor Geißendörfner. Einen Streit, könnte man auch sagen. Und das war auch kein Geheimnis. Ich finde immer noch, dass er sich da mehr hätte für mich einsetzen können. Immerhin bin ich bald sechzehn Jahre an der Schule."

Kellert blickte sie ermunternd an. ‚Komm zur Sache, Mädel!', dachte er. Sein Gegenüber atmete tief durch und hob dann an: „Ich war eigentlich Religionslehrerin, müssen Sie wissen. Katholisch natürlich. Ich stamme aus dem Emsland, das hört man ja. Und da ist man eben katholisch, gerade weil alle anderen darum herum evangelisch sind. Oder waren. Heute sind immer mehr gar nichts. Egal. Im Studium wollte ich jedenfalls in den Süden. Ich war zuerst in Freiburg und anschließend hier in Friedensberg. Und da bin ich dann geblieben. Referendariat am KaRaGe, Planstelle am KaRaGe. Das ging damals noch so. Leichter als heute."

Sie blickte aus einem der Fenster auf den märztrüben, heute erstaunlich still daliegenden Pausenhof. Sie schnüffelte nach Luft, unterdrückte aber den wieder aufsteigenden Niesreiz. Dann nahm sie den Faden wieder auf. „Ich war und bin sehr gern Lehrerin, gerade auch hier. Tolle Schule. ... War verheiratet. Mit Karsten, einem Kollegen aus dem Referendariat. Der war Lehrer am Staatlichen Gymnasium. HaDeGe. Drüben, in der Weststadt." Sie hielt kurz inne, fuhr dann fort: „Keine Kinder. Leider. Nein, Gott sei Dank."

Wieder fiel ihr Blick aus der Gegenwart hinaus. Sie hustete zweimal in die linke Hand. Offensichtlich näherte sie sich dem Knackpunkt ihrer Geschichte, kämpfte mit sich, was und wie sie es erzählen wollte. Aber sie hatte es sich vorgenommen. Es drängte an die Oberfläche. „So! Vor sieben Jahren und nach acht Jahren Ehe eröffnet mir Karsten, dass er sich scheiden lassen will. Für mich aus heiterem, ja: heiterem Himmel! Und warum?"

Sie schluckte, folgte aber weiter dem selbst vorbereiteten Erzähl-Drehbuch. „Er hatte sein Coming-out. Liebt eigentlich Männer. Wollte mir nicht wehtun, aber sich auch nicht länger verstecken. Gegen eine Konkurrentin hätte ich vielleicht zu kämpfen versucht. Aber was machen Sie dagegen? Wenn der eigene Mann sein Schwul-Sein entdeckt. Nichts. Da sind Sie ohnmächtig."

Kellert blickte sie an, versuchte Interesse und Mitgefühl zu zeigen. Ob ihm das gelang, wusste er nicht. Sandra Friesinger presste die Lippen aufeinander und versuchte, die Contenance zu wahren. Die Erinnerung tat immer noch weh. War für sie eine Beschämung, die ihre Ätzkraft nicht verloren hatte. „Also: Scheidung. Das war sicherlich das Beste. Und schlicht und einfach das einzig Mögliche. Er ist dann fortgezogen. Arbeitet aber weiter als Lehrer, warum auch nicht. Wir haben keinen Kontakt mehr. Das ist besser so, glauben Sie mir."

Dieses Mal ließ sich der Niesreiz nicht noch ein weiteres Mal unterdrücken. Zweimal erschütterte er den mageren Körper. Wieder hatte sie das Taschentuch rechtzeitig zur Hand. „Entschuldigung. Wirklich furchtbar. Auch vor den Schülern. Man sieht in deren Augen schon, dass sie sich vor einem ekeln." Sie überlegte: „Wo war ich stehen geblieben? Richtig. Nun, nach vier Jahren Alleinsein habe ich dann einen anderen Mann kennengelernt: Holger. Nicht gesucht, aber gefunden. So geht das manchmal. Wir haben nach sieben Monaten geheiratet. In unserem Alter weiß man, ob etwas passt oder nicht, oder? Und das passt."

Ein leichtes Lächeln zog sich um ihre Mundwinkel. Wieder verlor sie sich in Gedanken. „Und …?" Kellerts Frage brachte sie wieder zurück in die Realität des leeren Klassenzimmers der 7c. „Ja, und … was macht der werte Herr Direktor Dr. Geißendörfner? Entzieht mir die Lehrerlaubnis für das Fach Katholische Religionslehre. Gratuliert mir zur Eheschließung und teilt mir mit, dass ich dadurch ‚leider' dieses Fach nicht mehr unterrichten darf. Am nächsten Tag. Einen Tag nach der standesamtlichen Hochzeit! Patsch!"

Kellert war verwirrt. Hatten ihm die Kollegen des Direktorates nicht noch vor knapp zwei Stunden erklärt, dass die Kirche hier nicht mehr so eng dachte? Das hatte doch selbst Dr. Breskamp bestätigt, oder? Sein Gesicht verriet die Überraschung. „Missio canonica, schon mal gehört?", fragte Sandra Friesinger. Natürlich, gehört hatte er den Begriff schon, aber was sich nun so ganz genau dahinter verbarg, war ihm unklar.

Die Lehrerin spannte ihn nicht lange auf die Folter. „Religionslehrer brauchen diese Missio, das ist die kirchliche Lehrerlaubnis. Der Bischof bestätigt uns, dass wir in seinem Sinne, im Sinne der Kirche leben und lehren. Oder eben nicht. Das gilt aber nur für diejenigen mit dem Fach Religionslehre. Weil du da sozusagen direkt an der Glaubensvermittlung beteiligt bist. Im Kerngeschäft."

Sie unterbrach ihren Gedankengang. „Vermittlung darf man ja heute gar nicht mehr sagen. Glaubenserschließung heißt das jetzt. Konstruktivistisch formuliert. Ist das neueste Dogma der Didaktik. Wenn Sie mich fragen: dasselbe in Grün. Wieder einmal. Jedenfalls: Wenn du die Missio entzogen bekommst, darfst du das Fach nicht mehr unterrichten. So einfach ist das. Gesetzlich klar geregelt."

„Und wieso hatten Sie dann mit Ihrem Direktor Streit? Er hat sich doch völlig gesetzeskonform verhalten", fragte Kellert zurück, der immer noch nicht verstand, wo der Kern des Konfliktes lag. „Genau, Sie sagen es", triumphierte Sandra Friesinger, unterbrochen von einem erneuten Hustenanfall. „Gesetzeskonform. Ich hätte erwartet, dass er sich für mich einsetzt. Dass er für mich kämpft. Dass er die Sache unter den Tisch fallen lässt. Oder zumindest verzögert. Das gibt es an anderen Schulen doch auch. Oft, fragen Sie mich nicht! Wo ein Wille ist, findet sich auch ein Weg für Ausnahmen. Ich wusste ja, dass er mich als Lehrerin schätzte. Ich habe hervorragende Beurteilungen. Aber nichts. Er kuscht wie ein kleiner Apparatschik!"

Nun hatte sie sich doch wieder in eine Rage geredet und dabei ihr sonst feines Idiom verlassen. ‚Ruhig Blut!', wollte ihr Kellert mit auf den Weg geben, sagte aber: „Ganz ehrlich: Ich verstehe immer noch nicht, wo das Problem liegt. Sie sind verletzt worden, vielleicht gedemütigt. Aber Sie unterrichten doch nach wie vor an dieser Schule, oder nicht?"

Sie grinste höhnisch. Diese Miene stand ihr nicht. Kein schöner Gesichtsausdruck. Schon gar nicht mit den von der Allergie gezeichneten Auszehrungsspuren. „Aber wie! Wir einigten uns darauf, dass ich eine Zusatzausbildung in Ethik machen sollte, nebenberuflich. Und das habe ich dann ja auch gemacht. Jetzt unterrichte ich es neben Französisch. Ich habe dazu aber keine Fakultas, also offizielle Befähigung. Das wirkt sich auf alle schulischen Belange aus. Ich gelte als ‚Ein-Fach-Frau‘, wissen Sie, was das heißt?"

Kellert schüttelte kaum merklich den Kopf. Das war auch nicht notwendig, denn es war eine rhetorische Frage gewesen, die nur als Anlass herhalten musste, nach einem kurzen letzten Hustenanfall mit bitterem Tonfall weiterzureden. „Nein, nicht Einfachfrau, oder einfach Frau. ‚Ein-Fach-Frau‘. Keine Beförderung. Ich bin immer noch Studienrätin. Mit dreiundvierzig. Während die jungen Hühner an mir vorbeibefördert werden. Das Geld ist mir egal. Aber nicht das Standing im Kollegium. Als eine der besten Lehrerinnen immer noch A13! Die lachen sich doch hinter meinem Rücken ins Fäustchen! Und ich habe keinerlei Chance, mich auf eine Funktionsstelle zu bewerben. Da wird die Arbeit am Gymnasium aber erst so richtig interessant. Wenn ich sehe, welche Schwachmaten diese Jobs bekommen! *Das,* das ist demütigend, wie Sie es vorhin so schön gesagt haben."

Sie atmete dreimal tief durch, zunächst durch die Nase, dann – als das nicht so recht gelang – durch den Mund, sank dann wieder auf ihrem Stuhl zusammen. Mit brüchiger Stimme fügte sie hinzu: „Und das habe ich dem Chef, dem großen, gerechten und weisen Dr. Geißendörfner, nicht verziehen. Und ihm immer mal wieder gesagt. Zu verlieren habe ich jetzt ja nichts mehr. Ich bin Beamtin, normalerweise unkündbar. Und vorwärtskommen werde ich nicht mehr. Keine Chance. Aber bitte, Herr Kommissar: Umbringen werde ich ihn deswegen doch nicht. Schon der Gedanke ist völlig absurd. Und das alles ist jetzt doch schon so lange her."

‚Es beschäftigt dich aber noch sehr, meine Liebe', dachte Kellert, legte ihr jedoch begütigend ganz kurz, kaum merklich und so sanft, dass die potentiell wanderwilligen Bazillen keine Chance hatten, ihren Wirt zu wechseln, die rechte Hand auf ihre verkrampft zusammengefalteten Hände, die sie auf den Lehrertisch aufgestützt hatte. „Gut, dass Sie sich mir anvertraut haben, Frau Friesinger", fügte er hinzu. „Falls irgendjemand diese Sache erwähnen sollte, weiß ich, wie ich sie einzuschätzen habe." ‚Was ich aber für mich noch gar nicht so ganz genau weiß', ergänzte er in Gedanken.

## 15.

„Sie wollten mich sprechen?" Überrascht blickte Kellert auf eine junge Frau, die ihn herausfordernd anblickte und offensichtlich vor der Tür des Klassenzimmers der 7c auf ihn gewartet hatte. Irgendjemand hatte ihr also verraten, wo er zu finden sei. Nicht sehr groß, nicht sehr schlank, leger gekleidet, mit messingfarben kolorierten langen Haaren. Und mit einem offenen Blick: freundlich, selbstbewusst, ein bisschen provokativ. ‚Was, um Gottes willen, will die von dir? Und wer kann das sein?', dachte Kellert.

Er hatte heute schon mehr als genug Gespräche geführt. Auf ein weiteres hatte er nur wenig Lust. Aber konnte er die junge Frau ignorieren oder auf einen späteren Zeitpunkt vertrösten? Wer weiß, was er dann verpassen würde? Zu dumm, dass Hannah Mellrich nicht mehr da war. Er hatte sie etwas voreilig in das Kommissariat zurückgeschickt. ‚Lern etwas daraus!', gab er sich mit auf den Weg. Dieses Gespräch hätte er nur zu gern an seine Mitarbeiterin delegiert. Aber das ging jetzt nicht. Also: ‚Nett sein!'

„So", antwortete er, „wollte ich das? Helfen Sie mir doch bitte auf die Sprünge … wann und warum?" Sie lachte: „Das, Herr Kommissar, sollten Sie doch selbst am besten wissen, oder? Na, ich will mal nicht so sein: Ich bin Teresa, Teresa Andernach!" Kellert hatte immer noch keinen blassen Schimmer, wer hier vor ihm stand und ihn ein bisschen belustigt angrinste. War das eine Referendarin? Für eine Lehrerin war sie eigentlich zu jung. Aber da kann man sich natürlich böse verschätzen. ‚Lieber keine Vermutung äußern!', ermahnte er sich.

„Hallo!? Die Schülersprecherin! Sie wollten mich doch sprechen. Hat mir die Wiesmüller ausgerichtet! Also Frau Studiendirektorin Wiesmüller von der Schulleitung", ergänzte sie. Kellert schlug sich mit der linken Hand sanft an die Stirn. „Mensch, natürlich. Entschuldigen Sie, Frau …?" – „Andernach, Teresa Andernach, Sie dürfen ruhig ‚Teresa' und ‚Du' sagen, kein Problem".

Kellert fand langsam wieder zu alter Professionalität zurück. „Dann bleib ich lieber beim ‚Sie'. ‚Teresa', das ist okay. Es tut mir leid, Teresa, ich war gerade völlig in Gedanken vertieft. Da habe ich vollkommen vergessen, dass ich mich mit Ihnen treffen wollte. Danke, dass Sie sich die Zeit nehmen. Können wir irgendwo reden, wo ich einen Kaffee bekommen kann? Den brauche ich jetzt."

Kurz darauf saßen sie im Schülercafé. Es war im Untergeschoss des alten Schulgebäudes untergebracht. Die gedimmten Deckenlampen verbreiteten eine eher schummrige Atmosphäre. Die Oberstufenschüler betrieben das Café offensichtlich in Eigenregie. Kellert nahm sich vor, weder auf die zweifelhafte Sauberkeit noch auf die Unordnung des Raumes zu achten. ‚So denkt man als Spießer!', schoss es ihm durch den Kopf. ‚Als Vater.' Er musste schmunzeln und korrigierte sich innerlich. ‚Also gut: als Großvater. Komm, lass gut sein!'

Später Mittag, ein paar Minuten nach zwei Uhr. An diesem Tag, an dem der reguläre Unterricht ausgefallen war, war das Café fast leer. Hinten an einem Tisch beugten sich zwei Jungs in Teresas Alter tief über ihre Smartphones. Auf dem Tisch standen zwei halbleere Gläser mit Cola. Zumindest sah das von Kellerts Perspektive so aus. Der weite Raum verschluckte das Gemurmel der beiden. Man konnte jedenfalls ahnen, wie lebendig und lautstark es normalerweise hier zuging. Teresa hatte sich selbst einen tiefroten Früchtetee aufgebrüht und für den Kommissar einen frischen Kaffee aus der edlen, sicherlich einige tausend Euro teuren Maschine gezapft. Schwarz. Ohne Zucker.

Kellert hockte sich etwas mühsam auf einen der hohen, lehnenlosen Hocker, die an einer Art Theke standen. Teresa hatte ihm diesen Platz zugewiesen und er hatte sich gefügt. Wenn es denn sein musste. Seit einigen Jahren hatte er nicht mehr auf einem solchen Hocker an einer Bar gesessen. ‚Also eine Lehne hat schon ihre Vorteile', ging es ihm durch den Sinn. Aber jetzt saß er nun einmal hier.

Die Schülersprecherin wandte sich mit einem leicht spöttischen Grinsen zu ihm. Sie genoss offensichtlich die Konstellation und gestaltete sie genüsslich als Heimspiel aus: „Also, warum wollten Sie mich sprechen?", fragte sie. Bernd Kellert wusste das selbst nicht so genau. Alle seine Gespräche kreisten im Moment darum, das Schulleben hier besser einschätzen zu können. Und die Rolle, die der ermordete Direktor darin gespielt hatte.

„Teresa. Sie sind ja Schülersprecherin. Sie könnten mir vielleicht dabei helfen, diese Schule besser zu verstehen. Wie sie tickt. Und ich bin neugierig, wie Sie den ehemaligen Direktor Dr. Geißendörfner einschätzen." „Puh!" Teresa warf mit ihrer rechten Hand die gefärbten Haare zurück. „Na ja, wenn Sie meinen!" Sie blickte ihn an. „Ob das für Sie etwas bringt, weiß ich aber nicht."

„Schon klar", antwortete Kellert, dem bewusst wurde, dass er sich unwillkürlich auf die Sprache seines Gegenübers einzulassen versuchte. „Aber das können Sie ja ganz einfach mir überlassen, oder?" „Okay", gab Teresa Andernach zurück. Sie wärmte ihre Hände an dem Teebecher, den sie fest umklammert hielt. „Ich fang mal beim Geißendörfner an. Die meisten fanden den toll. So ein netter alter Mann, ganz der Typ weiser Opa." ‚So viel älter als ich war der auch wieder nicht', dachte Kellert leicht amüsiert, behielt diesen Gedanken aber für sich.

Teresa sprach weiter: „Stimmte ja irgendwie auch. Immer freundlich, man konnte immer zu ihm kommen. Auch wir von der SMV." Kellert hob seine Augen von der Kaffeetasse, auf die er sich zuvor konzentriert hatte, schaute fragend, und Teresa fing seinen Blick auf. „SMV, also: Schülermitverwaltung. Deren Sprecherin ich bin. Ich bin ja nur Teil eines Teams. Das mich gewählt hat. Für das ich spreche." Sie hatte ihren Gesprächsfaden verloren.

Kellert kam ihr zu Hilfe: „Ich höre da ein ‚Aber', so wie Sie das sagen." Teresa nickte. „Ich dachte das lange Zeit auch, dass der voll okay ist, der Geißendörfner. Und es stimmt ja. Aber dann kam die Sache mit Adissa. Adissa aus der 9b. Deren Eltern waren aus Albanien hierhergekommen, als sie noch klein war. Und sie waren so stolz, dass es ihre Tochter auf das Gymnasium geschafft hatte. Und dann noch auf das KaRaGe! Sie sind doch Muslime, wissen Sie?"

Die Schülersprecherin dachte nach. Trank einen Schluck. Umklammerte dann wieder den Becher. „Und?", fragte Kellert ermunternd. Er spürte, wie ihm der Rücken zu schmerzen begann. Dieses Sitzen auf Barhockern war jenseits der fünfzig einfach nicht mehr angesagt. Er streckte sich, um den Rücken zu entlasten.

Teresa musterte seine Verrenkungen amüsiert, kommentierte sie aber nicht. Stattdessen nahm sie seinen Gesprächsimpuls auf: „Adissa war meine Betreuungsschülerin, verstehen Sie? Mir zugeordnet. Wir machen das hier so. Ältere Schüler kümmern sich um jüngere. Mentoring nennt man das in der Wirtschaft, oder? Hab ich mal gehört. Bei uns entstehen da manchmal ganz enge Freundschaften. Nicht immer natürlich."

Sie zuckte mit den Schultern und ließ ihr kupferfarbenes Haar schwingen. „Ich war jedenfalls als Tutorin für sie zuständig", fuhr sie fort. „Das hatte ich mir so ausgesucht. Und ich wollte unbedingt, dass sie das Gymnasium packt. Das KaRaGe. Gerade Adissa. Das hatte ich mir fest vorgenommen. Auch wenn es von Anfang an schwer war. Für sie. Schon wegen der Sprache. Zu Hause sprachen die meisten weiterhin Albanisch. Dafür war ihr Deutsch wirklich toll. Aber eben nicht perfekt."

Sie musste sich wieder an die Ausgangsfrage erinnern. „Ja, vor zwei Jahren ist dann der Vater auf und davon. Ließ nie wieder etwas von sich hören. Einfach weg. Und plötzlich musste Adissas Mutter die Familie allein durchbringen. Adissa hat noch einen jüngeren Bruder, Tarik. Aber die macht das toll, die Mutter. Hat drei Putzjobs. Ist aber deswegen natürlich kaum zu Hause. Und Adissa musste auf den Bruder aufpassen. Da kam sie dann auf einmal nicht mehr regelmäßig zur Schule. Hatte auch nicht immer die richtigen Bücher dabei. Und machte die Hausaufgaben nicht."

Verärgert blickte Teresa vor sich hin und schlug plötzlich mit der rechten Handfläche auf den Tresen. „Blöd, blöd, blöd! Ich habe das lange Zeit nicht gecheckt, was mit ihr los war. Wenn ich das eher gemerkt hätte, wäre alles vielleicht anders gelaufen. Bestimmt sogar!" Sie versuchte sich zu beruhigen. „Dann habe ich natürlich versucht, ihr zu helfen. Habe mit der Mutter geredet. Bei den Hausaufgaben geholfen. Habe den Vertrauenslehrer eingeschaltet, den Brox, den haben Sie ja auch schon kennengelernt, oder?"

Kellert nickte. Doch, er traute dieser toughen jungen Frau zu, sich für ihre Mitschülerin engagiert zu haben. Mehr als üblich. Sie war der Typ. Er wartete ab, während Teresa mit hektischen Bewegungen einen letzten Schluck Tee trank.

„Der hat sich auch durchaus eingesetzt, der Brox, da kann man nichts sagen. Anfangs", fügte sie dann an. „Und wir haben sie dann auch schon wieder in die Spur gekriegt. Irgendwie hat sie das hinbekommen, mit dem Bruder und der Schule und dass die Mutter eben nicht mehr viel zu Hause war. Ein paar Monate lang jedenfalls."

Teresa schluckte, biss sich auf die Lippen, wischte sich eine unkontrollierbare Träne aus dem rechten Augenwinkel. „Aber dann …", fügte Kellert ein und Teresa übernahm sofort wieder die Erzählung: „Dann begann das mit den Drogen. Die ganze Scheiße! Entschuldigung. Sie kam irgendwie mit der Szene am Bahnhof in Kontakt. Die da so herumlungern. Und irgendwann war sie dann immer öfter dort. Nahm selber Drogen. Hat sich prostituiert. Glaube ich. Das weiß ich nicht genau. Das hat man sich dann eben so erzählt. Ich kam irgendwann auch gar nicht mehr an sie heran. Sie ging nicht mehr ans Handy. Und später hat sie mich blockiert. Sie wollte nichts mehr von mir wissen. Ich glaube, weil sie sich geschämt hat."

Nun stürzte ein ganzer Tränenbach die rechte Wange hinunter. Kellert holte aus seiner Hosentasche ein Päckchen Papiertaschentücher, nahm eines heraus, entfaltete es und reichte es Teresa hinüber. Die Schülersprecherin nahm es und schnäuzte sich laut. Die beiden Jungs am Tisch in der Ecke schauten nun neugierig hinüber. Da nichts Dramatisches folgte, wandten sie sich aber wieder mit ausdruckslosen Mienen ihren Smartphones zu.

„Ich habe versagt. Das ist so. Da können Sie sagen, was Sie wollen. Das versucht meine Mutter auch immer. Mir einzureden, dass ich einfach nichts tun konnte. Aber ich habe mich dann auch selbst zurückgezogen. Weil es mir zu naheging. Weil ich dachte, dass ich nichts mehr tun kann. Egal: Ich hätte ihr besser helfen müssen – und können. Ich weiß das."

Kellert wollte widersprechen, aber sie winkte ab und sprach einfach weiter: „Aber da bin ich eben nicht die Einzige. Als die Drogen ins Spiel kamen, hat Brox gesagt: ‚Da können wir jetzt leider nichts mehr tun.' Und fertig. ‚Da sind jetzt andere gefragt', hat er gesagt. Ja wer denn? Wer denn bitte schön? Damit war das für den erledigt. Da hat er es sich ein bisschen leicht gemacht, der Thommy." Kellert schaute verwirrt. Teresa war der verständnislose Blick nicht entgangen, deswegen fügte sie rasch hinzu: „So nennen wir den nämlich, den Brox. Heimlich. Unter uns."

Sie redete sich jetzt in Rage. Endlich konnte die lang angestaute Wut heraus. „Also bin ich zum Chef, zum Geißendörfner. Den alle so toll fanden. Ich ja auch. Habe ihm die ganze Sache geschildert. Er tat ganz väterlich. Wie gut ich mich da einsetzen würde. Wie vorbildlich das sei. Dass ich da aber an meine Grenzen käme. Das wusste ich doch selbst! Deswegen war ich doch bei ihm!"

Wieder trat eine Träne aus dem rechten Augenwinkel, dieses Mal aber vor Wut. „Das müssen Profis übernehmen', sagte er. Sozialarbeiter und Streetworker. Die gibt es aber nicht in Friedensberg, das ist ja das Problem. Genau das! Da kümmert sich niemand drum, niemand! Stattdessen haben sie die Adissa von der Schule geschmissen. Eine drogensüchtige Schülerin! Eine, die sich am Bahnhof herumtreibt! Das passte nicht zum Domgymnasium. Also: weg damit."

Sie verstummte, schluckte, schwieg. Kellert überlegte. Was sollte er sagen? „Haben sie denn so Unrecht gehabt, der Herr Brox und der Direktor? Was hätten sie denn tun sollen? Wenn sie gar nicht mehr zur Schule kam?" Wild fuhr Teresa ihn an: „Ja was, was? Irgendetwas halt. Aber doch nicht einfach so wegwerfen. Aus den Augen, aus dem Sinn. Hauptsache, wir sind das Problem los! Das Problem, den Menschen, der nicht passt! Hallo?! Wo bleibt denn da das tolle katholische Profil der Schule? Der christliche Anspruch, der immer so hochgehalten wird? Hätte Jesus etwa gesagt: Sorry, da bin ich nicht zuständig?"

Kellert konnte sich gut in die Situation der Lehrer und des Direktors hineinversetzen. Mühsam genug, den alltäglichen Betrieb aufrechtzuerhalten. Wer hat denn die Zeit, die Ausbildung, die Energie, sich um einen solchen Einzelfall zu kümmern? Das geht im System Schule nicht, das leuchtete ihm ein. Ihm, dem über Fünfzigjährigen. Er verstand aber, dass ihr, der Achtzehnjährigen, das nicht begreifbar zu machen war. Er würde den Versuch gar nicht erst unternehmen. Das war – wiederum – nicht *sein* Job.

„Und da sind Sie mächtig wütend gewesen", nahm er Teresas Gedanken auf. „Nein, nicht gewesen. Das bin ich immer noch", entgegnete Teresa sofort, nach wie vor mit erregter Stimme. „Wissen Sie, das war letztes Jahr. Und jetzt geht sie in

Frankfurt auf den Strich. Sagt man. Ich kann mir leider auch vorstellen, dass das stimmt. *Konkret* vorstellen kann und will ich es mir nicht. Ach so, ja: Das habe ich dem Chef auch gesagt, wie scheiße ich das von der Schule finde. Und von ihm." Kellert hob überrascht die Augenbrauen. „Und?" „Nix und. Das hat er so hingenommen." Ein triumphierendes, gleichzeitig bitteres Grinsen überzog ihr Gesicht. „Was mich auch überrascht hat. Ich glaube ja, dass er gespürt hat, dass ich letztlich Recht hatte. Und er selbst ein schlechtes Gewissen. Ich habe mich dann später auch für die Wortwahl entschuldigt. Für die Wortwahl. Für nichts sonst. Seitdem hatten wir irgendwie – wie soll ich das sagen? – ein fast kumpelhaftes Verhältnis. Irgendwie hat ihm das, glaube ich, imponiert. Dass ich mich da so eingesetzt habe. Das ist auch eher selten. Den meisten anderen hier geht das völlig am Arsch vorbei. Sorry."

Sie schaute dem Kommissar wieder in die Augen. Während ihres Wutausbruchs hatte sie eher ziellos in die Ferne gestarrt. Mit gefassterer Stimme fügte sie nun hinzu: „Ich erzähle Ihnen das sowieso nur, damit Sie sich Ihr Bild machen können. Auch vom Chef. Wie der so war. Und vom Brox, dem alten Schülerversteher. Von wegen! Alles hat seine Grenzen, wissen Sie? Alles!"

„War denn diese Adissa auch so sauer auf ihre Schule? Auf den Direktor?", fragte der Kommissar nach einer kurzen Stille, in der man plötzlich das sanfte Summen der Kaffeemaschine hören konnte. Teresa lachte laut auf, so dass die Jungs erneut kurz zu ihnen hinüberblickten. „Ach so! Sie suchen eine mögliche Täterin. Die drogensüchtige Stricherin, die von der Schule verwiesen wurde. Das wäre doch eine tolle Mörderin. Da wären alle beruhigt. Das würde euch so passen, hm?"

Diesen Schuh wollte sich Kellert dann doch nicht anziehen. „Hey, Teresa, ganz ruhig! Ich muss das fragen. Und frage das alle anderen auch. Ich will keine Lösung, die in irgendein Weltbild passt, sondern einfach nur den Täter oder die Täterin finden. Wer immer das ist. Egal, wer." Teresa Andernach spürte, dass sie zu weit gegangen war. „Okay, sorry. Tut mir leid. Das war blöd von mir. Freunde?" Sie grinste den Kommissar fragend an. Der zögerte kurz, nickte dann.

„Also: Klar war die sauer, die Adissa", kehrte Teresa zu der ihr zuvor gestellten Frage zurück. „Aber irgendwie war ihr das auch alles egal. Das war ja das eigentlich Furchtbare. Dass ihr alles egal war. Dass sie nicht mehr gekämpft hat. Sie war vorher so stark gewesen. Die Adissa, die ich in ihrem fünften Schuljahr kennenlernte, wollte sich hier durchsetzen, gegen alle Widerstände. Wollte sich einen Platz in der Welt aufbauen. Das war eine Kämpferin, das kann ich Ihnen sagen! Und dann war sie wie" – sie suchte sichtlich nach Worten – „wie gebrochen. Wie ausgelöscht. Kein Wille mehr. Kein Interesse. Ach, ja: auch keine Wut."

„Wann haben Sie sie denn zuletzt gesehen?", hakte Kellert nach, während er sich erneut streckte. Die Schülersprecherin überlegte. „Ph, das ist Monate her. Nein, Quatsch: bestimmt ein halbes Jahr. Wie gesagt: Die ist nicht mehr hier in Friedensberg. Wenn einer die hier sehen würde, spräche sich das sofort herum." Sie rieb sich die Augen. „Ich wüsste gern, wie es ihr geht." Sie dachte nach und verbesserte sich: „Nein, vielleicht auch nicht. Aber helfen – wenn ich es könnte –, helfen würde ich ihr."

Ihr Handy klingelte. Teresa Andernach holte das Gerät aus ihrer kleinen modischen Handtasche, schaute auf den Bildschirm, las etwas, runzelte die Stirn, sprang dann auf. „Huch, schon so spät? Sorry, ich muss! Ich hoffe, dass ich

Ihnen ein bisschen weiterhelfen konnte." „Haben Sie, Teresa, das haben Sie", versicherte der Kommissar, während er sein Kreuz durchstreckte und sich mit leisem Seufzen vom Barhocker erhob. „Danke für die Offenheit!" Die letzten Worte rief er ihr aber schon hinterher, während sie mit eiligen Schritten das Schülercafé verließ, mit wehenden Haaren und die Handtasche an der rechten Seite hin und her schwingend.

## 16.

‚HÖFFGEN'. Dominik Thiele schaute auf den soeben von ihm zweimal kurz niedergedrückten messingfarbenen Klingelknopf unter dem Namensschild. Ein zweigeschossiger Flachbau mit vier Wohnparteien, vor einigen Jahren in ein noch freiliegendes Grundstück des Nürnberger Edelvorortes Erlenstegen hineingebaut. Rechts und links ältere Villen mit viel größeren, baumbestandenen Grundstücken, die meisten durch deutlich sichtbare Alarmanlagen gesichert. ‚Die könnten genauso gut auch in Friedensberg stehen', dachte er.

Der Kriminalhauptmann hatte sich am Vorabend telefonisch angemeldet. Monika Höffgen musste heute erst später zur Schule, der morgendliche Termin hatte ihr gut gepasst. „Am besten bei mir zu Hause", hatte sie am Telefon vorgeschlagen, nachdem er ihr sein Anliegen geschildert hatte, „da sind wir ungestört. Und es muss ja nicht jeder gleich mitbekommen, dass ich mit einem Polizisten spreche."

Monika Höffgen führte ihn durch die hellen Räume. Der Flur ging direkt über in ein großes Wohnzimmer. Glas und Stahl beherrschten die Atmosphäre, als Farben dominierten Weiß, Schwarz und Silber. ‚Sehr ordentlich', dachte Thiele,

‚fast schon kalt. Nicht sehr lebendig.' Die Frau, die ihm nun den Platz auf einem cremefarbenen Ledersofa anbot und sich ihm gegenüber auf einen dazu passenden Sessel setzte, hatte eine ganz andere Ausstrahlung. Vielleicht eins fünfundsechzig groß – schätzte Thiele –, halblange mittelblonde Haare, schlank und durchtrainiert, eine pfiffige, kleinglasige Brille mit kaum wahrnehmbaren Rändern, farblich perfekt abgestimmte Grautöne bei Hose, Bluse und Blazer, dazu eine Kette mit bunten Glassplittern.

‚Klarheit', ging es Thiele durch den Kopf, ‚das strahlt sie aus: Klarheit!' „Ich danke Ihnen sehr, dass Sie sich Zeit genommen haben, Frau Höffgen", begann er das Gespräch. „Ich weiß ja, dass Sie als Lehrerin einen vollen Terminkalender haben. Und unser Thema ist für Sie nicht gerade einfach, nehme ich an. Aber Sie wissen ja, worum es geht. Wir brauchen Ihre Aussage."

Monika Höffgen biss sich auf die dezent nachgezogenen Lippen. „Ja, der Mord an Bertram. Also an Dr. Geißendörfner. Am ‚Chef', ich nenne ihn in Gedanken immer noch so. Obwohl er ja damals offiziell nur Stellvertreter war. Aber seinen Vorgänger, den Lobkowitz, den sah man eigentlich nie, außer bei offiziellen Anlässen. Schon Jahre vor seiner offiziellen Ernennung nannten viele Geißendörfner den ‚Chef'. Wussten Sie das?"

‚Nein. Ich glaube, das wussten wir noch nicht', dachte Thiele und notierte sich innerlich eine entsprechende Information an seinen eigenen Vorgesetzten. „Ja, der Chef", fuhr Monika Höffgen fort. „Ich kann das gar nicht fassen. Dass er tot ist. Dass man ihn ermordet hat. Ich weiß, dass es stimmt, aber ich begreife es nicht. Nicht wirklich. Kennen Sie das? Das nimmt mich richtig mit, auch wenn wir ja schon seit Ewigkeiten keinen Kontakt mehr hatten."

„Genau dazu muss ich Sie befragen. Leider. Bitte verstehen Sie, das ist mein Job", versuchte sich Thiele zu entschuldigen, aber das wäre nicht nötig gewesen. „Das ist kein Problem. Fragen Sie nur", ermunterte ihn sein Gegenüber, „dazu sind Sie ja schließlich den weiten Weg hierhergekommen." Thiele räusperte sich, versuchte sich zu konzentrieren und begann: „Wir wissen, dass Sie ein Verhältnis mit Dr. Geißendörfner hatten. Vor neun Jahren. So hat uns das seine Frau erzählt. Und dass das vorbei war. Hatten Sie denn wirklich keinen Kontakt mehr seitdem?"

Monika Höffgen saß aufrecht in ihrem Sessel. Selbstbewusst. Stolz? Trotzig? Ihre Augen zogen sich zusammen: „Ich finde dieses Wort furchtbar: ‚Verhältnis'. Noch schlimmer wäre allerdings ‚Affäre'. So war das nicht. Nicht für mich und auch nicht für Bertram. Lassen Sie es mich erklären: Ich war damals ein oder zwei Jahre am KaRaGe, das war meine erste Lehrerstelle. Mit Englisch und Deutsch als Fächerkombination hatte man es schon damals nicht leicht, eine Planstelle zu bekommen. Aber ich war die Drittbeste meines Referendariats-Jahrgangs im ganzen Bundesland."

Sie versuchte sichtlich, ihre Gedanken und Erinnerungen zu ordnen. „Gut, das interessiert Sie nicht. Es gehört ja auch nicht hierher. Also: Bertram, ‚der Chef', war damals kurz vor seinem fünfzigsten Geburtstag. Ich eine junge Lehrkraft. Diese zwei Welten überschnitten sich de facto nicht. Direktorat und Kollegium, das sind sowieso zwei Parallelwelten. Wir hier, die da. Irgendwie auch ein Gegeneinander. Er hat mich kaum wahrgenommen, ich ihn vielleicht als offiziellen Amtsträger und Weisungsbefugten."

Wieder rief sie alte Bilder hervor: „Dann kam ein Kollegenausflug. Nach Rothenburg ob der Tauber, wie sollte ich das vergessen? Tagsüber gab es ein Kulturprogramm und abends ging man irgendwo essen. Ich kam ein bisschen später. Hatte mich mit einer lange nicht gesehenen Kollegin verquatscht. Meistens sitzen die Herrschaften vom Direktorat für sich allein. Da will sich niemand dazusetzen. Damit kein Gerede aufkommt. Als wolle man da lieb Kind machen oder so. Ich komme also in den großen Wirtssaal. Alles besetzt. Bis auf diesen einen Platz neben Bertram. Links neben ihm Frau Schildbach natürlich, die zweite Chefin. Wie immer. Aber rechts neben ihm niemand. Ich stehe da, schaue mich um, weiß nicht, was ich tun soll. Er sieht mich, erkennt meine Verlegenheit, winkt mich zu dem freien Platz an seiner Seite. Was sollte ich tun? Da saß ich also."

Jetzt musste sie doch schlucken, ging zum Kühlschrank in der in den Raum integrierten Küche hinüber, holte sich eine Flasche Mineralwasser und zwei Gläser, goss ein und trank. Thiele nickte ihr dankbar zu, nippte pro forma an seinem Glas und lauschte ihren Erinnerungen. Sie wollte erzählen. ,Lass sie', dachte er.

„Nun, wir sind dann ins Gespräch gekommen. Er war ganz anders, als ich es erwartet hatte. War richtig an mir interessiert. Und ein spannender Erzähler. Wahrscheinlich hat es an dem Abend schon gefunkt. Ohne dass wir das damals schon bemerkt hätten. Ich zumindest nicht. Nun ja, und von da an begegneten wir uns eben öfter. Erst zufällig, dann geplant. Ich wusste ja von Anfang an, dass er verheiratet war. Familie hatte. Thea, eine tolle Frau, ich hatte sie einmal bei einer Schulfeier gesehen."

Der Gedanke an Frau Geißendörfner war ihr unangenehm, das war deutlich zu spüren. Trotzdem fuhr sie nach leichtem Zögern fort: „Und mir war klar, dass wir beide an einem kirchlichen Gymnasium arbeiteten. Und was das bedeutete. Aber es war einfach stärker. Das unbedingte Gefühl, dass wir zueinandergehörten. Der Altersunterschied hat uns nie gestört. Ich habe keinen Vaterkomplex, falls Sie das meinen, und bei ihm war es nicht einfach die Sehnsucht nach jüngeren Frauen. So war es nicht. Es war absolut und bedingungslos. Egal, was dagegensprach. Wir haben uns dagegen gewehrt, oh ja. Aber das war Fügung. Oder was immer." Sie verstummte. Hing ihren Erinnerungen nach. Kniff wieder die dezent geschminkten Lippen zusammen, stülpte dann die Unterlippe vor. Nahm wieder einen Schluck. Hatte aber nichts mehr zu sagen. Dominik Thiele beobachtete sie. Ließ ihr erneut Zeit. Das hatte er von seinem Chef Bernd Kellert gelernt. ‚Nichts überstürzen!'

Schließlich fragte er doch: „Und dann?" Sie hatte offensichtlich auf einen derartigen Impuls gewartet, denn nun nahm sie den Erzählfaden sofort wieder auf. „Ich erspare uns die Details. Ihnen. Mir. Nicht schön. Er wollte seine Frau verlassen, obwohl er auch sie liebte, keine Frage. Anders eben. Als Vertraute. Als Lebensbegleiterin, die einfach ungefragt da war. Das habe ich durchaus verstanden."

Sie kniff die Augen zusammen, schüttelte leicht den Kopf und versuchte, sich zu konzentrieren: „Mit mir erhoffte er sich noch einmal ein neues Leben. Und wir hätten die Chance gehabt, das glaube ich immer noch. Aber ..." – sie schluckte – „aber am Ende fehlte ihm der Mut. Ich habe ihn sogar verstanden. Seine Frau zurückzulassen, seine Kinder, obwohl die ja schon alle aus dem Haus waren bis auf den Jüngsten, die Schule ..."

Ihr Gesicht nahm einen entschiedenen Ausdruck an. „Also, wir haben uns getrennt. Seine Entscheidung. Er blieb in seiner Welt, ich ging fort. Anders ging es nicht. Ich kam hierher nach Nürnberg. Meine Planstelle hatte ich ja sicher. Und ich habe es ganz gut getroffen. Mein Gymnasium hier ist gut, ich bin Seminarlehrerin geworden, bilde also Referendare aus, nette Kollegen, auch über die Schüler kann ich mich nicht beklagen. Das passt schon alles. Und die Wohnung hier habe ich auch schon abbezahlt. Was will man mehr?"

„Sie wohnen allein, wenn ich fragen darf?", wollte Thiele wissen. „Sie dürfen. Ja!", antwortete Monika Höffgen. „Ja, allein! Bertram war *die* große Liebe meines Lebens. Warum sollte ich das nicht sagen? Danach kommt nichts mehr, was auch nur annähernd gleiche Bedeutung haben könnte. So ist das nun einmal. Also" – sie schloss den Bogen zurück zum Anfang des Gesprächs – „aus diesem Grund mag ich die Worte ‚Beziehung' oder ‚Affäre' nicht. Nicht das Anrüchige, Heimliche, Abwertende. Let's call it love."

Thiele war überrascht. Er hatte sich das Gespräch anders vorgestellt. Die Offenheit seiner Gesprächspartnerin beeindruckte ihn. Er lächelte: „Danke, dass Sie mir das alles so offen erzählen, ich muss aber leider noch einmal nachfragen. Waren Sie da nicht wütend auf Ihren" – er suchte nach Worten – „auf Dr. Geißendörfner? Immerhin hat er Ihnen doch eine gemeinsame Zukunft versprochen."

„Nein, das hat er nicht. Nie! Wie kommen Sie denn darauf? Nie. Wir wussten immer, wie schwierig das alles ist. Wir haben unsere Gemeinsamkeit ja damals auch gut versteckt gehalten. Kaum jemand hat davon etwas gewusst. Geträumt haben wir, das ja. Die Phantasie spielen lassen. Aber nichts versprochen. Nichts gebrochen." Sie lächelte bitter: „Außer mein Herz."

Sie unterlegte ihre Stimme mit einer schwachen Melodie und wiederholte halb in singendem Ton: „Außer mein Herz." Sie kicherte und fügte selbstironisch hinzu: „Jaja, kitschig, ich weiß. Jedenfalls: Deswegen war ich ihm auch nicht böse, nein! Er hat doch selbst unter der Trennung gelitten. Genauso wie ich. Glaube ich jedenfalls. Ich hätte mir mehr Mut von ihm gewünscht, Mut zu einem Neuaufbruch. Aber ob ich den an seiner Stelle aufgebracht hätte? Ich weiß es nicht. – Ach so", sie erinnerte sich an eine noch unbeantwortete Frage Thieles. „Nein! Ich habe Bertram seit damals nicht mehr gesehen. In Gedanken, das ja." Sie seufzte. „Wie oft! Ständig. Aber nicht real. Das hätte ich nicht ertragen. Nie wieder. Da blieb nur ein ganz klarer Schnitt. Das war die einzige Möglichkeit, weiterzuleben: für ihn, für seine Frau, für mich."

Thiele konnte sich nicht vorstellen, dass Monika Höffgen ihm etwas vorspielte. Gleichzeitig war er sich der Grenzen seiner Wahrnehmungen bewusst. ‚Gerade beim Verhör von Frauen vorsichtig bleiben! Nicht einlullen lassen! Gerade wenn sie dir gefallen: Vorsicht!' – wieder hörte er die Stimme Bernd Kellerts in seinem Ohr. ‚Komm, diese Frage musst du noch stellen', ermunterte er sich: „Ich muss Sie das fragen, bitte verstehen Sie mich nicht falsch. Wo waren Sie vorgestern Abend?"

Sie lächelte matt: „Dienstag? Ach so, da hat man ihn umgebracht, schon klar. Ich war das nicht, das können Sie mir glauben. Das wäre so ungefähr das Allerletzte, was ich tun würde. Wenn ich ihn nur hätte schützen können! Dienstagabend – Sie glauben es nicht: Da ist Kollegensport. Wie am KaRaGe. Das ist der klassische Termin dafür an fast allen Schulen, die ich kenne. Und ich bin dabei, seit ich hier angefangen habe. Ein schöner Ausgleich zum Unterrichtsalltag. Und eine gute Möglichkeit, mit den Kollegen etwas gemeinsam zu unternehmen. Wir treffen uns von halb acht bis um neun, danach gehen wir noch etwas trinken. Beim Griechen, ‚Christos'.

Sie trank noch einen letzten Schluck, stellte das leere Glas mit abschließender Geste auf den Tisch und ergänzte: „Und ich war auch vorgestern dabei, wie fast immer. Das lässt sich leicht überprüfen. Eine ganze Hand voll Zeugen. Es tut mir leid: Sie finden bei mir weder ein Motiv noch eine Mörderin. Dafür ein Alibi. Und eine kleine, ganz normale Lebensgeschichte." Sie lächelte still und schwer deutbar vor sich hin.

„Was meinen Sie?", fragte sie Dominik Thiele beim Abschied. „Ob ich zu der Beerdigung gehen sollte? Ich würde mich zu gern wenigstens von ihm verabschieden. Wenigstens das!" „Ich fürchte, dass ich Ihnen da keinen Rat geben kann", entgegnete Thiele. Aber dann tat er es doch: „Stellen Sie sich das so konkret wie möglich vor: Die ganze Friedensberger Hautevolee, die Repräsentanten des Bistums, das Kollegium des KaRaGe, seine Frau, seine Kinder … Wollen Sie sich das wirklich antun? Ich würde mir das an Ihrer Stelle noch einmal gut überlegen."

## 17.

Bernd Kellert saß in seinem Wohnzimmer. Draußen war es dunkel geworden, er war allein. Beate hatte einen Termin in Friedensberg, traf sich dort mit einigen Freundinnen. Mit wem genau und wo, das wusste er gar nicht. Das war ihm, ehrlich gesagt, auch egal. Sie brauchte immer wieder ihre Abende, an denen sie viel reden, er immer wieder Zeiten, in denen er schweigen konnte. Das wussten sie beide. Darauf hatten sie sich eingestellt.

Wie still es hier draußen in Polzingen war. Kein Autolärm, keine unterschwelligen Arbeitsgeräusche, keine laut tönende

Nachbarschaft. Stille. Von irgendwoher hörte man ab und zu das verhaltene Schnarchen von Barry, dem Kater. Wenn Beate später heimkäme, würde sie als Erstes eine CD einlegen oder den Fernseher einschalten. Ganz ohne Geräuschkulisse fühlte sie sich unwohl. Bernd Kellert war anders. Mit Blick auf das Dunkel vor dem Fenster konnte er sich perfekt erholen und entspannen.

Seine eigene Schulzeit ging ihm durch den Kopf. Die beiden Tage am KaRaGe wirbelten viele alte Erinnerungsbilder auf. Nein, er hatte unter der Schule nicht gelitten, wie andere das von sich erzählten. Auch nicht genossen hatte er die dreizehn Jahre Pflichtbeschulung, sondern hingenommen. Das war irgendwie normal, dass man zur Schule gegangen war. Mit ihm selbst hatte das aber wenig zu tun gehabt. Sein Sport war ihm wichtig gewesen als Jugendlicher, daran erinnerte er sich. Leidenschaftlich hatte er Fußball gespielt und Leichtathletik betrieben. Lange Läufe über Felder, Wiesen und durch Wälder standen ihm vor Augen. Allein oder in Gruppen. Das war auch einer der Anreize gewesen, die ihn zur Polizei getrieben hatten. „Dort treibt man viel Sport", hatte ihm ein Berufsberater gesagt.

Lange her! Keine einzige seiner Körperzellen stimmte noch mit dem damaligen Bernd Kellert überein. Alles erneuert. Aber was machte ihn dann eigentlich aus? Was ist das, das ‚Ich'? ‚Was du wieder denkst, alter Junge', musste er über sich selbst lächeln. Das war das Schöne an diesen Nachdenkabenden. Irgendwann kamen die Gedanken, wie sie wollten. Nicht nach Plan.

Dann hatte er Schule ein zweites Mal erlebt. Dieses Mal als Vater. Da durchlebst du die Höhen und Tiefen aus der Außenperspektive. Die Erfolge und Niederlagen deiner Kinder reißen dich noch einmal zurück in die Welt, von der du annahmst, du hättest sie schon lange hinter dir gelassen. Gute Lehrer, schlechte Lehrer – auf einmal erkennst du viel besser, was sie voneinander unterscheidet. Als Schüler entscheidest du das oft nach Sympathie. Als Eltern spürst du, wer dein Kind wertschätzt und fördert oder eben wer es nicht wahrnimmt oder sogar hemmt.

Tobias, Kellerts Sohn, war schulisch betrachtet eher wie sein Vater gewesen. Ein Mitschwimmer im Strom. Er erzählte zu Hause nie viel von der Schule, kam ohne große Mühen mit, ohne irgendwo zu brillieren, brauchte nur wenig Begleitung. Die Kumpels waren wichtig, die Lehrer eher nicht. Später die Mädchen. Noch später, im Studium, war er aufgeblüht. Da spürte er, wie das ist, sich für etwas zu interessieren. Das war ihm in der ganzen Schulzeit nicht passiert. An Einsatz mangelte es nun nicht mehr. Er kam fast gar nicht mehr nach Hause. Die Welt seines Studiums in München hatte ihn aufgenommen. ‚Gut so!‘, dachte Bernd Kellert, auch wenn er die Nähe zu seinem Sohn manchmal vermisste.

Bei Jenny war alles anders gewesen. Jeder Lehrerwechsel in der Grundschule war ein Drama gewesen. Sie hing sehr an den einzelnen Personen und konnte sich nicht gut umstellen. Sie liebte Geschichten, lauschte gespannt, las selbst stundenlang, schrieb eigene lange Abenteuererzählungen. Alles, was mit Sprache zusammenhing, ging ihr flott von der Hand. Nur Mathematik war nicht ihre Sache. Von Anfang an. „Das gibt es doch gar nicht, dass Jenny sich so in das alte Rollenklischee einfügt!", hatte Bernds Schwester Stella, Jennys Patentante, geschimpft. „Tut etwas dagegen. Fördert sie besser."

Stella, alleinlebend und seit den Jahren einer wilden Pubertät eine kämpferische Feministin, konnte sagen, was sie wollte. Das gab es eben doch. Jennys Talente waren genauso ungleich verteilt, wie man es klassisch vielen Frauen zuschrieb. Und sie war glücklich damit. Soweit Bernd Kellert als Vater und Beate als Mutter das beurteilen konnten. Mit Jenny hatte er also alle Tiefs einer Teil-Lernschwäche durchlebt. War mit Beate zu Lehrersprechstunden mitgegangen. Hatte sich Erziehungsratschläge geholt. Nachhilfelernprogramme finanziert. Geholfen hatte alles nicht. Ziel war die ‚Vier minus ehrenhalber' – mit viel Wohlwollen der Lehrkräfte. Bis Jenny in der zehnten Klasse Charly Helfrich als Klassenlehrer bekam. Er war auch ihr Mathelehrer. Und den mochte sie. Und dem wollte sie es zeigen.

Nein, eine Leuchte in Mathe war sie nie geworden, aber für ein einigermaßen sorgenfrei bestandenes Abitur hatte es dann doch gereicht. Die Kellerts waren froh gewesen. Und würden nie vergessen, dass die Lehrerpersönlichkeit und die Fähigkeit, Beziehungen aufzubauen, letztlich wichtiger sind als alle Lernprogramme und klugen Theorien.

Dachte Bernd Kellert, während er so dasaß. Dann verstrichen einige Minuten, ohne dass sich ein klarer Gedanke herauskristallisierte. Bis der Beruf doch wieder die Oberhand gewann. ‚Wie das wohl sein mag, eine Schule zu leiten?', fragte er sich. Von der Arbeit bei der Kriminalpolizei wusste er: Du hast immer zehn Prozent von Mitarbeiterinnen und Mitarbeitern, die eigentlich unfähig sind. Machen so viele Fehler, dass man besser ohne sie auskommen würde.

Manche von ihnen waren von Anfang an Fehlbesetzungen, andere wurden das im Laufe der Zeit. Durch Frustration. Durch persönliche Schicksalsschläge. Durch Faulheit und Trägheit. Durch depressive Veranlagungen. Gerade in großen Behörden war diese Tatsache ein offenes Geheimnis. Wenn das Kollegium gut funktionierte, schleppte man diese

Kollegen mit, so gut es eben ging. Gab ihnen Bürojobs, wo sie nicht viel Unheil anrichten konnten. Oder man steckte sie in Abteilungen von neuen Chefs, die den Laden noch nicht so kannten. Und dann selbst darauf warteten, sie erneut weiter herumschieben zu können. Solange die Betroffenen das System nicht offen ausnutzten, ließ sich das mittragen. „Denk daran: Das kann uns allen passieren!", hatte der Vorsitzende des Personalrates ihm mit auf den Weg gegeben. Das hatte Bernd Kellert nicht vergessen. Aber er wusste auch, dass es manchmal keine Kompromisse gab. Da gab es nur noch Trennung, Vertragsauflösung, Kündigung oder Frühpensionierung. Das waren keine schönen Prozesse. Da gab es Ermahnungen, Abmahnungen, Klage, Gegenklage. „Ich bin froh, dass ich das in meiner Abteilung selbst noch nie erlebt habe", hatte er mehr als einmal seiner Frau Beate gestanden.

‚Aber was machst du, wenn du an einer Schule bist?', fragte sich Kellert. Wenn du da solche Kollegen wie den Bedlinger hast. Unfähig und frech zugleich; unangreifbar und selbstbewusst. Da leiden ganze Schülergenerationen und du kannst als Chef nichts machen. Beamter ist Beamter. Unfähigkeit ist zwar häufig offensichtlich, aber nicht objektiv belegbar. Und selbst wenn: Den schleppst du mit für fünfunddreißig Jahre. Wenn er nicht eklatant gegen Schulgesetze verstößt. Und die Hürden dafür sind hoch.

Das Problem: Bürojobs gibt es an der Schule nicht. Die müssen alle in den Unterricht! Die muss man alle auf die Kinder und Jugendlichen loslassen. ‚Oder sie steigen auf in die Schulaufsichtsbehörden oder Ministerien', grinste Kellert vor sich hin. Wegen der Eltern und angesichts ihrer Klagen musst du dich vor deinen Kollegen stellen. Auch wenn du ihnen innerlich recht gibst. Schwer! Kontrolle und Pflichtbegleitung gibt es an der Schule nicht. Wer soll das wie übernehmen? Dazu lässt der Betrieb dir keinen Spielraum. ,So weit ist das mit mir gekommen', dachte Kellert, als er sich bei den eigenen Gedankengängen erwischte. ,Jetzt denke ich schon darüber nach, was das Leben und Leiden eines Schulleiters ausmachen mag! Schon seltsam, in welche Welten mich mein Beruf treibt.' Der Strom der Gedanken floss weiter.

,Was macht wohl den Reiz aus?', fragte er sich. ,Warum bewirbt man sich um eine Stelle als Direktor? Die Macht über mehr als eintausend Menschen? Der Umgang mit so vielen unterschiedlichen Personen? Die Übernahme von Verantwortung? Das Ansehen, das du dir versprichst? Der gesellschaftliche Aufstieg in die Führungselite einer Stadt wie Friedensberg? Dass man dich kennt, einlädt, grüßt? Das Gehalt, das dich natürlich noch einmal in ganz andere Stufen eingruppiert?'

Kellert konnte sich keine Antworten auf die selbstgestellten Fragen geben. ,Eins ist mir klar: Mehr als einer dieser Schuldirektoren und -direktorinnen wird sich ab und zu wünschen, wieder einfach ein normaler Lehrer zu sein. Zurücktreten zu können. Aus der vordersten Front auszusteigen. Zurückzugehen in die Linie mit anderen, Seite an Seite, nicht ständig vorn. Aber das geht eben nicht. Beworben ist beworben. Befördert ist befördert. Gewählt ist gewählt. Einmal Chef, immer Chef. So ist das überall. Wenn du merkst, dass dir die Höhenluft nicht bekommt: Pech gehabt! Auch wenn andere dir klarmachen, dass du zu hoch gestiegen bist und den Job eigentlich nicht beherrschst: kein Weg zurück!'

,War das so beim Geißendörfner?', fragte sich Kellert, während er dort so allein im Dunkel seines Wohnzimmers saß. ,Oder war der ganz und gar glücklich in seiner Rolle?' So schien es. So wurde ihm das von allen Seiten geschildert. Aber stimmte das auch? ,Morgen geht es weiter', gab sich der Kommissar mit auf den Weg. ,Das Mosaik Bertram Geißendörfner hat noch viel zu viele Lücken. Da fehlen noch viele Steinchen. Aber die finde ich noch. Ganz sicher! Morgen.'

## 18.

„Olbricht, Gerrit." Der deutlich lesbare Aufkleber zierte einen gelb-braunen Aktenordner, den die Sekretärin Saskia Blum im Auftrag ihrer Chefin Kommissar Kellert übergeben hatte. Thiele hatte noch am Vortag den Namen des Schülers recherchiert, der vor Kurzem von der Schule verwiesen worden war. Verena hatte ihnen ja von diesem Fall erzählt. Und wie stets hatten sie mehrere Spuren gleichzeitig verfolgt. Routinearbeit der Polizei eben.

Nun saß Kellert am frühen Freitagmorgen im verwinkelten Dachgeschoss-Büro von Thomas Brox, dem die Rolle zugefallen war, ihm als Gesprächspartner zu dienen. Zugefallen? Die kommissarische Schulleiterin hatte ihm diese Aufgabe zugewiesen. Sie selbst habe sich ja der wieder aufgenommenen Unterrichtsorganisation zu widmen, da stellten sich tausend Fragen gleichzeitig. Der Studiendirektor hatte diese Pflicht nur zögerlich übernommen – das hatte Kellert natürlich wahrgenommen –, sich letztlich aber gefügt. Angesichts des wiedererwachten Lärms und Gewimmels des frühmorgendlichen Schulbetriebs hatten sie sich in das etwas abseits gelegene Dienstzimmer des Vertrauenslehrers zurückgezogen.

Hannah Mellrich hatte an diesem Morgen einen Fortbildungstermin in der Landeshauptstadt und war deswegen unabkömmlich. So hatte sich der Kommissar allein auf den Weg zum KaRaGe gemacht.

Gerade eben schlug er den dicht gefüllten Ordner auf, überflog mit raschem Blick die erste Seite, ließ die Papiere dann aber sinken, legte sie auf den Schreibtisch des Studiendirektors und wandte sich an sein Gegenüber: „Kommen Sie, Herr Brox. Setzen Sie mich rasch ins Bild. Wie war das, dieser Konflikt mit" – er starrte noch einmal mit zusammengekniffenen Augen auf den Ordner – „diesem Gerrit."

Brox zog hörbar Luft durch die Nase, rieb sich die stoppeligen Dreitagebartswangen, gab sich dann einen Ruck. „Unangenehm war das. Und es hat sicherlich kaum etwas mit dem Tod vom Chef zu tun. Aber gut, wenn Sie mich denn fragen ... Schauen Sie: ‚Olbricht'. Sagt Ihnen der Name etwas?"

Kellert dachte nach. „Olbricht & Co.? OEA? Das Elektrounternehmen hinten an der Straße nach Mönchshofen?" Er rief sich die ausgedehnten Anlagen vor Augen. Vor wenigen Jahren war die alteingesessene Firma aus der Stadt hinausgezogen und hatte großzügige neue Fabrikations- und Verwaltungsgebäude errichten lassen. Die OEA war einer der wichtigsten Arbeitgeber in Friedensberg. Sein Schwager, Beates älterer Bruder, arbeitete dort schon seit über zwanzig Jahren als Ingenieur.

„Genau das meine ich", seufzte Brox. „Sie wissen schon: gegründet von Friedrich Olbricht vor fünfzig Jahren, da gab es ja letztes Jahr die großen Feierlichkeiten zum Jubiläum. Mit allem Tamtam. Vor elf Jahren übernommen vom Sohn, Friedrich Tilmann Olbricht. Und der führt die Firma seitdem mit Übersicht und Erfolg. Sagt man. Na, und wo geht dessen Sohn Gerrit zur Schule? Bei uns. Und wer soll die Firma irgendwann einmal weiterführen? Gerrit. Und was braucht er dazu? Das Abitur. Um Elektrotechnik oder Betriebswissenschaft zu studieren, was weiß ich. Und wer gehört zum Friedensberger Rotary Club? Unser Chef und Papa Olbricht."

Kellert folgte den Ausführungen des Lehrers aufmerksam. Brox war ein geübter Erzähler, der es offensichtlich gewohnt war, dass man ihm zuhörte. Er brauchte sein Publikum, um sich in die von ihm selbst geschätzte Redner-Rolle hineinsteigern zu können. Auch wenn es sich – wie in diesem Fall – dabei nur um einen einzigen Zuhörer handelte. „Oje", warf der Kommissar ein, „ich fürchte, ich weiß, wie die Geschichte weitergeht."

„Ja, dazu braucht es nicht viel Phantasie, oder?", stimmte Thomas Brox zu. „Gerrit also. Einzelsohn. Spät geboren, da war der Vater schon zweiundvierzig. Und seine Mutter, Olbrichts zweite Frau, Mitte zwanzig. Der Bub von Anfang an verwöhnt und verhätschelt. Und früh auf die ihm zugedachte Rolle vorbereitet. Schule? Was brauchst du da eine Schule? Die soll nicht stören im Gesamtplan. Lehrer sind ja sowieso nur Menschen, die es zu nichts gebracht haben. In deren Augen. Diese Herabsetzung und Missachtung spürst du mit jedem Blick, glauben Sie mir."

Er schüttelte angewidert den von ersten grauen Strähnen durchzogenen halblang geschnittenen Haarschopf. „Also, erstes Kapitel: Grundschule. Ich habe dort nachgefragt, deshalb weiß ich davon. Gerrit ist nicht blöd, klar. Aber faul. Schreiben kann er schon, bevor er in die erste Klasse kommt. Rechnen auch. Aber dann langweilt er sich. Lernt nichts, braucht er ja nicht. Denkt er. Denkt der Vater. Dann wird es ernst: viertes Schuljahr. Lücken hier, nicht wirklich gute Leistungen da. Eigentlich kriegt Sohnemann eine Empfehlung für die Realschule. Der Vater tobt. Droht der Lehrerin.

Die Rektorin knickt ein. Verbessert eine Note. Dann reicht es für das Gymnasium. So lief das."

„Ist das denn legal?", wunderte sich Kellert. „Ach, nachzuweisen ist da nichts." Brox hob die Hände. „Vieles läuft hinter den Kulissen. Kommen Sie, das kennen Sie von der Polizei doch auch, oder?" Kellert verzog das Gesicht zu einer undeutbaren Grimasse und signalisierte dem Lehrer, in seinem Bericht fortzufahren. Der hatte nur auf dieses Signal gewartet.

„Dann kommt er also zu uns, der Gerrit. Wir sind vorgewarnt, man kennt sich ja hier in Friedensberg. Was macht der Herr Papa, gewieft, wie er ist? Tritt gleich zur Schulaufnahme vom Sohnemann dem Förderverein des Gymnasiums bei und stiftet große Beträge. Verstehen Sie mich: richtig große!" Brox rieb Daumen und Zeigefinger der rechten Hand. „Für die Förderung der Schule. Und das kann man immer gut gebrauchen, ist doch klar. Whiteboards in allen Klassen, was glauben Sie, was das kostet."

Brox lachte auf. „Und jedes Mal ein Foto für den Friedensberger Anzeiger. Der Chef und Papa Olbricht, dazwischen ein überdimensionierter Scheck, Händedruck, Lächeln in die Kamera. Win-win. KaRaGe und OEA, Olbricht Electro Agencies. So macht man das. Und das hat ja auch gut funktioniert." Kellert schaute ihn fragend an.

Brox lehnte sich vor. „Na gut: Das sage ich Ihnen jetzt im Vertrauen. Und würde es öffentlich nicht wiederholen, verstehen Sie? Also: Wie macht man das als Schulleitung? Du gibst der Klasse vom guten Gerrit immer eine junge Kollegin als Klassenleiterin. Eine, die gerade neu ist an der Schule. Unsicher. Abhängig. Glauben Sie, die wagt sich an einen Konflikt mit dem Hauptsponsor ihres ehrenwerten Gymnasiums? Nee, der Gerrit rutscht immer so mit, von

Klasse zu Klasse. Beteiligt sich wenig. Lernt kaum. Schaut immer etwas spöttisch. Am Ende reicht es immer für ein Ausreichend. Eben: das reicht aus."

Kellert überlegte: „Und das Spiel hat der Direktor so bewusst eingefädelt? Das passt so gar nicht zu dem Bild, das mir alle von Dr. Geißendörfner malen", gab er zu bedenken.

Brox lehnte sich in seinem Schreibtischsessel zurück, hob die gefalteten Hände hinter den Kopf und runzelte die Augenbrauen: „Dass das alles so bewusst geplant war, das will ich jetzt gar nicht behaupten."

Er lächelte tiefgründig in sich hinein und ergänzte: „Außerdem war ja auch die zweite Chefin für die Lehrereinteilung zuständig, also Frau Schildbach. Aber die war ja ganz dicke mit dem Chef. War, glaube ich, seine Trauzeugin, damals, in den Achtzigern. Also an ihm vorbei hat die nichts entschieden, da bin ich mir sicher. Und verstehen Sie das richtig: Ein echter Schaden ist da ja für niemanden entstanden. Da gab es keine Manipulation. Keine Urkundenfälschung. Keine unrechtmäßige Vorteilsnahme. Nein, nein: So etwas hätte der Chef sicherlich nicht geduldet."

Kellert schüttelte missbilligend den Kopf. „Ach, Herr Kommissar, das ist doch kein Einzelfall. So läuft das eben. Alles legal. Die wissen schon ganz genau, was man sich erlauben darf und was nicht." Kellert blickte immer noch ungläubig, verkniff sich die Frage, wer mit ‚die' gemeint war, warf dann aber ein: „Nun, so ganz glatt lief die Sache dann aber doch nicht, oder?"

Brox lehnte sich wieder vor und wies auf die Akte, die Kellert auf den Schreibtisch gelegt hatte. „Richtig", räumte er schief grinsend ein. „Je älter Sohnemann wurde, umso überheblicher. Gerade den jüngeren Kolleginnen gegenüber hatte er sich einen Ton angewöhnt, als seien sie seine Angestellten. Das hat auch den Chef mehr und mehr gestört. Aber unternehmen Sie mal etwas dagegen! Ein feines Gespür für die Grenzen hat er schon gehabt, der junge Herr Olbricht. Man konnte ihn nie so richtig packen." Der Lehrer stand auf und ging vor seinem Schreibtisch auf und ab. Rechts in der Ecke des Raumes musste er den Kopf immer ein wenig einziehen, um nicht an die Dachschräge zu stoßen. Aber er schien den Weg zu kennen. Zwischen Kopf und Dachinnengiebel blieben immer zehn Zentimeter Raum. Kellert musste sich auf seinem Drehstuhl umdrehen, blickte nun in den schmalen Raum voller Regale. Ein verblasstes Konzertplakat – Bob Dylan? – verschwand fast zwischen all den aufgereihten Leitz-Ordnern.

„Ich nenne Ihnen mal ein Beispiel. Nur damit Sie sich eine Vorstellung machen können, wie das so lief. Irgendwie hat der alte Olbricht es hinbekommen, dass Sohn Gerrit schon mit siebzehn Auto fahren durfte. Also nicht nur begleitetes Fahren, das dürfen ja alle. Sondern allein. Keine Ahnung, wie er wieder an diese Ausnahmegenehmigung gekommen ist. Aber das ist eben eine andere Welt. Da laufen Dinge, die für unsereins undenkbar wären."

„Und?", warf Kellert ungeduldig ein. „Ich komme schon zur Sache, keine Sorge", gab Thomas Brox zurück. „Gut: Da fuhr Sohnemann also zum siebzehnten Geburtstag vor. Im nagelneuen roten Benz-Cabrio. Und wo parkt er? Natürlich auf dem Lehrerparkplatz. Und das jeden Tag. Als sei das sein angestammtes Recht. Von wegen kürzere Wege und so. Das ist Schülern natürlich streng verboten, klar. Kümmert ihn aber nicht."

Brox schüttelte angesichts der wieder aufgerufenen Erinnerung den Kopf und schnaubte hörbar durch die Nase. „Und da steht das Edelteil also, mitten zwischen all den braven, angejährten und funktionalen Mittelklassewagen der Lehrerschaft, zwischen Astra, Passat und Sharan. Das fällt auf. Soll es ja auch. Also hängt da irgendwann ein Schild: ‚Wenn der Wagen hier weiter unrechtmäßig abgestellt wird, wird er abgeschleppt‘. Keine Ahnung, wer das angebracht hat. Und am nächsten Morgen steckt hinter dem Scheibenwischer ein Zehneuroschein mit Zettel: ‚Parkgebühr. Wer es nötig hat, bitte nehmen‘.

Er lachte auf. „Fast schon komisch, oder? Aber leider eben typisch. Der Chef hat dann doch mal mit Olbricht senior Rücksprache gehalten. Und dann stand der Wagen nicht mehr dort, sondern auf dem Parkplatz weiter hinten, den die Schüler benutzen dürfen. Ja, so lief das. Aber irgendwann dann ist etwas passiert. Warten Sie …“

Der Lehrer hielt inne, blickte ins Leere, schaute anschließend auf den vor ihm sitzenden Kommissar: „Richtig, ich erinnere mich an eine Dienstbesprechung vor vielleicht zwei Jahren. Da war die Schildbach schon nicht mehr da, Frau Wiesmüller frisch an der Schule. Der Chef war sauer. Ich weiß nicht mehr ganz genau, warum. Irgendetwas hatte die beiden Rotarier-Brüder entzweit. Oder es waren einfach irgendwann mal zu viele Nadelstiche von Herabsetzung und Großmannssucht. Keine Ahnung.“

Brox zuckte mit den Schultern, hob die Hände, ließ sie wieder sinken. „‚Wir sollten da von jetzt an ganz genau hinschauen‘, meinte der Chef jedenfalls. ‚Wir sammeln ab jetzt alles, was Gerrit betrifft. Alles wird dokumentiert. Wir sollten vorbereitet sein.‘“ Er blieb stehen und deutete zu dem gelb-braunen Aktenordner: „So fing das an … Worauf genau wir vorbereitet sein sollten, erwähnte er übrigens mit keinem Wort. Wir waren schon verblüfft. Aber Chef ist Chef. Da fragt man nicht ständig nach, was er meint.“

Thomas Brox grinste selbstironisch. Diese Äußerung hätte ihn als jungen Mann wahrscheinlich zur Weißglut getrieben. Aber: andere Zeiten, andere Einsichten. Er fuhr fort: „Danach gab es jedenfalls keine öffentlichen Fotos mehr mit dem Chef und Olbricht senior. Irgendetwas war vorgefallen. Wie gesagt, ich weiß nicht, was. Ich fand jedenfalls, es war allerhöchste Zeit, Gerrits Treiben Einhalt zu gebieten." Er schüttelte den Kopf und wiederholte mit Bestimmtheit: „Höchste Zeit! Wenn ich das Sagen gehabt hätte, hätten wir damit nicht so lange gewartet. Aber das war nun einmal nicht meine Baustelle. Jedenfalls: Gerrit bekam eine erste Abmahnung, Rauchen auf dem Schulgelände. Streng verboten, klar! Das finden Sie ja alles dort dokumentiert." Wieder deutete Brox zu dem Ordner, sprach aber ohne Unterbrechung weiter.

„Der alte Olbricht machte jedenfalls sofort einen Riesenärger. Dachte wohl, das wäre eine Art Verrat. Was er nicht alles für das Gymnasium getan habe! Aber der Chef blieb hart. Endlich einmal. Er war ja oft viel zu nachgiebig. Vor allem den Eltern gegenüber. Fand ich zumindest. Na ja, ein bisschen nachgiebig blieb er. Das gehörte halt zu seinem Naturell. Die hatten damals nämlich keine normalen Zigaretten geraucht. Sie verstehen schon? So stand es dann aber in den Akten. Lesen Sie selbst!"

Wieder deutete er zu dem gelb-braunen Konvolut. Kellert schüttelte den Kopf und ermunterte Brox, weiterzureden. „Dann kam die Facharbeit. Muss ja jeder Zwölftklässler schreiben. Und das ist für viele nicht so leicht. Das haben sie eben nicht gelernt. Schreib mal etwas Vernünftiges auf zwölf bis fünfzehn Seiten. Für viele sind schon zwei Seiten ein Problem. Obwohl wir ihnen wirklich jede nur erdenkliche Hilfe zukommen lassen." Er schnaubte auf. „Das führt jedenfalls dazu, dass viele Eltern helfen. Oder Hilfe bezahlen. Oder das Ganze selbst verfassen. Echt! Kontrollieren kannst du das als Lehrer kaum."

Kellert erinnerte sich. Bei seinen beiden eigenen Kindern war das ähnlich gelaufen. Stress ohne Ende. Aber er hatte sich strikt geweigert, selbst zu helfen. Das hätte er – ehrlich gesagt – auch gar nicht gekonnt. Und fremde Hilfe lehnte er ebenfalls ab. Schließlich mussten die Schülerinnen und Schüler am Ende eigenhändig bestätigen, dass sie diese Arbeit ganz allein und ohne fremde Hilfe angefertigt hatten. Mit Unterschrift. Damit sollte man nicht spielen, dachte Kellert, ganz der Beamte, der er eben auch war.

Seine Kinder hatten dann mittelmäßige Zensuren für ihre Facharbeiten bekommen und sich heftig beklagt: Andere, deren Eltern tatkräftig mitgeschrieben hatten, räumten viel bessere Noten ab. Er erinnerte sich gut, wie sauer vor allem Jenny, seine Tochter, gewesen war. Sie fühlte sich zu Unrecht zurückgesetzt. ‚Du selbst spielst sauber, alle anderen nicht. Da hast du dann die Arschkarte gezogen', hatte Jenny ihm vorgehalten. Und, ja doch: Er hatte sie verstehen können. „Ist das ganze System nicht völlig unsinnig?", fragte er nun.

„Klar, das kann man so sehen", räumte der Studiendirektor ein. „Aber so ist es nun einmal. Ändern Sie mal ein System! Gerrit, jedenfalls hielt sich für ganz schlau. Den Papi um Hilfe bitten wollte er wohl nicht. Immerhin! Aber selber schreiben wollte er auch nicht. Er hatte ein Thema aus der Mathematik, fragen Sie mich nicht, was genau. Und fand dazu die perfekte Arbeit im Internet. Auf Englisch. Die war wohl nicht so ganz leicht zugänglich. Aber da kennt er sich aus, das muss man ihm lassen, dem guten Gerrit. Also dachte er, dass das keiner merkt. Und reichte eine deutsche

Übersetzung ein. Die er wohl auch kaum selbst angefertigt hatte. Aber mit seiner eigenhändigen Versicherung und Unterschrift, die Arbeit selbst verfasst zu haben."

„Ein bisschen dumm, oder?", hakte Kellert ein. „Wie man es nimmt", erwiderte Brox. „Normalerweise wäre das wohl nicht aufgefallen. Aber unser Kollege Teichert ist ein gewiefter Mathematiker und Informatiker. Noch jung. Kennt sich im Netz sehr gut aus. Ausgezeichnet. Besser als ich. Der wird seinen Weg machen. Ich glaube nicht, dass ein anderer das aufgedeckt hätte", schmunzelte Brox.

Er nickte anerkennend, setzte dann seine Erläuterungen fort. „Nun, der Teichert merkt sofort, dass das Paper kaum vom Gerrit stammen kann. Viel zu kompliziert. Viel zu gut. Ein ganz anderes Sprachniveau. Daran, ja daran hätte Gerrit schon denken müssen. Auf dem Level spielt er nun einmal nicht. Aber um das einzusehen, braucht es eben doch ein kritisches Selbstbild. Und das, das hat Olbricht junior nun ganz bestimmt nicht. Also doch, ja: dumm, wenn Sie so wollen, klar! Aber weisen Sie das mal nach!"

Brox versuchte, sich weiter auf seine Erinnerungen zu konzentrieren: „Kurz und gut: Teichert setzt sich eine Nacht hin, sichtet Hinweise hier und dort, und am Ende hat er es gefunden. Eine Seminararbeit von der University of Norwich von vor vier Jahren. Mit leicht anderem Titel, anderer Einführung und anderem Schluss, sonst identisch. Zwar auf Englisch, aber das lässt sich Wort für Wort übersetzen. Teichert hatte ein Jahr in den USA studiert. Die Sprache war für ihn kein Hindernis. Ein Plagiat, kein Zweifel. Und davor haben wir die Schüler explizit gewarnt. Ausdrücklich und nachweislich. Das ist kein Kavaliersdelikt, sondern Urkundenfälschung. Wenn es hart auf hart kommt. Pech!"

„Und dann?", fragte Kellert in die entstandene Stille, während Thomas Brox sich wieder setzte. „Dann hat der Chef sich entschlossen, durchzugreifen. Er wollte erst nicht. Aber vor allem die Wiesmüller hat nicht losgelassen. ‚Jetzt ist endgültig eine Grenze überschritten. Das dürfen wir nicht ignorieren!', hat sie insistiert. Geißendörfner bestellt also Vater und Sohn zum Krisengespräch, wir sind dabei. Aber Olbricht kommt gleich mit seinem Anwalt. Und nicht mit irgendeinem, glauben Sie mir, sondern Top Level. Da kommst du schon ins Schwitzen."

Wieder stand Brox auf und setzte seinen Weg fort. Hin und her. Kopf einziehen, sich strecken, weiter. ‚Es lebe der Drehstuhl', dachte Kellert und folgte dem unruhigen Gesprächspartner mit leichten Bewegungen der Sitzfläche. Brox ereiferte sich: „So ist das nämlich mit der ‚Erziehungspartnerschaft'. Wenn ich das Wort schon höre! Schöne Theorie: Lehrer und Eltern sitzen in einem Boot. Gemeinsam fördern sie die Kinder. Gemeinsam das Beste für unseren Nachwuchs."

Kellert blickte ihn verwirrt an. Brox schnaubte, lachte in sich hinein: „Ja, ja: Das klingt gut, ich weiß schon. Aber es funktioniert eben nur, solange alles reibungsfrei läuft. Wenn du Eltern sagen musst: ‚Sorry, bei Ihrem Sohn oder Ihrer Tochter reicht es nicht ganz fürs Gymnasium', dann ist Schluss mit Friede, Freude, Eierkuchen. Als ob wir uns das leicht machen würden! Als ob *wir* die Versager wären. Die böswillig das Genie ihrer ach so begabten Kinder ignorieren! Oder wenn wir wirklich eingreifen müssen, weil grundlegende Regeln des Schullebens gebrochen werden: Mobbing, Alkohol, Drogen, was weiß ich. Dann kommen die lieben ‚Erziehungspartner' gleich mit dem Anwalt. Das macht das Leben an der Schule mühsam, vor allem das!"

Der Vertrauenslehrer hatte sich vor seinem Schreibtisch aufgebaut. Er starrte wie in einem Tunnelblick vor sich hin und spulte weiter seine Rede ab: „Wissen Sie: Ich bin nun wirklich alles andere als der Typ, der immer nur von der Vergangenheit schwärmt. Von wegen ‚Früher war alles besser'. Weit davon entfernt. Ich habe das als Junglehrer immer gehasst, wenn ältere Kollegen ihre Sätze mit ‚früher' begannen. Und jetzt mache ich es genauso." Er schüttelte den Kopf.

„Aber wenn es nun einmal stimmt?", fragte er sich selbst. „Also, O-Ton Thomas Brox im Jahr 2018: Früher, da haben die Eltern noch Respekt vor uns Lehrern gehabt. Heute wissen sie alles besser. Schließlich waren sie alle einmal selbst Schüler, haben alle endlos lange Jahre in der Schule verbracht. Und denken deshalb, dass *sie* die Experten für Schule sind. Dass das Unterrichten etwas ist, was sie eigentlich selbst genauso gut könnten. Oder besser!"

Er hielt kurz inne, redete dann weiter: „Dabei verlangt ein Unterrichten ständige Neuanpassung. Die Lebenswelt der Kinder ändert sich so rasant, du musst ständig neu und anders unterrichten. Wer nur die alten, immer gleichen Ideen und Materialien neu aufkocht, redet über die Schüler hinweg. Das ist so. Und natürlich machen das einige. Ja, es gibt schlechte Lehrer, das stimmt natürlich. Aber auch so viele sehr gute! Und zwar unabhängig vom Alter! Ich sage den Eltern immer: ‚Kommen Sie mal *einen* Tag mit! Erleben Sie mal, was wir an einem Tag so alles erledigen. Tauschen Sie mal einen Tag mit mir!' Noch nie hat auch nur einer gesagt: ‚Gut, das machen wir.' Haben Sie Interesse, Herr Kommissar?"

Brox hatte sich in eine Wutrede hineingesteigert. Nach allem, was Kellert bislang über diesen Lehrer wusste, war das sehr ungewöhnlich für ihn. ‚Wie viel Aggression da unter der Oberfläche brodelt!‘, wunderte er sich. ‚Selbst bei einem scheinbar so ausgeglichenen Typ wie dem Brox. Der ist doch eher – wie hatte diese Schülersprecherin, diese Teresa, das genannt? – der Typ ‚Schülerversteher‘ … ‚Zurück zum Fall!‘, ermahnte Kellert sich. „Nein, danke! Ich glaube Ihnen unbesehen, dass Sie das um Klassen besser machen. Aber wie war das nun mit Gerrit …?“

„Ja, Gerrit Olbricht. Genau!“, beruhigte sich Thomas Brox, atmete einmal tief durch, zog einen Stuhl herbei und setzte sich neben den Kommissar vor den Schreibtisch. „Die kommen also an mit breiter Brust und vollem Geschütz. Es wird laut. Aber der Chef war vorbereitet. Hatte sich juristisch beraten lassen. Und keine Lust auf Spielchen. Er war entschlossen. Selten habe ich ihn so stark erlebt. Denn der Fall war klar. Eindeutig. Gerrit hat zunächst alles zu leugnen versucht. Also auch noch bewusst gelogen. Mehrfach. Vor Zeugen. Zu viel war zu viel. Wir haben einstimmig für einen Schulausschluss votiert. Alle vom Direktorat und auch der Disziplinarausschuss der Schule. Ohne Gegenstimme. Das hat der alte Olbricht dann auch eingesehen. Und irgendwann klein beigegeben, den – mit Verlaub – Schwanz eingezogen. Das sehe ich noch genau vor mir, wie die dann abgedampft sind.“

Der Studiendirektor schüttelte den Kopf, als ließe er damit die Erinnerung zurück. „Ja, so war das“, fügte er abschließend hinzu. „Und was ist dann aus diesem Gerrit geworden?“, fragte Kellert nach. „Was denken Sie, wie man so etwas löst?“, schnaubte Brox zurück.

Er grinste böse vor sich hin. „Dass er die Schule verlassen musste, war klar. Aber mit möglichst wenig Schaden für Friedensberg; also für ihn, den künftigen Firmenchef der

OEA, und für uns, das ehrwürdige Domgymnasium. Er ist halt zum neuen Schuljahr hinübergewechselt aufs staatliche Gymnasium, aufs HaDeGe" – ‚meine alte Schule!', ging es Kellert durch den Kopf – „und ist eine Klassenstufe zurückgetreten." Kellert schaute ihn fragend an. Brox erläuterte, bewusst ironisch stilisiert: „Na, dadurch brauchte er die Facharbeit nicht. Es ist, als hätte er sie nie eingereicht. Und unser Chef hat die ganze Sache nicht angezeigt. Und so muss der feine Gerrit im kommenden Herbst dann noch einmal eine Facharbeit schreiben. Und dieses Mal wird der Herr Papa dafür sorgen, dass er sich dabei cleverer anstellt. Und danach macht Sohnemann Abitur, und dann geht alles seinen Gang und mich würde es nicht wundern, wenn er irgendwann wirklich bei der OEA einsteigt. Und in absehbarer Zeit die Leitung übernimmt. Und dann ein Geld verdient, von dem wir beide, Herr Kommissar, nur träumen können. So ist das Leben, Herr Kommissar."

„Und gab es noch Drohungen wegen der Angelegenheit? Gegen Ihren Chef?", hakte Kellert nach, der gar nicht wusste, ob er diesen Gerrit wegen dessen Perspektiven wirklich beneiden sollte. „Immer auf der Suche nach einem Mordmotiv, Herr Kommissar?", grinste Thomas Brox matt. „Ich fürchte, da sind Sie hier auf dem Holzweg. So etwas verschweigt man in Friedensberg. Nicht mehr darüber reden. Irgendwann ist es dann so, als hätte es die ganze Angelegenheit gar nicht gegeben. Von der sowieso nicht viele etwas wussten. Da hatte doch keiner ein Interesse daran, die ganze Sache öffentlich aufkochen zu lassen. Man bewahrt die Fassung. Keep smiling. Fertig."

Resigniert starrte Brox auf die Akte. Kellert würde all das nachlesen, natürlich nur das, was dort dokumentiert war.

Aber neue Erkenntnisse erhoffte er sich davon kaum noch. „Aber wenn Ihr Chef nun doch damit gedroht hätte, nachträglich eine Anzeige einzureichen? Das wäre doch wirklich gefährlich geworden für die Karriere vom guten Gerrit, oder?", überlegte er eher für sich selbst.

„Möglich", antwortete der Studiendirektor. „Aber diese Typen fallen sowieso immer auf die Füße. So oder so. Außerdem hätte das Dr. Geißendörfner nicht ähnlich gesehen. So war der nicht, der Chef. Der war doch froh, dass damit der Schulfrieden gewahrt geblieben ist. Dass der Ruf des KaRaGe nicht zu leiden hatte. Und wahrscheinlich auch, diesen Gerrit los zu sein. Außerdem: Sein eigenes Verhalten war ja schließlich auch nicht so, dass er gewollt hätte, es zum Tagesgespräch in Friedensberg zu machen. Also: Warum sollte er riskieren, all das aufs Spiel zu setzen?" ‚Ja, warum?', sinnierte Kellert.

## 19.

Nachdenklich schlenderte Kellert über den verlassenen Schulhof. Freitagmorgen, elf Uhr. In den Klassenzimmern hatte der Schulalltag wieder Einzug gehalten. Die dicken Mauern schluckten sämtliche Schallspuren. Nichts drang von drinnen nach draußen. Den Gedenktisch für Dr. Geißendörfner hatten einige Kolleginnen und Schülerinnen, so gut es ging, wieder hergerichtet. Er sollte noch einige Tage stehen bleiben, hatte Ingrid Wiesmüller nach Rücksprache mit dem KIT entschieden.

Kellert schlug den Mantelkragen hoch. Die Märzwinde fegten kühl und ungemütlich über die weite betonierte Graufläche des Pausenhofs. Hier und da wehte ein fahles Stück

Papier oder ein bunter Fetzen Plastikfolie hoch. Ungemütlich. Trotzdem: Den knappen Kilometer hinüber zum Kommissariat konnte er auch zu Fuß gehen. Das würde ihm ganz guttun. Sein Kopf schwirrte von den vielen Gesprächen. ‚So ist Schule‘, dachte er. Er hatte letzte Nacht lange nicht einschlafen können. Die Vielzahl der Eindrücke hatte ihn nicht zur Ruhe kommen lassen. So viele Menschen, so viele plötzlich aufgerissene Lebensgeschichten! Ein verwirrendes Chaos. Hier liefen so unglaublich viele Lebensfäden zusammen, verwickelten sich, wurden abgeschnitten, neu zusammengeknüpft, umgefärbt, neu zusammengezwirbelt. Niemand verließ diese Institution so, wie er oder sie sie einstmals betreten hatte. Lehrer nicht, Angestellte nicht, Eltern nicht, Schüler nicht. Er selbst wahrscheinlich auch nicht. Wie ein Strudel zog ihn dieser Fall nach innen. Anders als sonst. Hier gab es keine klar voneinander geschiedenen Welten: Familie hier, Freundeskreis da, geschäftliches Leben dort. Alles war miteinander verbunden.

Und Kellert und seine Kollegen standen plötzlich, von außen kommend, im Zentrum des Strudels. Ihm erzählten viele ihre Versionen: Geschichten zwischen Erinnerung und Inszenierung, oft in Mischungen, deren Prinzipien den Erzählenden selbst kaum bewusst waren. Vieles wird vergessen, anderes verschwiegen, manches erfunden. Unmöglich, all das zu entwirren und zu überprüfen. Was blieb ihm anderes übrig: Er vertraute seinem Instinkt und seiner Erfahrung. Irgendwann würde er auf die entscheidende Spur stoßen, da war er sich sicher. So war es bislang immer gewesen. Ausnahmslos.

Der Schulhof war menschenleer. Menschenleer? Nein, hinten an der Schulmauer, die das Gymnasium von den Nachbargebäuden trennte, regte sich etwas. Kellert ging auf den Ort zu, an dem er die Bewegung wahrgenommen hatte. Er hatte richtig vermutet. Der Hausmeister machte sich an einigen Müllbehältern zu schaffen. Das passte gut. Mit dem wollte er sich ja sowieso noch unterhalten. Warum also nicht jetzt gleich?

Als er sah, dass der Kommissar auf ihn zukam, ließ der Hausmeister seine Beschäftigung links liegen und kam mit langsamen Schritten auf Kellert zu. Ein mindestens einsneunzig großer Mann, der um die sechzig Jahre alt sein mochte. Schätzte Kellert, der auch durch den Blaumann hindurch erkannte, dass sein Gegenüber einen kräftigen, muskelbepackten Körper hatte. Das drahtige, mittellang geschnittene Haar sträubte sich gegen jegliche Bändigung, wies aber noch nicht die kleinste Spur einer Grautönung auf. Das galt erst recht für den kräftigen Schnäuzer, der die ganze Oberlippe bedeckte. ‚Nicht gefärbt‘, erkannte Kellert mit geübtem Blick.

„Ich bin Bogdan, Bogdan Kaminski. Der Hausmeister hier“, stellte dieser sich mit einer erstaunlich hohen, leicht heiseren Stimme, die so gar nicht zu dem mächtigen Körper zu passen schien, vor, während er Kellert mit kräftigem, fast schon schmerzhaftem Druck die Hand gab. Kellert hörte einen ganz leichten Akzent heraus. Kaminski grinste. Er konnte erahnen, was der Kommissar dachte. „Sie mustern mich so neugierig. Ich bin Kaschube“, sagte er. „Wie Günter Grass. Nur schreiben kann ich nicht so gut. Ich bin aber schon als Kind nach Deutschland gekommen. Und hier am Domgymnasium Hausmeister seit“ – er dachte nach – „siebenundzwanzig Jahren.“

‚Richtig, der Grass! An den hat er mich gleich erinnert!‘, durchfuhr es Bernd Kellert. Seine Tochter Jenny hatte ihn einmal zu einer Lesung des Literaturnobelpreisträgers mitgenommen. Sie hatte sich damals auf ihr Deutsch-Abitur vorbereitet und war von dessen Texten begeistert gewesen. „Komm mit, Papa", hatte sie gesagt. „Diese Chance kriegst du nie wieder." Womit sie Recht behalten sollte. Grass starb ein Jahr später. Und Bernd Kellert, wirklich kein Leser, war gegen seine Erwartungen beeindruckt gewesen. Eigentlich war er nur seiner Tochter zuliebe mitgekommen. Aber der alte, gebeugt gehende Schriftsteller hatte eine starke Ausstrahlung, die sich auch auf ihn, den Lesemuffel, übertrug. Bis heute konnte er zahllose innere Bilder von dieser Lesung aus dem Speicher der Erinnerung aufrufen.

‚An den Grass, an den erinnert mich dieser Hausmeister', ging es ihm erneut durch den Kopf, während der Gedankenstrom ihm blitzschnell die Erinnerung an den gemeinsamen Abend abspulte. Kaum merklich schüttelte er die wieder frei gelassene rechte Hand, um sie von der leichten Verkrampfung zu befreien. „Dann kennen Sie sich hier wahrscheinlich besser aus als irgendjemand sonst, oder?", entgegnete Kellert, der wusste, dass er sich selbst nicht mehr vorstellen musste.

Kaminski wiegte den Kopf hin und her, sog dabei die überhängenden Haare des Oberlippenbartes unmerklich ein. Die großen Hände verschwanden in den Hosentaschen des Blaumanns. „Ja und nein", antwortete er dann. „Ich halte mich von den Schülern und Lehrern fern, wissen Sie? Die Schüler sollen gar nicht erst auf den Gedanken kommen, ich wäre so eine Art Hilfslehrer. Oder ein Aufseher. Das bin ich nicht."

Er verzog das Gesicht zu einer schwer deutbaren Grimasse und fügte hinzu: „Nu, und die meisten Lehrer sehen mich sowieso nicht. Echt. Die schauen über mich hinweg. Und das will schon etwas heißen, oder? Aber das ist mir auch ganz recht. Ich mache meine Arbeit. Ich will, dass die Schule läuft. Dass die Räume und Gebäude in Ordnung sind. Dass die Technik funktioniert. Und ich will meine Ruhe. Alles andere interessiert mich nicht. Das ist besser so." „Haben Sie denn hier auf dem Gelände eine Dienstwohnung? Das ist doch oft so bei Schulen, oder nicht?", wollte Kellert wissen. „Früher ja. Also in den ersten Jahren, als ich hier anfing", erwiderte der Hausmeister. „Drüben, sehen Sie?" Er zog die große, markant geäderte rechte Hand aus der Hosentasche und wies auf einen Anbau an der großen Doppelstockturnhalle, die um die fünfzig Meter versetzt vom Hauptgebäude der Schule aufragte. Ein funktionaler Bau aus grauem Beton und Glasbausteinen. ‚Hässlich. Anfang der siebziger Jahre erbaut, schätzte Kellert.

Kaminski sprach weiter. „Dann musste ich raus. Das sollte ja alles abgerissen und verkauft werden. Da wollte doch diese Firma ein großes neues Bürohaus bauen. Die OEA, Olbricht irgendwas, keine Ahnung." Kellert wurde hellhörig: „Wie, da wollten die ein Bürohaus bauen? Die OEA! So nahe an der Schule?" „Nu genau. Aber das wollte der Chef ja nicht, der Geißendörfner. Es gibt da wohl ein Gesetz, das das Bauen in der Nähe einer Schule genau regelt. Gesetze, da kenne ich mich nicht aus."

„Und wie ging das dann aus?", fragte Kellert, neugierig geworden, nach. „Ach, ich weiß nicht genau", antwortete der Hausmeister, dem das viele Reden offensichtlich schwerfiel. „Da gab es einen Prozess, hin und her. Ganz schön viel Ärger. Am Ende hat der Chef Recht behalten. Und die OEA ist dann ja rausgezogen, an den Stadtrand. Aber ich war vorsichtshalber schon lange vorher ausgezogen."

Der Hausmeister wies noch einmal auf das wenig ansehnliche Gebäude. „Da sind jetzt Tonstudio, Bastelraum, Fotoatelier. So was. Aber mir war das ganz recht. Das war zu nah. Da siehst du ja ständig nur Schule. Immer nur Schule. Da wirst du verrückt. Ich wohne jetzt in einer Wohnung am Guardini-Ring. Das ist besser so." Er hob die leere Innenfläche der schwieligen Hand, wies über die in der Nähe sichtbaren Gebäude hinweg in eine schwer bestimmbare Richtung, ließ die Hand eine Weile so verharren, steckte sie dann wieder in die Hosentasche. ‚Aha, daher rührten also die Verwerfungen der beiden Rotary-Brüder', dachte Kellert. ‚Zumindest könnte das einer der Gründe gewesen sein, warum Olbricht und Geißendörfner nicht mehr miteinander auskamen.' Kaminski hatte allerdings weitergeredet, suchte offenbar nach Wegen, das für ihn längst viel zu lange Gespräch abzuschließen. „Also: Deswegen kenne ich die Lehrer nicht so gut. Den Chef ja. Ist ja klar. War ja eben der Chef", führte der Hausmeister seinen Gedanken zu Ende.

Nach einer kurzen Pause sprach er dann aber doch weiter: „Sechs Jahre noch. Dann gehe ich in Rente. Karolina, meine Frau, will dann zurück nach Polen. Kommt auch von dort. Ist aber erst als junge Erwachsene nach Deutschland gekommen. Ich nicht. Ich will nicht zurück. Da ist niemand mehr, den ich kenne. Ich bin jetzt hier zu Hause. Das passt schon."

Kaminski hielt das Gespräch damit offenbar endgültig für beendet und wollte sich wieder seiner Arbeit zuwenden. Aber dem Kommissar fiel noch etwas ein: „Und wie war sie so, Ihre Beziehung zu Ihrem Chef?" Der Hausmeister stutzte und drehte sich noch einmal zu dem Kriminalbeamten um. Unwillig und misstrauisch blickte er ihn an. „Wieso? Hat einer irgendetwas darüber gesagt? Wie soll das schon gewesen sein?" Ein irritiertes Flackern blitzte in seinen dunklen, fast schwarzen Augen auf.

Kellert war überrascht angesichts der Reaktion seines Gegenübers. Über den Hausmeister hatte bislang noch niemand ihm gegenüber auch nur die kleinste Silbe verloren. Abgesehen davon, dass er als ‚Herr der Schlüssel‘ berüchtigt war. Aber das musste er ihm ja nicht sagen. ‚Lieber die Frage zurückspiegeln‘, erinnerte er sich an seine Ausbildung in Gesprächsführung. Lange her. Aber unvergessen. Er setzte seine vielfach eingeübte professionelle Kommissars-Miene auf, um die Botschaft zu vermitteln, er wisse über alles, wirklich alles Bescheid. „Was hätte man mir denn sagen können?“, fragte er.

„Na ja, dann wissen Sie es ja“, druckste Kaminski vor sich hin. Er schien plötzlich um einige Zentimeter geschrumpft zu sein. „Ich will aber Ihre Version hören!“, gab Kellert pokernd zurück.

„Ich habe das doch alles gespendet. Wirklich. Alles. Ehrenwort. Geschworen vor der Gottesmutter Maria. Darum habe ich das doch auch gemacht. Die Caritas kann das Zeug gut gebrauchen.“

Kellert hob skeptisch die rechte Augenbraue, sagte aber nichts. Also blieb dem Haumeister nichts anderes übrig, als selbst weiterzureden: „Das Zeug liegt doch da. All das, was die Schüler im Laufe des Halbjahres vergessen. Ich sammel das doch und wir legen es bei meiner Hausmeisterkabine aus. Da, wo ich den Pausenverkauf mache. Damit sie es finden und mitnehmen. Was die alles vergessen: teure Klamotten, Markensportschuhe, Turnbeutel, Essensboxen, Bälle, Sportsachen, Spiele. Manches ist gekennzeichnet. Mit Namen. Da finden wir heraus, wem es gehört. Und geben es direkt weiter. Aber anderes eben nicht. Oder wir können die Namen und Adressen nicht lesen. Das gibt es auch.“

Das lange Reden strengte den Hausmeister offensichtlich an. Aber nun wollte er sich rechtfertigen. ‚Fast eine Beichte‘, dachte Kellert, der sich in seinem letzten Fall intensiv mit Sinn und Zweck dieses katholischen Sakraments auseinandergesetzt hatte. Er wusste: Dazu musste der ‚Beichtende‘ alles bis zum Ende erzählen. Kaminski sprach tatsächlich bruchlos weiter. „Zum Halbjahreswechsel kriegen die Eltern immer einen Brief. Nicht von mir. Von der Schulleitung. Dass sie noch einmal nachschauen sollen, ob ihren Kindern etwas davon gehört. Von den liegen gebliebenen Sachen. Das passiert dann ja auch. Trotzdem bleiben jedes Mal Berge über. Berge, das glauben Sie nicht! In bester Qualität. Sollen wir die auf ewig aufbewahren? Wo denn?“

„Und da haben Sie ...“, öffnete Kellert den weiteren Gesprächsweg. „Ja, da habe ich einiges im Internet verkauft. Anderes an die Caritas gegeben. Die wissen, wo so etwas gebraucht wird. Richtig gebraucht, wissen Sie! Ich habe nie etwas für mich genommen. Nie! Auch nicht das Geld. Ich bin katholisch. Das würde ich nie tun. Das war doch nichts Falsches, oder? Auch wenn es nicht erlaubt war.“

„Wieso? Was soll man denn offiziell damit anstellen?“, fragte Kellert nach. „Nichts. Das ist es ja. Du darfst all das nicht verschenken, nicht spenden, nicht verkaufen. Nix. Warten Sie ...“ Er überlegte, musste sich konzentrieren. „‚Fundsachenunterschlagung‘, so heißt das, wenn man es trotzdem macht. Das Wort habe ich nicht vergessen, glauben Sie mir! Und das ist strafbar, klar. Offiziell muss ich die ganzen Sachen irgendwann entsorgen, also wegschmeißen. Aber das ist doch Schwachsinn, oder!?“

Kellert überlegte. „Das ist wahrscheinlich so geregelt, damit kein Missbrauch passiert. Damit man nichts stiehlt. Oder schnell zu eigenem Vorteil verkauft. Und trotzdem natürlich eine kaum sinnvolle Regelung.“ Kaminski nickte heftig. Kellert entschloss sich dazu, einfach einmal eine Vermutung zu wagen: „Jedenfalls: Dr. Geißendörfner, also der Direktor, ist Ihnen dann irgendwie auf die Schliche gekommen. Und es gab Streit …"

„Nix mit ‚auf die Schliche gekommen‘, unterbrach Kaminski, sichtlich erregt. „‚Schliche‘! Das klingt wie ein Verbrechen. Das dachte der Chef erst auch. Das war es aber nicht. Ich habe ihm dann auch bewiesen, dass nichts für mich war. Kein Cent! Nachweislich. Das hat er dann ja eingesehen."

„Hat er damit gedroht, Sie zu entlassen?", fragte Kellert aufs Geratewohl. Der Hausmeister wand sich. Die Erinnerung war ihm unangenehm. „Nur im ersten Moment. Dann hat er doch gesehen, dass alles ganz harmlos war." „Aber Sie haben einen mächtigen Schreck bekommen, oder?", hakte der Kommissar nach. „Ja, sicher!", fiel Kaminski gleich ein. „Was dir da alles durch den Kopf geht. Finden Sie mal einen Job mit Ende fünfzig. Und ich bin ja gern hier!"

Langsam beruhigte er sich wieder. Die rot gefärbten Wangen blichen zusehends zur Normalfarbe zurück. „Wann war das denn genau?", fragte Kellert nach, überrascht, hier so zufällig auf einen weiteren Konfliktherd gestoßen zu sein. „Nu, vor Weihnachten. Im Advent. Ausgerechnet", erinnerte sich Kaminski. „Ausgerechnet! Das waren keine schönen Weihnachten, das kann ich Ihnen sagen. Aber dann haben wir ja alles geklärt." „Restlos?", fragte der Kommissar. „Natürlich! Restlos!", brummte der große Mann, strich sich über den Schnurrbart und stampfte grußlos zurück an seine Arbeit.


## 20.


Lilli Schildbach mochte um die sechzig Jahre alt sein. ‚Eigentlich zu jung, um schon im Ruhestand zu sein!‘, dachte

Bernd Kellert, als er ihre Hand schüttelte, während sie ihn in ihre unscheinbare Doppelhaushälfte am Stadtrand von Friedensberg hinein begleitete. Ein typischer Funktionsbau der fünfziger Jahre.

Der Name der ehemaligen stellvertretenden Direktorin des Domgymnasiums war mehr als einmal in den verschiedenen Gesprächen gefallen, die der Kommissar geführt hatte. Nun wollte er sie doch selbst direkt sprechen. Hannah Mellrich schaute sich neugierig um. Kaum zurück von ihrer Fortbildung, hatte sie ihr Chef an diesem Freitagnachmittag erneut um ihre Begleitung gebeten, weil er sich gerade im Gespräch mit Frauen gern auf eine zweite, wenn möglich weibliche Gefährtin stützte.

Nur zu gern hatte sie die Auswertung der Spuren an den beiden Tatorten vor und in der Schule an eine Kollegin weitergegeben. Schreibtisch- oder Laborarbeiten waren definitiv nicht ihre Leidenschaft. Außerdem so wenig erfolgversprechend. Sie freute sich auf die Möglichkeit, ihren Chef weiterhin im konkreten Gespräch beobachten zu können. Von Bernd Kellert konnte sie doch immer noch etwas lernen.

„Sie kommen wegen Bertram, oder?", eröffnete Lilli Schildbach selbst das Gespräch. Sie hatten in einem überladenen und eine kleine Spur muffig riechenden Wohnzimmer Platz genommen. Tiefe Plüschsessel, schwere Eichenmöbel, alles nicht auf dem neuesten Stand, zu groß, zu wuchtig. Solide und schwer. Ihre Gastgeberin hatte einen schwarzen Tee vorbereitet und goss ihnen nun jeweils eine Tasse ein. Feines, zerbrechlich wirkendes chinesisches Porzellan. Frau Schildbach färbte ihre mittellangen Haare schwarz, aber am Scheitel zeigte sich deutlich ein grauer Haaransatz. Das Kleid der rundlichen, aber nicht korpulent wirkenden Frau war rustikal geblümt, akkurat aufgebügelt, aber sicherlich schon mehrere Jahre alt.

Während sie sprach, sprang eine auf den ersten Blick vollkommen schwarz wirkende Katze auf ihren Schoß, streckte sich einmal, ließ dabei den weißen Hals sehen und rollte sich dann schnurrend zusammen. „Wir haben auch eine", kommentierte Kellert, zu dem Tier blickend. „Also einen Er, Barry. Aber er kommt in die Jahre, der Gute." „Meine Pucki ist sieben", erwiderte Frau Schildbach, streichelte dem Tier über Nacken und Rücken und ergänzte: „Das ist schon meine dritte. Alle schwarz mit weißem Brustfleck. Tracy, Feli, Pucki. Hoffentlich bleibt sie mir noch lange erhalten."

‚Erstaunlich, wie schnell Tierbesitzer einander nahekommen', dachte Hannah Mellrich, die sich aus der sich anbahnenden Begegnung ausgeschlossen fühlte. ‚Über nichts kommt man offenbar leichter ins Gespräch als über gemeinsame Tiere. Seltsam!' Sie selbst mochte keine Tiere. Und hatte zudem eine leichte Katzenhaarallergie, wenn auch nur bei bestimmten Tieren. Pucki schien nicht dazuzugehören. Keine allergischen Reaktionen im Anmarsch. Gut so. Aber auch gut, dass das Gespräch sich so ganz mühelos entfaltete. Denn dass zwischen dem Kommissar und der pensionierten Lehrerin gleich ein spontanes Nähegefühl entstanden war, das war ihr nicht entgangen.

„Seit dreiunddreißig Jahren habe ich nun Katzen. Seit mein Mann gestorben ist. Motorradunfall." Sie ließ die Erinnerung unkommentiert im Raum stehen und wandte sich wieder der Gegenwart zu. „Eine alte Frau mit Katzen. Das hätte ich mir als junges Mädchen auch nicht träumen lassen, dass ich das einmal sein würde. Eine *Witwe* mit Katzen, um genau zu sein."

Hannah Mellrich hatte auf einem Sideboard schon längst das ausgeblichene Foto eines jungen Mannes erblickt, das in einem Rahmen steckte, der links oben eine schwarze Borte trug. Das einzige Foto, das sie entdecken konnte. Ungewohnt. Normalerweise gab es in Wohnzimmern wie diesen immer eine Ecke, wo mehrere Aufnahmen die ganze Familie der Bewohner abbildeten. Oft blickten den Besuchern ganze Generationen von Gesichtern entgegen, an denen sich die Veränderungen der Fotografie-Technik über die letzten Jahrzehnte hin ablesen ließen. Hier nicht.

„Ja, ich weiß schon. Ich sollte mich mal wieder neu einrichten." Lilli Schildbach hatte den umherschweifenden Blick der Polizistin offensichtlich falsch gedeutet. „Ich bringe einfach die Energie nicht auf. Und will das auch nicht. So verbindet mich wenigstens noch die Einrichtung hier mit meinem Friedhelm." Sie lächelte bitter, kraulte die zufrieden schnurrende Katze, und schon blickte auch die alte Lehrerin wieder fröhlicher.

„Aber deswegen sind Sie nicht hier. Bertram. Bertram Geißendörfner. Der Chef!" Sie blickte ihren beiden Besuchern in die Augen. Kellert wollte gerade zu einer Frage ansetzen, da kam ihm die Gastgeberin zuvor. „Sie wissen ja sicherlich, dass wir sehr gut zusammengearbeitet haben. Mehr als dreißig Jahre lang. Davon fünf als Direktor und stellvertretende Direktorin. Und dass wir uns schon seit Studientagen kannten. Dass ich seine Trauzeugin war. Gott, wie lange ist das jetzt her?"

Bevor sie in Gedanken versinken konnte, besann sie sich. „Also sagen Sie schon: Was wollen Sie wissen? Aber bitte denken Sie daran: Seit fast drei Jahren bin ich nun im Ruhestand. Über das aktuelle Geschehen an der Schule weiß ich nichts. Ich gehe da auch kaum noch vorbei. Manchmal muss man klare Schnitte machen im Leben, dann ist vieles einfacher."

Kellert war sich wieder einmal gar nicht sicher gewesen, was er hier eigentlich wollte. Er war neugierig gewesen. Wollte sein Bild um ein weiteres Puzzlestück ergänzen. Nun fragte er aufs Geratewohl: „Sie haben aber auch den privaten Kontakt zu Ihrem Chef abgebrochen, oder? Sie waren doch Freunde, oder habe ich das falsch verstanden?" Lilli Schildbach schlürfte langsam einen Schluck mit Milch versetzten Schwarztees, setzte die feine Porzellantasse ab und überlegte.

„Freunde!? Wo hört Kollegialität auf, wo fängt Freundschaft an? Manchmal werden aus Kollegen Freunde. Bei Bertram und mir war es umgekehrt: Aus Freunden wurden Kollegen. Das haben wir jedoch kaum gemerkt. Aber mit meinem Ausscheiden aus dem Dienst gab es plötzlich kaum noch Verbindendes. Das ist bei Lehrern ganz häufig der Fall. Du arbeitest Jahrzehnte zusammen, siehst dich fast jeden Tag, teilst auch den einen oder anderen Bereich deines Privatlebens, bist über die gegenseitigen Kinder, dann auch die Enkel informiert, gehst auf Geburtstagsfeiern und so weiter."

Lilli Schildbach lächelte in sich hinein, redete dann weiter: „Aber wenn die berufliche Brücke wegbricht, bleibt kaum etwas Verbindendes. Das ist für viele schockierend. Sie fallen dann in ein Loch. Nicht nur der beruflich geprägte Alltag fällt auf einmal weg, sondern mit ihm auch ein Großteil der ganzen Sozialkontakte. Bei mir war das anders. Ich hatte es bei vielen Kolleginnen und Kollegen vorher beobachten können. Und war darauf vorbereitet, wenn Sie so wollen."

„Aber Sie waren doch Geißendörfners Trauzeugin! Das spricht doch für viel mehr als nur eine normale freundschaftliche Kollegialität, oder?", warf Hannah Mellrich ein, der der schwarze Tee viel zu bitter war, trotz Hinzufügung von

Süßstoff. Lilli Schildbach sah sie lange an, nickte dann bedächtig. „Das stimmt. Da haben Sie recht. Ja, wahrscheinlich waren wir wirkliche Freunde. Wobei ich mir mit dem Begriff ‚Freundschaft' schwertue. Das habe ich ja schon gesagt. Was ist das eigentlich? Sympathie; Vertrauen; geteilte Erfahrung; Herzensnähe ... wahrscheinlich von allem etwas." Sie strich sich über den leichten Ansatz eines Doppelkinns, der sich über ihrem Kragen abzeichnete. „Als junger Mensch denkst du, wie wichtig Freundschaft für dich ist. Mit zunehmendem Alter wird man skeptischer. Und irgendwann schließt man dann ja kaum noch neue Freundschaften, oder, Herr Kommissar?" ‚Aha, sie gruppiert dich in ihre eigene Altersgruppe ein, alter Junge', dachte Kellert, innerlich schmunzelnd. ‚Und ich würde ihr sogar Recht geben. Aber deswegen sind wir nun wirklich nicht hier.'

Auch Hannah Mellrich, der diese Gedanken ganz offensichtlich als vermittelte Lebenserfahrungen dienen sollten, schaute skeptisch. Sie selbst konnte ihrer Auffassung nach ganz gut zwischen Freundschaft und Kollegialität unterscheiden. Aber auch sie wollte wieder auf den Fall zurückkommen, dessentwegen sie hier waren. „Und wie war Ihr Verhältnis zu Thea, also Frau Geißendörfner?", warf sie ein.

Ihre Gastgeberin lächelte undurchschaubar. „Ja, Thea! Vielleicht hatte das etwas mit der Entfreundung, wenn ich das mal so sagen darf, zu tun. Der Entfreundung zwischen Bertram und mir. Vielleicht. Ich bin mir nicht sicher. Wissen Sie: Thea habe ich zwar immer gemocht, aber wir sind nie miteinander warm geworden. Sie hat immer schon dieses Damenhafte gehabt. Das Distanzierte. Das Gezierte, Aufgesetzte. So würde ich das heute sagen. Mir fehlte bei ihr die Herzlichkeit. Also verstehen Sie: *mir*. Ich maße mir nun wirklich nicht an, irgendwelche allgemeingültigen Urteile abzugeben, wer wäre ich denn? Auf mich hat das jedenfalls so gewirkt. Aber so verlierst du dich dann eben langsam aus den Augen."

Sie überlegte, seufzte, wollte einen Schluck Tee trinken, fand ihre Tasse leer, schenkte sich nach und nahm dann den geplanten Schluck. „Vielleicht war es ja das, was auch Bertram fehlte", murmelte sie gedankenverloren. „Sie wussten also von seiner Affäre?", fragte Kellert nach. Lilli Schildbach schaute ihn erschrocken an. Offenbar hatte sie darüber gar nicht reden wollen. „Natürlich wissen *wir* davon. Wir sind von der Polizei", schickte er deshalb gleich begütigend nach.

Sie seufzte. „Ja, davon wusste ich von Anfang an. Ich war eine seiner wenigen Vertrauten in dieser Angelegenheit. Schwierig war das, richtig schwierig. Für alle Beteiligten. Auch für die Schule. Wir haben dann ja letztlich eine ganz gute Lösung gefunden. Was man halt ‚gut' nennt." ‚Ob sie wohl selbst irgendwann auch mal in den Geißendörfner verliebt war?', fragte sich Hannah Mellrich. Man kann das ja gleichzeitig, sich entfreunden und sich verlieben. In denselben Menschen. Das wusste sie aus eigener Erfahrung nur allzu schmerzhaft. Auch, wie aussichtslos solche Konstellationen meistens sind. Aber das gehörte in die Welt, die sie selbst in Speyer zurückgelassen hatte. Es lebe Friedensberg!

Während Hannah Mellrich in ihre persönliche Gedankenwelt abgeglitten war, hatte Lilli Schildbach ihre eigene Erinnerungsspur wieder verlassen. Sie zuckte leicht mit den Schultern, ihr Blick ging zur weiß getünchten Zimmerdecke. „Ich habe mich jedenfalls seit meinem Ausscheiden nicht mehr für die Schule interessiert. Und die Schule war und blieb Bertrams Welt. Kein Wunder also, dass wir uns zuletzt kaum noch gesehen haben, oder?"

„Wollten Sie eigentlich nie selbst Chefin werden?", mischte sich Hannah Mellrich nun doch wieder in das Gespräch. „Sie waren doch schon viel länger am Domgymnasium als Dr. Geißendörfner. Das hätte doch nahegelegen! Dass *Sie* die Leitung der Schule übernehmen. Nicht er!" Lilli Schildbachs Gesicht verzog sich in die Breite. Sie unterdrückte einen Lachreiz. „Sie stellen Fragen, junge Frau! Da merke ich mal wieder, dass ich einer anderen Generation angehöre. Ich und Direktorin! Sie haben schon Recht" – sie nickte der Kriminalbeamtin freundlich zu –, „ich kam gleich nach meinem Referendariat an das Domgymnasium. Während Bertram, dessen Familie ja hier aus Friedensberg stammt, erst eine Stelle in Hof bekam."

Sie grinste in sich hinein und erklärte: „Seine Noten im Zweiten Staatsexamen waren halt nicht so besonders. Typisch Mann. Dachte, er müsse da nicht so viel investieren. Das wäre letztlich ein Selbstläufer. Das hat ihn ein Leben lang gefuchst, dass die Examensprüfungen dann doch nicht ganz so glattliefen, wie er sich das vorgestellt hatte. Tja: Da musste er nehmen, was er bekommen konnte. Aber Hof! Wer will denn *da* hin? Zonenrandgebiet hieß das damals. Auch so ein Wort, das man fast schon wieder vergessen hat. Er wollte jedenfalls so schnell wie möglich wieder fort."

Katze Pucki streckte sich, fuhr kurz die messerscharfen Krallen aus, gähnte herzhaft, so dass auch die mörderischen Zähne kurz zu sehen waren, verwandelte sich aber in Sekundenschnelle wieder in ein harmloses Schmusetier. Hannah Mellrich wich unwillkürlich um einige Zentimeter zurück. Die Gastgeberin schmunzelte, kraulte die Katze unterm Kinn und fuhr fort.

„Aber das war eben eine Planstelle. Seine erste. Da kommst du nicht so schnell weg. Finde mal einen Tauschpartner für

Hof! Deswegen hat er sofort zugegriffen, als nach drei Jahren eine Stelle hier am Domgymnasium frei wurde. Er war ja fest hier in dieser Stadt verwurzelt. Natürlich wollte er von Anfang an hierher zurück. Das kann man ja auch verstehen, oder? Die Information hatte ich ihm natürlich gleich zukommen lassen. Und ein gutes Wort für ihn eingelegt. Ich konnte es ganz gut mit dem alten Chef, dem Lobkowitz. Und dann hat die Kirche ihn angefordert und Vater Staat hat der Versetzung zugestimmt. So lief das damals. – Noch Tee?", fragte sie, als sie bemerkte, dass Bernd Kellerts Tasse leer war. Hannah Mellrich hatte an der ihrigen nur einmal kurz genippt. „Gern", stimmte der Kommissar zu, nickte der Hausherrin freundlich zu und hob ihr seine Tasse entgegen. Dass sie sich freute, männlichen Besuch zu haben, war ihr deutlich anzumerken. Offensichtlich war das nicht mehr oft der Fall.

„Um auf Ihre Frage zurückzukommen, junge Frau" – so und nicht anders schien Lilli Schildbach die Kriminalbeamtin wahrzunehmen, der sie sich nun wieder zuwandte. „Nein. Ich wollte nie Direktorin werden. Zum einen war der Bertram ein guter Chef. Wirklich. Sonst hätte ich nicht so lange mit ihm zusammenarbeiten können. Und zum anderen war es fast schon eine Sensation, dass ich als Frau hier überhaupt zweite Chefin wurde. Schon das galt vielen damals als ein Ding der Unmöglichkeit."

Hannah Mellrich schaute unsicher. Sie verstand offensichtlich nicht, worauf diese Anspielung abzielte. Lilli Schildbach lachte, dass ihr rundlicher Oberkörper bebte. „Na, wir sind hier bei Kirchens, das dürfen Sie nicht vergessen. Klar, Ordensfrauen haben immer schon Klosterschulen für Mädchen geleitet. Aber das sind eben Nonnen. Das galt lange Zeit für eine Mädchenschule als passend."

Sie rieb sich die Augen: „Sie dürfen nicht vergessen: Das Domgymnasium war ja bis 1984 noch eine reine Jungenschule. Unter Leitung der Jesuiten. Dann hat das Bistum die Schule übernommen, zusammen mit dem Staat. Erst zu diesem Zeitpunkt hat man auch Mädchen aufgenommen, die bis heute immer noch in der Minderheit sind. Kaum noch spürbar, diese Vergangenheit. Aber bleibend, wenn du weißt, wonach du suchen musst. Und noch einmal später kam dann ja auch der neue Name." Sie blickte zu der Kriminalbeamtin, schien nun an ihr viel mehr Interesse zu haben als am Kommissar. Dem war das ganz recht. „Eine Frau, eine Nicht-Ordensfrau als Leiterin eines kirchlichen Gymnasiums! Das war zu meiner Zeit noch undenkbar. Nein, das stimmt so nicht. Das gab es durchaus, aber eben in fortschrittlicheren Bistümern. Aber doch nicht bei uns in Friedensberg!"

Wieder lachte sie auf, offenbar darüber amüsiert, dass man die Verhältnisse hier vor Ort so falsch einschätzen konnte. „Es soll im Bistum sogar Diskussionen darüber gegeben haben, ob ich als zweite Chefin zumutbar wäre. ‚Zumutbar'! Na, das wird sich jetzt alles sehr schnell ändern, keine Sorge. Heute werden ja fast nur noch Frauen Lehrer. Also: Lehrerinnen. Ist doch so."

Sie legte die Stirn in Falten. Es war ganz offensichtlich, dass sie diese Entwicklung nicht gutheißen wollte. „Schauen Sie an die Universitäten oder in die Ausbildungsseminare. Selbst in Mathe, Physik und Informatik. Lassen wir mal dahingestellt, ob das in dieser jetzt schon absehbaren Einseitigkeit gut ist. Fest steht: Der Lehrerberuf verweiblicht. Und in zwanzig Jahren wird die Szene an den Schulen völlig verändert sein. Ob die frommen Herren im Bistum das nun gutheißen oder nicht. Diese Entwicklung geht auch an ihnen nicht spurlos vorbei. Sie werden das noch miterleben, junge Frau. Ich vielleicht nicht mehr. Aber wer weiß?"

Hannah Mellrich hörte sich all diese Ausführungen zwar mit Interesse, gleichzeitig aber auch mit Verwunderung an. Dass all das noch ein Thema war im einundzwanzigsten Jahrhundert! Und ob sie selbst die prognostizierten Veränderungen an den Schulen, vor allem aber auch in der Kirche, noch selbst erleben dürfte, war ihr – ehrlich gesagt – völlig egal. Nicht ihre Welt!

Lilli Schildbach aber schien das von ihr aufgetane Szenario ganz gut zu gefallen. Zufrieden legte sie den rechten Arm auf die Lehne ihres Sessels und blickte auf ihre beiden Besucher. „Also, seien Sie beruhigt. Ich war als stellvertretende Direktorin am Domgymnasium sehr zufrieden. Rundherum. Mein Traumberuf."

Bernd Kellert ging etwas durch den Kopf. Wo hatte er das nur gehört? „Aber trotzdem sind Sie dann ja *vorzeitig* in den Ruhestand gegangen, oder? Das sieht man ja auch, dass Sie eigentlich noch viel zu jung für das Rentner-Dasein sind." – ,Alter Charmeur', hörte er im Geiste die Stimme seiner Frau Beate und ihm fiel ein, dass das im Allgemeinen nicht gerade eine seiner Paradedisziplinen war. Also wurde er wieder sachlich: „Das verstehe ich nicht ganz. Einerseits hat Ihnen der Beruf so viel Freude bereitet, wie Sie sagen. Andererseits der vorzeitige Rückzug." Er ließ ein unausgesprochenes Fragezeichen im Raum stehen.

Lilli Schildbach hatte sich zunächst geschmeichelt gefühlt, war dann aber kurz erstarrt, blickte auf die Katze auf ihrem Schoß, streichelte sie und meinte dann leichthin: „Man soll gehen, wenn es am schönsten ist. Das war das Lebensmotto meiner Mutter, Gott hab sie selig. Wenn ich jetzt darüber nachdenke … Ich habe das gerade schon richtig gesagt: Das *war* mein Traumberuf. War."

Sie wollte sich eine weitere Tasse Tee nachgießen, stellte dann aber fest, dass die Porzellankanne leer war, und stellte sie unverrichteter Dinge wieder zurück. Sie rieb sich das rechte Ohrläppchen, beugte sich leicht vor, kniff die Augen zusammen und sprach dann zögerlich weiter: „Wissen Sie, vor einigen Jahren hat das Kultusministerium wieder einmal eine dieser unsäglichen Schulreformen vom Himmel regnen lassen. PISA-Reformen, Schulprofil, Schulevaluation, Kompetenzorientierung … ich erspare uns die Details. Völliger Unsinn, wie immer. Das macht Schule nur schwieriger und unübersichtlicher, als sie eh schon ist. Das bringt für Lehrerinnen und Lehrer nur weiteren Stress, für Eltern Verwirrung, für Schülerinnen und Schüler gar nichts. Null. Das wissen alle. Aber alle machen mit. Keiner muckt auf. Alles hierarchisch gebändigte Gehorsamstiere. Bertram auch."

Sie schnaubte verächtlich durch die Nase. „Da spürte ich auf einmal, dass ich das nicht mehr will. Strukturelle Verschlechterungen zu akzeptieren, für Lehrer wie für Schüler, bloß weil eine junge Bürokraten-Generation im Kultusministerium sich wieder einmal etwas Neues ausgedacht hat, um sich ihre nun wahrlich fragwürdige Existenzberechtigung zu beweisen. Die machen ihre tolle Reform, werden mit der erwarteten Beförderung belohnt und haben mit der von vornherein unsinnigen Umsetzung ihrer Vorgaben nichts mehr zu tun. Das müssen *wir* ausbaden, wir Lehrer in der Praxis."

‚Interessant, dass sie immer noch von *wir* spricht. Als gehörte sie noch dazu‘, dachte Kellert. ‚So ganz abgelöst vom Schulbetrieb hat sie sich also doch noch nicht.‘ Lilli Schildbach hatte weitergeredet. „So ist es doch. Wir. Vor Ort. In den Schulen. Wir müssen all das ausbaden. Und kaum haben wir die ach so tolle Idee mehr oder weniger umgesetzt, kommt die nächste Bürokraten-Generation und das ganze Spiel geht wieder von vorn los. Nein, danke! Darauf hatte ich keine Lust mehr. Das reichte. Ein für alle Mal."

Sie sprach nun entschieden und mit klarem Ton: „Gut, ich will ganz ehrlich sein. Ein Weiteres kam hinzu. Man merkt das sowieso, wenn man auf die sechzig zugeht. Dass man nicht mehr in derselben Lebenswelt lebt wie die Kinder und Jugendlichen, die man unterrichtet. Dass man ihnen manches beizubringen versucht, was für uns damals noch sinnvoll war, für sie heute aber nicht mehr. Doch, mir zumindest war das immer klarer geworden."

Kellert blickte überrascht. Mit dieser Wendung des Gesprächs hatte er nicht gerechnet. Plötzlich hatte sich der ganze Tonfall von Lilli Schildbach verändert. Stimmhöhe und Dialektfärbung waren anders. Sie sprach so, wie man es sich von einer Schulleiterin bei einem öffentlichen Anlass vorstellen könnte. Zuvor war sie eine ältere Frau gewesen, die über ihr Leben sinnierte. Jetzt eine Frau, die mitten im öffentlichen Leben steht. Beide Rollen passten zu ihr. Die Gastgeberin schaute ihre Besucher nun mit geschärftem Blick an.

„Auch in Sachen Religion, verstehen Sie? Ich war ein Leben lang eine überzeugte Katholikin. Von Kindesbeinen an. Und bin es auch heute noch. Doch, das ist *meine* Kirche, auch wenn ich vieles, vieles in ihr kritisch sehe. Aber eben: *in* ihr. Von innen. Aber passt all das noch für die Kinder und Jugendlichen heute? Warum interessieren die sich nicht mehr für das Christentum? Passt der Inhalt nicht mehr? Haben wir ihnen nichts mehr zu sagen? Oder ist nur die äußere Form für sie überholt?"

Lilli Schildbach blickte vor allem auf die junge Polizistin, für die Religion ja tatsächlich weitgehend bedeutungslos war, ohne dass die ehemalige Lehrerin das wissen konnte. Hannah Mellrich gehörte bereits jener Generation an, von der die Pädagogin sprach. Dass hier nicht Raum und Zeit war, ihre eigenen Überzeugungen und deren Hintergründe einzuspielen, war der Polizistin klar. Das erwartete die Hausherrin aber auch gar nicht. Ihr genügte es, die eigenen Gedanken auszusprechen.

„Zuletzt hatte ich immer öfter den Eindruck", fuhr Lilli Schildbach fort, „dass unsere Schüler die religiösen Elemente des Schullebens bestenfalls billigend in Kauf nahmen. Zumindest die meisten. Natürlich gab es Ausnahmen. Aber die überwiegende Mehrheit hat unsere Angebote – wie soll ich sagen? – noch nicht einmal ignoriert. Denn das würde ja bereits eine bewusste Auseinandersetzung voraussetzen. Schon das ist heute von vielen offenbar zu viel verlangt."

Sie schüttelte den Kopf, blickte ziellos vor sich hin und atmete langsam und seufzend aus. „Na ja, und dann die Sache mit den Güttlers ..." Sie unterbrach ihre Gedanken und fügte entschieden hinzu: „Aber das gehört nun wirklich nicht hierher. Das ist ja alles längst Vergangenheit." Kellert blickte sie ermunternd an. „Nein, bitte: Erzählen Sie! Wenn es Ihnen schon einfällt. Bitte!"

Lilli Schildbach schaute ihn zweifelnd an, wandte sich dann wortlos mit fragendem Blick an seine Begleiterin, doch auch die nickte ihr bestätigend zu. Sie atmete ein weiteres Mal hörbar durch die Nase und sprach dann weiter: „Also gut. Die Sache mit den Güttlers. Ja, die hat mich den letzten Nerv gekostet, wie man so sagt. Und mich enttäuscht. Menschlich enttäuscht."

Plötzlich wandte sie sich überraschend direkt an ihre Besucher: „Wissen Sie, was Inklusion ist?" Die beiden Kriminalbeamten waren auf diese Frage nicht vorbereitet und wechselten hilflose Blicke. Nun wechselte der Ton ihrer Gastgeberin zum pädagogischen Vortragsstil. Und auch den beherrschte sie. „Schon gut, ich erkläre es Ihnen. Darunter versteht man, dass wirklich allen Menschen alle Möglichkeiten einer Gesellschaft offenstehen müssen. Vor allem denen, die ein bisschen anders sind. ‚Behindert', hätte man früher gesagt, darf man jetzt aber nicht mehr. Political correctness, please!"

Sie lachte auf: „Na, kennen Sie solche Slogans wie: ‚Es ist normal, verschieden zu sein'. Oder: ‚Jeder ist behindert'" „Das stimmt doch auch. Irgendwie!", warf Hannah Mellrich ein.

„Jaja, junge Frau, natürlich. Irgendwie", unterbrach sie die alte Lehrerin milde lächelnd. „Aber sehen Sie: Im Jahr 2009 beschloss die UN, dass es fortan in allen Mitgliedsstaaten nur noch inklusive Schulen geben darf. Dass also alle Schülerinnen und Schüler zusammen unterrichtet werden müssen, ob mit oder ohne klar feststellbare ‚Behinderung'."

„Und das ist doch richtig so, oder?", blieb Hannah Mellrich bei ihrer Überzeugung. „Ja", antwortete die erfahrene Schulpädagogin, „und nein. Das war ein Riesenfortschritt in sehr vielen Ländern, in denen Kindern mit Behinderung der Zugang zu Bildung verschlossen war. Ganz wichtig, ohne Frage."

Sie nickte zustimmend, hob jedoch gleich zur Gegenrede an: „Aber in Deutschland hatten wir ein weltweit führendes System von Förderschulen aufgebaut. Spezielle Ausbildung und Vorbereitung der Lehrer. Differenzierte Angebote für verschiedenste Lernschwierigkeiten. Ein sehr, sehr gutes System. Expertinnen und Experten aus aller Herren Länder kamen zu uns nach Deutschland, um sich unsere Förderschulen der unterschiedlichsten Couleur anzusehen und von ihnen zu lernen. Natürlich, diese Schulen waren abgetrennt vom sonstigen Schulsystem. Das war der Preis."

„Und?", fragte Hannah Mellrich in eine kurze Pause hinein. Lilli Schildbach atmete schwer, antwortete dann: „Und all das mussten wir von heute auf morgen ändern. An allen Schulen mussten wir Möglichkeiten für Kinder mit verschiedenen Behinderungen einrichten. Sei das Aufmerksamkeitsstörung, Autismus, Sinneseinschränkung, Körperbehinderung oder was auch immer." Die ehemalige Lehrerin schüttelte resigniert den Kopf. „Machen Sie das mal, so mir nichts dir nichts von heute auf morgen. Und ohne Mittel, ohne zusätzliche Lehrkräfte. Die sollte es nicht geben. Kostenneutralität, so hieß das Zauberwort. Keine Mehrausgaben. Und das kann unser System einfach nicht leisten. Klar: Gebt uns Spezial-Lehrkräfte, die zusätzlich für diese Aufgabe zur Verfügung stehen, dann gern. Aber so?"

Wieder schüttelte sie den Kopf und legte die eigentlich noch glatte Stirn in Falten. „Da macht man ein sehr gut funktionierendes System kaputt, ohne es durch Besseres, nicht einmal Gleichwertiges zu ersetzen. Aber die höhere Instanz beschließt, die unteren müssen es ausführen. So ist das immer. Und die haben keine Ahnung, die da oben, egal, welcher Partei sie nun angehören. Schwachsinn. Aber Proteste waren sinnlos." ,Hm, ob das die Eltern von betroffenen Kindern genauso sehen?', fragte sich Bernd Kellert, der bislang eher unbeteiligt zugehört hatte. Nun schaltete er sich ein: „Und was sagen die betroffenen Kinder und ihre Eltern dazu?"

„Das ist es ja!", fiel ihm Lilli Schildbach ins Wort. „Verständnisvolle Eltern überlegen, ob ihr Kind das schaffen kann. Und viele belassen es an den Spezialschulen, zumindest wenn es die weiterhin gibt. Aber andere haben den Ehrgeiz, dass ihr Kind unbedingt in das Normalschulsystem gepresst werden soll. Ob es passt oder nicht. Schlimm für die völlig überforderten Kinder, schlimm für uns Lehrer, glauben Sie mir."

Kellert wollte erneut einhaken, aber sie ließ ihm keine Gelegenheit. „Nicht dass Sie mich falsch verstehen. Wir machen das gern! Das, was geht! Wir hatten einen Autisten, den Tom. Der hat sich toll integriert. Und die anderen haben ihn auch gut akzeptiert. Wie der sich entwickelt hat! Herzerfrischend. Oder wir hatten die Jule, die saß im Rollstuhl. Kein Problem, die Hindernisse lassen sich wegorganisieren. Das sind Beispiele, da sage ich: gut! Ja, da können wir Inklusion leisten. Da ist sie sinnvoll. Aufwändig, aber machbar. Aber viele andere Fälle sind von vornherein aussichtslos. Und ein Zuviel überfordert das System Schule, wenn es keine Unterstützung gibt."

Nun war Kellerts Geduld aber doch erschöpft. „Sie wollten uns aber etwas erzählen von diesen Güttlers, wenn ich das richtig in Erinnerung habe." „Richtig, und dazu wäre ich schon noch gekommen", entgegnete die Gastgeberin mit unwilligem Unterton. „Die Güttlers, ja. Da gab es diese Tochter. Valerie. Schwerhörig. Hörte fast nichts. Aber klug und begabt war sie, keine Frage. War lange in einer Gehörlosenschule, die sind auf so etwas spezialisiert. Und kam dann zu uns. Niemand bei uns war dafür ausgebildet. Wie ich schon sagte: Machen Sie das mal: Integrieren Sie so jemanden in den Normalunterricht. Wie denn?"

Nun nickte auch Hannah Mellrich abwägend. Je konkreter man sich das vorzustellen versuchte, umso klarer wurden die Probleme. „Nun, ich war ja stellvertretende Schulleiterin", fuhr Lilli Schildbach fort. „Inklusion, das fiel in mein Ressort. Und was habe ich nicht alles für das Mädchen auf die Beine gestellt! Für die Valerie, ich mochte sie ja. Ich habe die Stunden nicht gezählt: Mich in die medizinische und therapeutische Fachliteratur eingelesen, habe Grundstrukturen der Gebärdensprache gelernt, Anrufe hier, Bestellungen von Sondergeräten da, Absprachen überall. Das hat mich zeitweise ein Viertel meiner Arbeitszeit gekostet. Zusätzlich natürlich. Ohne Gegenleistung selbstverständlich." Sie verzog das Gesicht angesichts der wieder hervorgeholten Erinnerung. „Aber verstehen Sie mich: Ich habe das gern getan. Eigentlich." Sie verstummte. „Wenn nicht …?", ermunterte Kellert. „Ja, wenn da nicht die Eltern gewesen wären. Ständig unzufrieden. Ständig immer noch mehr fordernd. Ständig ohne einen Blick dafür, was wir alles leisten und vor allem: was denn ihrer Tochter wirklich gutgetan hätte. Unverschämt. Aber sag mal was! Dann heißt es sofort: Die Schule wird ihren Verantwortungen nicht gerecht. Das willst du dann auch nicht."

Nun verzog sich ihre Miene: „Ja, und eines Tages steht da ein Leserbrief der Güttlers im Friedensberger Anzeiger. Aus heiterem Himmel. Über das KaRaGe. Darüber, wie wir uns über die gesetzlichen Regelungen in Sachen Inklusion hinwegsetzen. Dass wir ihrer Tochter die vorgeschriebenen Förderungen vorenthalten. Hanebüchen! Alles völlig falsch dargestellt. Einseitig, verzerrt oder sogar schlicht erfunden."

Die tiefe Empörung war der ehemaligen Lehrerin immer noch anzumerken. „Außerdem war ich doch vor Ort als Ansprechpartnerin immer da!", erläuterte sie. „So war das abgesprochen: Bei Problemen durften sie sich an mich wenden. Jederzeit. Wie viel haben wir auf diesem Weg geklärt und gut in den Griff bekommen! Und da schreiben diese Eltern einen Leserbrief, der natürlich auch prompt abgedruckt wird. Das machen diese Pressefritzen ganz gern, ab und zu mal unsere

Schule durch den Dreck ziehen. Ob berechtigt oder nicht. ‚Domgymnasium‘, das weckt bei manchen Aggressionen."
Kellert nickte mitfühlend. „Das war hart für mich", erinnerte sich die alte Lehrerin. „Wie ein Schlag zwischen die Rippen. Ich habe mich wirklich für die Valerie eingesetzt, und wie! Und dann diese miese Masche. Ich hatte eine ganze Woche lang Magenprobleme, glauben Sie mir. Ich war wütend und enttäuscht. Verletzt. Jetzt gerade, wo ich das erzähle, spüre ich das Unwohlsein wieder, ganz körperlich. So stark war das. Wir haben dann alles mit einem Gegenbericht richtigstellen können. Die Zeitung hat sich beim Chef dafür entschuldigt, einen Brief ungeprüft abgedruckt zu haben. Alles schön und gut. Aber Sie wissen ja: *aliquid haeret*. Irgendetwas bleibt immer hängen." Sie versank in Erinnerungen, räusperte sich dann und führte den aufgenommenen Gedanken zu Ende: „Und das war genau die Zeit, in der ich überlegte, frühzeitig aufzuhören. Vielleicht war es der letzte Tropfen, der das Fass zum Überlaufen brachte."

Kellert blickte sie freundlich an. Was sollte er da sagen? Hannah Mellrich spürte seine Verlegenheit und fragte nach: „Und was ist aus ihr geworden, aus dieser Valerie?" Die Lehrerin schnaubte höhnisch durch die Nase: „Ein halbes Jahr nach meinem Ausscheiden haben die Eltern sie wieder an die Gehörlosenschule zurückgeschickt. Ohne Dank. Im Streit, wenn ich das richtig mitbekommen habe. Ich hatte dann ja nichts mehr damit zu tun. Und was seitdem aus ihr geworden ist: keine Ahnung. Das geht mich ja nichts mehr an. Die wird schon ihren Weg gehen, die Valerie. Wenn sie sich von ihren Eltern lösen kann."

Lilli Schildbach reckte sich, dehnte sich, schüttelte die spürbar immer noch belastende Erinnerung buchstäblich aus dem Kopf. „So war das. Sie wollten es hören." Sie verlor sich in Gedanken. Dann wurde ihr wieder bewusst, wo sie sich gerade befand. Und mit wem. Sie tippte sich mit den Fingern der rechten Hand an die Schläfe. „Entschuldigen Sie, ich bin ein bisschen abgeschweift. Aber so war das nun einmal. Da kam vieles zusammen. Die immer wieder neuen, immer wieder gleich unsinnigen Erlasse des Ministeriums; die Sache mit den Güttlers, das Gefühl, die Schüler nicht mehr zu erreichen; die Zweifel, ob die Ausrichtung der Schule überhaupt noch in unsere Zeit passt; das Gefühl, dass ich die Einzige war, die all das überhaupt wahrnimmt und reflektiert. All das hatte sich über die Jahre langsam zusammengebraut."

Sie lächelte selbstironisch, bitter. „Da kommt man ins Überlegen. Tja! Mein Mann hat mir einiges Geld hinterlassen. Stammte aus einer begüterten Familie, der Friedhelm. Und war ein Einzelsohn. Als die Schwiegereltern vor elf Jahren starben, war ich die einzige Erbin. Da war ganz schön etwas zusammengekommen. Und nicht zu vergessen: Meine Rente war auch so schon nicht schlecht. Ich bin sehr jung in den Beruf eingestiegen."

Sie schmunzelte. „Ich habe das also einmal alles durchrechnen lassen und dann gesehen, dass es gut zum Leben reicht. Mehr als gut. Und dann meinen Abschied eingereicht. Da waren einige schon erstaunt. Viele haben das nicht verstanden. Nur, ganz ehrlich: Kaum jemand hat ernsthaft nachgefragt. Und manche waren auch neidisch. Würden das auch nur allzu genauso machen, trauen sich aber nicht oder brauchen eben noch das Geld. So war das: Brief aufgesetzt, Chef informiert, Ruhestand."

„Einfach so?", fragte Hannah Mellrich. „Ja, einfach so", nickte Lilli Schildbach. „Denen, die nachgefragt haben, warum ich vorzeitig in den Ruhestand ging, habe ich das so erklärt:

Das ist wie ein Wasserkessel auf dem Herd, der sich langsam erhitzt. Langsam, du merkst es kaum. Und der irgendwann dann plötzlich zu kochen beginnt. Und dann musst du etwas tun." Nun blickte sie entschlossen. „Und ich habe den Schritt noch nicht eine Sekunde bereut. Nicht eine Sekunde."

„Nun, was für einen Eindruck haben Sie von dieser Frau Schildbach?", fragte Kellert Hannah Mellrich, während diese den Dienstwagen zurück zum Polizeipräsidium chauffierte. „Eine interessante Frau, keine Frage", antwortete die Polizistin, während sie den Dienst-BMW durch den dichten städtischen Freitagnachmittagsverkehr steuerte. „Zunächst unterschätzt man sie. Aber sie beherrscht mehrere Register. Du weißt nie, welches sie gerade bedient. Und welche sie noch bedienen könnte."

„Hmm, so ähnlich ist mein Eindruck auch", bestätigte der Kommissar. „Aber kann man ihr das alles so glauben? Ihr Abschied von dem Beruf, der ihr ganzes Leben ausgemacht hat. Ohne dass es eine wirklich prickelnde neue Perspektive danach gegeben hätte. Davon war ja nie die Rede, oder? Ist das nicht zu glatt?" Hannah Mellrich überlegte kurz, streckte sich, legte den Kopf in den Nacken, antwortete dann zögerlich: „Ich weiß es nicht. Ich bin mir unsicher. Dazu kann ich einfach keine klare Einschätzung abgeben. Und das passiert mir nicht oft." Kellert blickte zu ihr hinüber und nickte.

Beide schwiegen. Bernd Kellert durchfuhr der Gedanke, dass die rein physische Nähe zu der jungen Mitarbeiterin ihm plötzlich unangenehm war. Er hatte zuletzt so viel über Fremdgehen, Affären und Untreue gehört. Und wurde sich mehr und mehr bewusst, dass seine Gedanken ein Eigenleben entwickelten. Ungewollt erinnerte er sich an den oft wiederholten Spruch seines längst verstorbenen Großonkels Jürgen: „Appetit darf man sich draußen holen. Hauptsache, es wird zu Hause gegessen." ,Blöder Spruch', dachte er, zog eine Grimasse und schüttelte über sich selbst den Kopf.

## 21.

Freitag, siebzehn Uhr dreißig. Eigentlich längst Zeit, ins Wochenende zu gehen. Aber Bernd Kellert hatte noch eine späte Dienstbesprechung im Kommissariat anberaumt. Nie zuvor hatte er einen Fall behandelt, bei dem so viele unterschiedliche Beteiligte zu berücksichtigen waren. Wo es so viele Spuren gab, die verfolgt werden mussten. Schwer, den Überblick zu behalten! Und umso wichtiger, sich gegenseitig regelmäßig auf den Stand der Ermittlungen zu bringen. Immer mal wieder innezuhalten, einen Schritt zurückzugehen und aus der Distanz eine Zwischenbilanz zu ziehen. Gerade bei diesem Fall. In einer Schule kommen so viele Lebensadern zusammen, dass man zwangsläufig von den unterschiedlich pulsierenden Erscheinungsformen des Lebens umgeben ist. Wer blickt da noch durch?

Heute gab es aber noch einen besonderen Anlass. Kellert, Hannah Mellrich und die Kommissariats-Sekretärin Lena Winter-Drexler hatten sich schon ein paar Minuten vorher im Büro des Kommissars getroffen, um einige Vorbereitungen zu treffen. Selbst Polizeipräsident Dr. Werner Jacobs gab sich die Ehre. Punkt halb sechs trat er in das Büro, schaute sich suchend um und verzog das Gesicht. Offensichtlich blieb seine Suche erfolglos. Das Objekt seines Besuchs fehlte.

Der Polizeipräsident wollte sich gerade an Bernd Kellert wenden – wohl, um sich zu beschweren –, als die Bürotür hastig aufgerissen wurde und ein schwer atmender Dominik Thiele hereinstürzte. Verblüfft erstarrte er mitten in der Bewegung. „Äh … was ist denn hier los?", stammelte er, mit ratlosem Blick von der einen zum anderen schauend.

Kellert rollte die Augen, zuckte mit den Schultern und wies mit kaum wahrnehmbarer Geste auf ihren obersten Chef. Werner Jacobs änderte seine Miene, wurde von einer auf die andere Sekunde freundlich und richtete seine Augen in gespielter Strenge auf seine exklusive Armbanduhr. „So, da kommt der Herr Thiele zwei Minuten zu spät zu seiner Dienstbesprechung." Dominik Thiele blickte sich immer noch völlig ratlos im Raum um. Was für ein seltsamer Tonfall. Was für eine merkwürdige Versammlung. Was wurde hier gespielt?

„Ich korrigiere mich", sprach der Polizeipräsident weiter. „Und Sie wissen, dass ich das nur sehr ungern und höchst selten tue. Also noch einmal, zweiter Versuch: So, da kommt der Herr *Kommissar* Thiele zwei Minuten zu spät zu seiner Dienstbesprechung!" Thiele blickte immer noch fassungslos. Plötzlich blitzte eine Ahnung durch sein Hirn. Was hatte der Präsident da gerade gesagt?

Bernd Kellert wurde das Spielchen zu bunt. „Du hast es gehört, Dominik. Deine Beförderung ist durch. Endlich, es wurde ja langsam Zeit. Ich habe aber auch wirklich lange genug darauf gedrängt. Herzlichen Glückwunsch, Kollege Kommissar!" Lena Winter-Drexler und Hannah Mellrich brachen in einen wilden Applaus aus, Dr. Jacobs zog die Ernennungsakte aus einer Klarsichtfolie, überreichte sie Dominik Thiele, grinste breit und schüttelte ihm die Hand: „Auch von mir im Namen der ganzen Polizeidirektion: alles Gute und herzlichen Glückwunsch. Sie haben es sich redlich verdient, Herr Kriminalkommissar!"

Thiele nahm die Glückwünsche und die Urkunde entgegen, war aber immer noch zu verblüfft, um zu reagieren. Endlich! ‚Ena wird sich freuen', war erstaunlicherweise sein erster Gedanke. Die Kommissariats-Sekretärin brachte nun zwei vorbereitete Tabletts aus dem Nebenraum: Getränke, also Sekt, Orangensaft und Mischungen aus beidem; dazu belegte Schnittchen. Thiele spürte, dass er nun etwas sagen musste. Ihm fehlten aber die Worte. Keine große Rede also, eher ein Gestammel: „Wow. Äh. Das ist ja wirklich eine Überraschung. Und ihr habt das schon länger gewusst? Und mir nichts gesagt? Ja, also: Danke. Danke ans Team. Ohne euch wäre das nichts geworden, das weiß ich natürlich. Danke! Auf euer Wohl!"

Sie stießen an. Kellert und Thiele umarmten sich mit kräftigem Schulterschlag, von der Sekretärin gab es ein Küsschen rechts und ein zweites links, Hannah Mellrich beschränkte sich auf einen herzlichen Händedruck. Kellert griff sich zwei mit Schinken belegte Brote, auch die anderen fanden etwas Passendes. Und nach einigem Höflichkeitsgeplänkel zog sich der Polizeipräsident wieder zurück.

„Uff!" Erschöpft ließ sich Dominik Thiele in seinen Schreibtischsessel fallen. „Mit allem habe ich heute gerechnet, aber damit nicht! Kommissar! Kommissar Thiele. Klingt gut. Da kann ich mich dran gewöhnen." „Da *wirst* du dich auch dran gewöhnen, Dominik", ergänzte Kellert. „Und ich freue mich wirklich für dich. Andererseits kannst du dich ab jetzt natürlich auf entsprechende Stellen bewerben. So läuft das nun einmal. Aber das werden wir dann ja schon sehen."

Er blickte sich um und wies den beiden Damen, die leise miteinander plaudernd noch am Fenster standen und auf die langsam hereinbrechende Abenddämmerung blickten, einen Stuhl zu. „Nun aber zu unserem Fall. Business first.

Dr. Geißendörfner. Was haben wir?" Die Kommissariats-Sekretärin erhob sich wieder, ging zu der etwas altmodisch wirkenden Wandtafel und malte dort mehrere Kreise und Pfeile auf. Lena Winter-Drexler war es zwar eigentlich nicht mehr gewohnt, mit diesen klassischen, man könnte auch sagen: veralteten Medien zu arbeiten, aber sie wusste, dass Kellert am liebsten so vorging. *Old school* eben.

Sollte er haben! Seine langjährigen Mitarbeiter wussten, wie ihr Chef vorzugehen pflegte. Und Hannah Mellrich verstand sofort, wie der Hase lief. Die Kriminalbeamten warfen der Sekretärin Stichworte zu, die diese in das ständig erweiterte Schaubild zu übertragen versuchte. Dr. Geißendörfner im Umfeld seiner privaten und beruflichen Beziehungen. „Los geht's", gab Kellert den Einsatz. „Wer fällt euch ein, egal wie wahrscheinlich oder unwahrscheinlich er oder sie als Täter wäre?"

„Thea Geißendörfner. Die nicht trauernde, betrogene Witwe", gab Thiele vor. „Monika Höffgen, die verlassene Geliebte", sekundierte Hannah Mellrich sofort. „Ich ziehe den Kreis mal bewusst weit", kommentierte Kellert seinen folgenden Beitrag vorab: „Teresa Andernach, vom Chef enttäuschte Schülersprecherin. Nehmen wir sie auf als Repräsentantin der Schülerinnen und Schüler überhaupt. Und Gerrit Olbricht, von der Schule verwiesener Schnösel." Der Kommissar hielt kurz inne, fügte dann hinzu: „Samt Vater, der sich nicht leicht in seinen Machtbereich hineinpfuschen lässt."

Sie überlegten. „Torsten Bedlinger, Besitzer des Tatfahrzeugs und umstrittener Lehrer", brachte Thiele ein, ergänzte dann: „Dazu mehrere andere Kolleginnen und Kollegen vom KaRaGe, da können wir ja erst mal Platzhalter hinmalen, die wir gegebenenfalls mit Namen füllen. Wiesmüller, Brox,

Schongauer, Schildbach und wie sie alle heißen." „Eine sollten wir aber schon extra aufnehmen, finde ich", unterbrach ihn Hannah Mellrich. „Diese Sandra Friesinger, die sich extrem benachteiligt fühlt." „Richtig, die Einfachfrau, also: Ein-Fach-Frau", erinnerte sich Kellert an das von ihm geführte Gespräch.

„Vielleicht noch den Hausmeister, Bogdan Kaminski, den der Direktor mit der Entlassung bedroht hat", schlug Thiele nach einer erneuten Nachdenkpause hinzu. „Dann aber auch die Sekretärin, Saskia Blum", insistierte Hannah Mellrich. Lena Winter-Drexler runzelte die Stirn, malte aber gehorsam einen weiteren Kreis in das Schaubild und schrieb den aufgerufenen Namen hinein.

Vor ihnen war ein Wirrwarr entstanden, das letztlich kaum noch zu überblicken war. Kreise, Pfeile, Fragezeichen. Nachdenklich und grübelnd blickten die Kriminalbeamten auf das Schaubild. Immerhin, dieses Beziehungsnetz hatten sie in vielen Gesprächen herausgearbeitet. Aber klare Hinweise sahen sie nicht. Hatten sie etwas übersehen? Eine wichtige Person vergessen?

Dominik Thiele meldete sich: „Also ich habe heute die vier Kinder vom Geißendörfner abgecheckt. Das war eine ganz schöne Telefoniererei, das kann ich euch sagen. Da wohnt ja keiner mehr in Friedensberg, alle weit verstreut. Jedenfalls bringt uns das auch nicht weiter. Da gab es keine großen Konflikte, wenn ich das richtig herausgehört habe. Die waren sich als Familie nicht besonders nah, aber auch nicht verfeindet. Finanziell scheinen die alle klarzukommen. Außerdem haben sie alle ein Alibi. Das ist zwar noch nicht lückenlos geklärt, aber die hätten ja alle weite Wege gehabt. Das wäre aufgefallen, wenn die länger unterwegs gewesen wären. Ich bleibe dran. Letztlich glaube ich kaum, dass der Mord etwas mit familiären Problemen zu tun hat."

Kellert nickte: „Danke, Dominik. Bleib dran, ja! Mit endgültigen Schlüssen wäre ich eher vorsichtig, aber du hast schon recht: Nichts weist in diese Richtung. Bisher zumindest! Trotzdem: Wir sollten weiterhin nichts ausschließen." Der Kommissar blickte skeptisch auf die Skizze, die an der Tafel entstanden war. „Hm, kompliziert, oder? Hat jemand eine Idee, wie wir weiter vorgehen sollten? Nur immer frei heraus. Ich selbst habe jedenfalls noch keinen Plan A. Geschweige denn B."

Es blieb eine Weile still. Alle starrten auf das Schaubild vor ihnen, das eigentlich Ordnung schaffen sollte, aber eher Verwirrung stiftete. Hannah Mellrich meldete sich als Erste: „Wenn wir noch mal auf die Tat selbst schauen und auf die Zerstörung des Gedenktisches an der Schule am Tag danach, dann fällt doch auf, mit welch ungeheurer Wut das Ganze ausgeführt wurde. Nicht mit Plan. Nicht mit Bedacht. Vielleicht nicht einmal mit Vorsatz. Impulsiv. Von innen heraus."

„Das stimmt schon", ergänzte Dominik Thiele, der frisch gebackene Kommissar, „aber die Wut hielt ja an. Das war nicht eine einmalige Explosion, die sich dann einmal und damit endgültig entladen hätte, sondern ein tief liegender Hass, der auch am Tag danach noch einmal aufbrandete." „Das spricht eher für eine Frau als Täterin, wenn ihr mich fragt", mischte sich Lena Winter-Drexler ein. „Männer hätten es bei der Tat selbst bewenden lassen."

Hannah Mellrich blickte skeptisch zurück: „Sind Sie sich da so sicher, Lena? Unterscheiden wir uns da wirklich so eindeutig?" Sie grinste schnippisch vor sich hin: „Ist die einmalige Explosion ein Alleinstellungsmerkmal von Männern? Ich weiß nicht ..." Die Kommissariats-Sekretärin kicherte und hob fragend die Schultern. Dominik Thiele blickte neutral.

„Lassen wir das hier einfach mal so dahingestellt", ergriff nun Bernd Kellert das Wort, der keine Lust auf kommunikative Nebenkriegsschauplätze verspürte. „Was mir auffällt: Wir haben jetzt so viele Gespräche geführt. Immer ging es darum, dass die Oberfläche der Beziehungen – sei es an der Schule, sei es privat – glatt aussah. Aber sobald du auch nur einen Zentimeter tiefer bohrst, öffnen sich die Abgründe. Verwicklungen, Betrug, Enttäuschung, Verrat, Eifersucht, Gewalt, Aggression ... Mir wird da, ehrlich gesagt, ganz schwindelig. Ist das überall so? Sehen wir das nur normalerweise nicht?"

Seine drei Mitarbeiter schauten überrascht zu ihrem Chef. Zu philosophischen Allgemeinbetrachtungen neigte er sonst nicht. ‚Bernd Kellert mit fünfzig', dachte Thiele. Kellert räusperte sich und fügte an: „Schon gut. Bleiben wir konkret! Ich fasse zusammen. Erstens: nichts Neues von der Spurensicherung. Eine unübersehbare Menge von Hinweisen. Das bringt nichts. Zweitens: keine Beobachtungen zum Tatabend oder zum Einbruch in die Schule am Folgetag, die uns weiterbringen würden. Drittens: dafür eine Vielzahl von Hinweisen auf Probleme und Konflikte im beruflichen wie privaten Umfeld des Opfers. Aber keiner so brisant, dass sich darin ein Tatmotiv erkennen ließe. Nicht angesichts der Art der Durchführung."

„Darf ich ergänzen, Chef?", schloss sich Hannah Mellrich an und erklärte, ohne eine Antwort abzuwarten: „Ich konzentriere mich mal auf das, was wir positiv wissen: Täter oder Täterin" – hier nickte sie der Sekretärin zu – „wusste, wo das Tatfahrzeug zu finden war und wo sich der Schlüssel dazu befand. Er oder sie kennt sich im KaRaGe gut aus. Er oder sie dürfte zudem über einen Schlüssel zur Schule verfügen, anders ist der nächtliche Zugang nicht zu erklären. Das schränkt die Zahl der Verdächtigen schon ein, oder?"

„Gut, Hannah", lobte Kellert. ‚Oha, das erste Mal, dass er mich beim Vornamen nennt!', schoss es der Angeredeten durch den Kopf. Mit leichtem Lächeln registrierte auch Dominik Thiele diese Entwicklung. „Sehr gut!", steigerte Kellert sein Lob. „Eine Zwischenbilanz sollte immer beides haben: einen Blick auf das Feststehende wie auf das noch Offene. Genau! Nur: Was folgt daraus? Was meinst du, Dominik?"

Thiele hatte nicht mit einer direkten Aufforderung gerechnet. Er überlegte kurz und meinte dann: „Wir sollten – das heißt in diesem Fall – *ihr* solltet weiter an der Schule präsent bleiben. Vieles spricht dafür, dass wir dort fündig werden. Scheint mir. Und wenn man da die Augen offenhält und auch einfach zeigt, dass man vor Ort ist, wird sich etwas ergeben. Mehr fällt mir gerade nicht ein."

Plötzlich klingelte Kellerts Diensttelefon. Da er nur äußerst ungern telefonierte, war das ungewöhnlich. Auch im Präsidium respektierte man seine Abneigung gegen jegliche Form fernmündlichen Austausches, soweit es ging. Er runzelte die Stirn und griff zum Hörer. „Ja?", fragte er in gewohnter Knappheit, ohne sich selbst mit Namen zu melden. ‚Wer mich anruft, weiß ja, mit wem er zu sprechen wünscht. Er ist mir seinen Namen schuldig, nicht ich ihm meinen. So sehe ich das', erklärte er immer, wenn er auf diese Angewohnheit angesprochen wurde.

Doch dieses Mal war alles anders. „Oh!", murmelte er und seine Augen weiteten sich. Die drei anderen sahen, wie er blass wurde und mit der rechten Hand nach dem Sockel der Tischleuchte griff. „Ja, ja", stammelte er nach längerem

Hinhören in den Apparat. „Gut, ja! Mach dir keine Sorgen. Das regeln wir schon. Es wird aber etwas später. Bis dann." Er schluckte und legte das Telefon zurück. Sein Blick hing starr und ziellos im Raum. Er sah niemanden an. Die drei anderen wussten nicht, was sie tun sollten. So kannten sie ihren Chef nicht. Was war passiert? Die Stille zog sich in die Länge. Bleiern. Lena Drexler-Winter, Hannah Mellrich und Dominik Thiele blickten sich verstohlen an. Hin und her. Hilflos. Wie sollten sie sich verhalten? Schließlich brach Thiele das Schweigen: „Äh, Chef? Bernd? Ist etwas passiert?" Kellert schaute ihn an, als käme er aus einem Traum, nein: als befände er sich immer noch in der Traumwelt. „Barry ist tot", sagte er tonlos.

Die beiden Frauen suchten erneut Blickkontakt: Hannah Mellrich fragend, Lena Drexler-Winter kaum merklich ihre Schultern zuckend. Thiele fragte nach: „Der Kater?" „Genau, Barry. Der Kater. Unser Kater! Beate ist völlig fertig." „Wie ist das denn passiert?", fragte Thiele nach. „Ein Unfall?" „Ne", gab Kellert langsam zurück, „einfach so. Der war ja schon alt, zwölf oder dreizehn. Und lag einfach tot auf seiner Decke im Flur. Wenn ich das richtig verstanden habe."

Hannah Mellrich hielt sich zurück. Sie kannte Bernd Kellert ja bislang nur als Chef, kaum als Mensch. Lena Drexler-Winter aber versuchte die peinliche und bedrückende Situation zu entschärfen: „Tja, was sagt man da denn jetzt, Chef? Kann man ‚herzliches Beileid' wünschen? Das gibt es ja nicht oft, aber da fehlen selbst mir einmal die richtigen Worte."

Kellert schnaubte sanft durch die Nase: „Beileid? Ich weiß ja selbst nicht, was ich denken soll. Und fühlen. Da lebt so ein Vieh mehr als ein Jahrzehnt mit dir mit. Doch, das gehört schon irgendwie zur Familie. Und dann greift es dir ans Herz, wenn du hörst, dass es nicht mehr da ist. Und du spürst, dass es dich mehr mitnimmt, als wenn in Afrika tausend Kinder verhungern." Erschrocken unterbrach er seine Gedanken. Er legte kurz die Hand auf den Mund. „Oh! Darf man das sagen? Peinlich irgendwie, ich weiß, pervers. Aber so ist es. So fühlt es sich an."

Normalerweise hielt Bernd Kellert sein Privatleben aus dem beruflichen Alltag heraus. Persönliche Gefühle hatten für ihn während der Arbeitszeit hintanzustehen. Gerade diese Distanz half ihm, all die Belastungen seiner Tätigkeit hinter sich zu lassen, sobald er sich auf den Weg nach Hause machte. Dieser Anruf hatte ihn jedoch auf dem falschen Fuß erwischt. Verwundert erlebten seine drei Mitarbeiter, wie sich die Schranken seiner professionellen Abgrenzung einen Moment lang hoben.

Er wandte sich an Hannah Mellrich, weil er sie am wenigsten kannte. Seine beiden anderen Weggefährten wussten natürlich durchaus in Grundzügen, wie ihr Chef auch privat lebte: „Wir haben uns das ‚Vieh' – so nenne ich Barry nun einmal – damals angeschafft, als Jenny, meine Tochter, in der Pubertät war. Da brauchte sie das Tier als emotionalen Halt. Ich selbst hatte noch nie etwas für Katzen übrig. Im Gegenteil. Aber was tut man nicht alles seiner Tochter zuliebe."

Er seufzte: „Na ja, und wie es dann so kommt: Die Tochter geht, das Vieh bleibt. Jenny ist ja schon lange ausgezogen, studiert hier in Friedensberg. Lebt in einer WG. Und Barry blieb bei uns. Bei mir, der ihn nie wollte. Und der sich dann doch an das Vieh gewöhnt hat. Verdammt noch mal, ja!" Er verstummte und versank in Gedanken. Dann blickte er in die Runde und grinste schief: „Und wer darf nun auch noch Tochter und Frau trösten? Dreimal dürft ihr raten …"

Kellerts Mitarbeiter blickten betreten und schweigend in den Raum. Eine seltsame Situation. Einerseits wusste niemand, wie man mit ihr umgehen sollte, andererseits spürten alle, dass diese Momente sie einander näherbrachten.

Schließlich schüttelte sich der Dienststellenleiter, boxte sich spielerisch mit der rechten Hand unter das Kinn und wandte sich an Thiele: „Sorry, Dominik, ich wollte dir nicht deine Beförderungslaune vermiesen." Der winkte ab, blinzelte und meinte nur knapp: „Kein Problem, Bernd. Das passt schon."

Kellert hatte sich wieder gefasst, die Schranken der Distanz zwischen Privatleben und Beruf hatten sich wieder gesenkt. Er nickte und blickte in die Runde. „Ja, das werde ich dann mit meinen Lieben zu klären haben. Das muss aber noch warten. Ich habe gleich noch ein Gespräch, das ich nicht verschieben will. So wichtig ist der gute alte Barry nun auch wieder nicht. Tja, die Pflichten und Freuden des Chef-Seins!"

Schweigen. Bis der Chef zum letzten Mal das Wort ergriff und seine Mitarbeiter der Reihe nach anblickte: „Gut, kurze Absprache für nächste Woche. Lena: wie gewohnt der ruhende Pol hier vor Ort. Hannah und ich, wir gehen Montagfrüh noch einmal zum Gymnasium. Und du, Dominik, darfst ausnahmsweise mal mit deiner guten Verena über den Stand der Dinge sprechen. Soweit es nötig ist. Sie kennt das Leben an dieser Schule einfach am besten. Vielleicht fällt ihr noch etwas ein, an das sie bislang noch nicht gedacht hat. Einverstanden? Also: Euch allen wünsche ich ein gutes Wochenende. Schaltet mal ab. Und Montagfrüh geht es weiter."

# 22.

Kommissar Bernd Kellert schlenderte gedankenverloren durch die in der Abenddämmerung ruhig daliegenden Gassen von Friedensberg. ‚Barry!‘, zuckte es ihm durch den Sinn und eine unergründliche Traurigkeit ergriff ihn. Er blickte sich um. Die Geschäfte waren schon geschlossen. Da und dort verriegelten noch die letzten Angestellten oder Besitzerinnen die Metallgitter der Schutzvorrichtungen. Nach Verkaufsschluss war hier nie viel los. Freitags erst recht nicht. Die Studentenkneipen befanden sich in einem anderen Stadtviertel unten am Fluss. Hier lauschte man auf das noch lange nachklingende Hallen der Schritte einzelner später Fußgänger, so wie jetzt eben seinen. ‚Provinz‘, dachte Bernd Kellert, schmunzelte bei dem Gedanken, der ihm einerseits behagte, andererseits das Gefühl von Enge hinterließ.

Sein Ziel war der Edelitaliener ‚Da Luigi‘, zu dem er manchmal mit seiner Frau essen ging. Heute erwartete er andere Gesellschaft. Er trat ein. Dezent untermalte italienische Musik die gedämpften Gespräche und Geräusche. Die geschmackvolle Einrichtung betonte zwar den italienischen Charakter, versagte sich aber jeglichem Eindruck von billigem Kitsch. Die Tische standen so weit voneinander entfernt, dass man sich an jedem von ihnen ungestört unterhalten konnte. Die meisten Sitzgruppen waren belegt. ‚Da Luigi‘ war für seine ausgezeichnete Küche sowie das angenehme Ambiente weit über Friedensberg hinaus bekannt.

Hier hatte er sich mit Professor Dr. Elmar Maria Brandtstätter, dem Pastoraltheologen an der Katholisch-Theologischen Fakultät von Friedensberg, verabredet. Vor Jahren hatten sie sich einmal zufällig genau hier getroffen. Nun hatte der Professor erneut diesen Treffpunkt vorgeschlagen. Kellert war es recht. Brandtstätter saß schon an seinem Tisch und studierte mit sichtlicher Vorfreude die Speisekarte. Als er den Kommissar aus den Augenwinkeln erkannte, erhob er sich zu seiner imposanten Größe, die sein mächtig hervorstehender rundlicher Bauch noch betonte, strich sich über den nur mäßig sorgfältig getrimmten Vollbart und ließ seine volltönende, unverkennbar österreichisch gefärbte Bass-Stimme ertönen. „Ja, der Herr Kommissar Kellert. Schön, dass wir uns einmal wiedersehen!" Rasch hatten sie sich per Handschlag begrüßt, gesetzt, die Speisen ausgesucht und geordert. Schnell waren sie in ein Gespräch über die beiden Fälle vertieft, die sie in früheren Jahren zusammengeführt hatten.

Die Unterhaltung wurde schließlich von der in Mehl gebackenen Dorade, die sich der Professor bestellt hatte, und den Cannelloni mit Hackfleischsoße, die für den Kommissar bestimmt waren, unterbrochen.

Die freundliche Redseligkeit Brandtstätters ließ sich aber auch dadurch immer wieder nur kurz ausbremsen. ‚Ein zölibatär lebender Priester. Allein wohnend. Der redet halt gern‘, dachte Kellert, dessen Maß an Kommunikation an diesem Tag eigentlich schon übererfüllt war. Aber irgendwie mochte er den leutseligen Priester, der ein ausgesprochen guter, wenn auch ausschweifender Erzähler war.

Schließlich wurden die restlos geleerten Teller abgetragen und sie ließen sich noch einen Chianti bringen. ‚Komm zum Thema, Bernd!‘, ermahnte sich der Kommissar. ‚Du hast zu Hause noch einiges zu klären.‘ „Lieber Herr Brandtstätter, Sie wissen ja: Wenn der Kommissar sich rührt, dann hat er immer ein Anliegen." „Da haben Sie recht, das weiß ich", unterbrach ihn Brandtstätter lachend und ließ seine mächtige rechte Faust auf die Tischplatte fallen, so dass alle übrigen Gäste kurz zu ihnen hinüberblickten.

„Und ich ahne bereits, dass Ihr Wunsch, mich zu sprechen, etwas mit Dr. Geißendörfner, dem ermordeten Chef des KaRaGe, zu tun hat. Das ist ja nicht schwer zu erraten. Nur: Was ausgerechnet ich da für Sie tun könnte, das kann ich mir beim besten Willen nicht vorstellen. Ich kannte den kaum, den Geißendörfner, wissen Sie? Da gab es vielleicht mal eine Begegnung bei irgendwelchen Empfängen, die ich ja genauso gern meide wie Sie, Herr Kommissar. Mehr nicht."

Kellert blickte ihn an: „Kathrin Prestele", sagte er dann nur. Diese Spur hatte er bislang nicht verfolgt. Dieser Name fehlte in dem Schaubild der Personen um Dr. Geißendörfner auf der Tafel seines Büros. Brandtstätter erstarrte in der Bewegung. Er wollte gerade nach seinem Glas greifen. Die rechte Hand blieb nun aber in der Luft hängen. Er war offenbar völlig verblüfft und konnte ganz offensichtlich keinerlei Verbindung zu dem Mordfall herstellen.

„Pardon?", fragte er nach längerem Schweigen. „Was ist mit der?" Nun griff er doch zu dem Glas und trank einen tiefen Schluck Rotwein. Kellert beobachtete ihn genau und erklärte dann: „Wenn ich richtig informiert bin, ist das der Name einer Ihrer Doktorandinnen, oder? Und sie hat doch irgendwelche Recherchen am KaRaGe durchgeführt. Die Geißendörfner dann unterbunden hat."

„Ach deswegen sind Sie hier!", donnerte der Professor zurück. „Wegen dieser Sache! Darauf hätte ich auch selbst kommen können. Natürlich, die Prestele!" Er nahm einen weiteren Schluck, setzte das Glas dann zurück auf den Tisch und rieb sich die Augen. „Das war wirklich ausgesprochen unangenehm damals. Ich erkläre Ihnen, wie das war." Er bemerkte Kellerts skeptischen Blick, schmunzelte und fügte dann an: „Nein, nein: keine Vorlesung, ich verspreche es. Ich mache es kurz. So gut es geht."

Er konzentrierte sich. „Also: Die Frau Prestele kam damals nach ihrem Studium zu mir. Ich hatte sie als gute, neugierige, intelligente Studentin in Erinnerung. Sie wollte bei mir promovieren. Und hatte schon eine sehr genaue

Vorstellung, worüber. ‚Religiöses Lernen zwischen Schule und Gemeinde'. Also: Wie können Kirchengemeinde und Religionsunterricht zusammenarbeiten, um Kinder und Jugendliche religiös umfassend zu bilden. Gutes Thema, fand ich."

„Ja, ich kann mir vorstellen, dass das für Sie eine wichtige Frage ist", stimmte Kellert zu. Er hatte jedoch ein Zögern bei seinem Gegenüber bemerkt und fügte deshalb hinzu: „... aber?" „Nun, sie wollte die Arbeit empirisch anlegen. Das ist ja heute in fast allen Geisteswissenschaften Standard. Nichts geht ohne Umfragen. Alles muss pseudowissenschaftlich objektiv untersucht und bewiesen werden. Damit man am Ende das, was man vorher schon wusste, dann auch ganz genau belegen kann."

Er grinste: „Sie merken schon. Das ist nicht so mein Ding. Der Ertrag scheint mir ziemlich gering. Bei enorm hohem Aufwand. Aber viele der geisteswissenschaftlichen Kollegen denken, dass sie nur dann als Forscher ernst genommen werden." „Während Sie ...", warf Kellert ein. „Während ich vor allem darauf schaue, wozu man diese Erkenntnisse dann verwenden kann. Was sich ändert. Was die mühevoll erhobenen Einsichten bewirken. Und dazu schweigen die meisten Empiriker. Sie kennen sich eben mit Umfragetechniken, Zahlen und Statistiken aus, aber nicht mit dem richtigen Leben und der Praxis."

Nun musste er über sich selbst lachen. „Gut, das ist jetzt wirklich sehr vereinfacht. Da würde ich heftige Gegenstimmen aus deren Kreisen hören. Jaja, auch zu Recht! Natürlich liefern sie ab und zu auch mal interessante Einsichten, die ich dann auch nutze für meine Vorlesungen. Klar." Wieder zog er eine Grimasse, schüttelte den Kopf und schloss seine Überlegungen ab: „Selten!"

Kellert hatte von all dem keine Ahnung, es hörte sich für ihn wie das übliche interne Professorengezänk an, deswegen lenkte er zu seinem Interessengebiet zurück: „Und Frau Prestele?" Brandtstätter ermahnte sich: „Richtig, richtig, Entschuldigung. Da habe ich mich mal wieder hinreißen lassen. Die Frau Prestele wollte also auch so arbeiten. ‚Gut‘, habe ich gesagt, ‚machen Sie das. Ich kann Sie da nur nicht gut fördern, weil ich selbst davon keine Ahnung habe.‘ Sinngemäß. Aber sie hatte sich intensiv fortgebildet, beherrschte die methodischen Verfahren von A bis Z, also sagte ich ihr: ‚Von mir aus.‘ Ist ja auch nicht schlecht, wenn ich mal etwas von meinen Schülern lerne."

Er wischte sich mit der gestärkten Stoffserviette über den Mund, nahm noch einen weiteren Schluck Rotwein und fuhr dann fort: „Sie wollte also Schüler befragen. Und Schülerinnen, sollte ich sagen, ich sehe den feministischen Mahnfinger der Genderbeauftragten unserer Fakultät vor mir. Das Über-Ich hat ja heute fast ausschließlich weibliche Züge. Jedenfalls: Da gab es ein Problem. Die staatlichen Schulen verweigern die Zustimmung dazu, dass man bei ihnen diese Umfragen durchführt. ‚Das bringt nur unseren Schulalltag durcheinander‘, sagen einige der Direktoren. Andere: ‚Da kommen ja doch nie Ergebnisse heraus, die für uns an der Basis etwas bringen.‘"

Verschwörerisch beugte er sich so weit vor, wie es sein Bauch zuließ: „Nicht zu Unrecht, wenn Sie mich fragen. Die meisten dieser Untersuchungen nutzen allein den Forscherinnen und Forschern, die sie durchführen. Für ihr bisschen akademischen Ruhm oder ihre Qualifikation. Für Schule bringt das tatsächlich nur selten etwas. Geschweige denn für Gemeindearbeit. Aber das darf ich natürlich nicht laut sagen. Sonst kriege ich Prügel." Er grinste erneut. Die von ihm selbst definierte Rolle als Oberzensor schien ihm ausgesprochen gut zu gefallen. Kellert kam diese Pose ein bisschen zu selbstgefällig vor. Aber er schwieg. Das war nun wahrlich nicht sein Spielfeld.

Brandtstätter rief sich zur Ordnung: „Nun, Elmar Maria, schweif nicht ab! Kurz und gut: Ich habe den Kontakt zum Karl-Rahner-Gymnasium hergestellt. Als kirchliches Gymnasium haben sie meine Anfrage wohlwollend behandelt. Immerhin sind wir doch bei derselben Firma. Sozusagen. Frau Prestele durfte also dort ihre Befragungen aufnehmen. Sie wollte den Lernerfolg in einem Prozess über drei Jahre beobachten, befragen und dokumentieren. Und zwei Jahre lang lief alles gut. Dann hat Dr. Geißendörfner die Erlaubnis zurückgezogen. Und die gute Frau Prestele saß da mit ihren zu zwei Dritteln durchgeführten Untersuchungen."

„Und warum durfte sie die Umfragen nicht abschließen?", fragte Kellert nach. „Das weiß ich nicht", entgegnete der Professor. „Das hat die Schulleitung mir gegenüber nie so eindeutig begründet. Es habe Vorfälle gegeben, Einsprüche von Eltern, so habe ich das in Erinnerung. Nichts Konkretes. Auch gegenüber Frau Prestele nicht."

„Und was macht die nun?", überlegte Kellert. Brandtstätter verzog das Gesicht: „Die versucht nun, ihre Doktorarbeit auch so zu Ende zu bringen, wenn ich das richtig verstanden habe. War zunächst völlig fertig. Stürzte in ein psychisches Tief. Da konnte auch ich nur wenig helfen. Jetzt geht es ihr wohl wieder besser. Hat, glaube ich, eine halbe Stelle in der Erwachsenenbildung irgendwo im Bistum. Aber ob sie ihre Dissertation je zu Ende bringt und einreicht, das weiß ich nicht. Die entscheidenden Abschlussergebnisse fehlen ja schlicht und einfach. Wie soll das gehen?"

„Da hatte sie … da hat sie wahrscheinlich eine Mordswut im Bauch?", legte Kellert eine Spur. Der Professor lächelte bitter: „So müssen Sie wohl denken, Herr Kommissar. ‚Mordswut'! Ich, ich hätte die an ihrer Stelle gehabt, das können Sie mir glauben!" ‚Das glaube ich dir sofort', dachte Kellert, musste sich aber mühen, den weitersprudelnden Ausführungen Brandtstätters zu folgen. „Aber Kathrin Prestele, die ist eher so eine Zartbesaitete, Stille, Introvertierte, Genaue. Die ist nach innen verkümmert, nicht nach außen explodiert."

Er überlegte kurz und ergänzte dann: „Wobei man das nie so ganz genau weiß. Aber ich kenne mich ja schon so ein bisschen mit Menschen aus, Herr Kommissar. Wie Sie. Die Prestele als Mörderin aus Frustverarbeitung und Rache? Das kann ich mir beim besten Willen nicht vorstellen."

Kellert hatte erfahren, was er erfahren wollte. Er bedankte sich für das Gespräch, versprach dem Professor, relevante Entwicklungen des Falles mitzuteilen, übernahm die nicht unbeträchtliche Rechnung und die beiden ungleichen Weggefährten verabschiedeten sich herzlich voneinander. Kellert spürte, dass er ein Glas Wein zu viel getrunken hatte. Aber irgendwie war ihm an diesem Abend danach gewesen. Und im Blick auf seine Fahrtüchtigkeit hatte er keinerlei Bedenken.

Schweren Herzens schwang sich Bernd Kellert auf sein Fahrrad. Immerhin, es regnete nicht. Und er hatte leichten Rückenwind. Auf dem Nachhauseweg konnte er sich in Ruhe überlegen, wie er seiner Frau angesichts des Todes ihres Katers am besten helfen konnte.

# 23.

Dominik Thiele hatte zwei Stunden vorher die von ihm besorgten Einkäufe in Kühlschrank und Vorratsregal gepackt, während seine Frau Verena Schuhe und Jacke anzog. Sie hatten es sich angewöhnt, wann immer möglich abends noch eine Runde durch ihr Wohnviertel zu drehen. Dabei Gedanken kommen und gehen zu lassen, dem anderen mitzuteilen, was der Tag gebracht hatte. Beide hatten das Gefühl, dass das nicht nur eine gute Möglichkeit war, zu entspannen und den Arbeitsalltag hinter sich zu lassen, sondern auch, dem anderen die Chance zur Teilhabe am eigenen Leben zu geben. Wozu war man schließlich verheiratet?

Wie so oft schlugen sie einen Weg um die Häuser, durch ein kleines Wäldchen und zurück in das Wohnviertel ein. Verena hakte sich bei Dominik ein und drückte sich an ihn. Er war einen Kopf größer als sie. Manchmal tat ihr das gut, sich in diese Rolle der Kleineren, Schutzbedürftigen zu begeben. Manchmal.

Heute schwiegen beide lange. Wortlos gingen sie nebeneinanderher. Sie kannten sich inzwischen gut genug, um gemeinsames Schweigen als intensive Form von Gemeinsamkeit schätzen zu können. Früher hätten sie es als ,peinliche Stille' betrachtet und krampfhaft nach Gesprächsthemen gesucht. Diese Phase hatten sie hinter sich gelassen. Längst.

Einerseits waren sie erschöpft von den hohen Ansprüchen der alltäglichen Arbeit. Andererseits übervoll von zahlreichen, völlig verschiedenartigen Eindrücken: Gesichter, Gesprächsfetzen, Gedanken blitzten kurz auf, versanken dann wieder. „Schau, die Osterglocken und Tulpen sind in den letzten Tagen mächtig gewachsen. Bald werden sie aufblühen", kommentierte Verena mit einem Fingerzeig in die Vorgärten. Dominik brummte eine Zustimmung.

Als sie das freie Feld erreichten, wandte sie sich erneut an ihn, dieses Mal als Aufnahme eines Gesprächs: „Ihr kommt wohl nicht so besonders gut voran mit eurem Fall, oder?" Ihr Mann verzog das Gesicht, schüttelte kaum merklich den Kopf und antwortete dann: „Wie man es nimmt. Wir sammeln immer mehr Fakten und Eindrücke. Du kannst fast dabei zusehen, wie sich bei Kellert die einzelnen Bausteine zusammenfügen zu einem Bild. Ob er schon einen bestimmten Verdacht hat? Ich weiß es nicht. Ich sehe noch nichts Konkretes. Na ja, ich bin ja auch nur der Assistent."

„Quatsch, Domm, das bist du nicht!" Sie war stehen geblieben, drehte sich zu ihm hin und sah zu ihm auf. „Erstens bist du ja nun wirklich endlich befördert worden, Herr Kriminalkommissar. Und zweitens heißt das, dass du dir jetzt mal langsam Gedanken machen solltest, wie es beruflich weitergehen soll. Früher oder später wirst du selbst leitender Kommissar. Aber hier in Friedensberg wird das wohl schwierig, oder?"

„Genau", stimmte Dominik Thiele seiner Frau zu. „Nur: Will ich mich woanders bewerben? Das frage ich mich schon. Und das betrifft ja auch dich, Ena: Wollen wir umziehen? Wohin? Dir gefällt es am KaRaGe doch sehr gut. Und ich habe mich, ehrlich gesagt, an die Zusammenarbeit mit dem Bernd so gewöhnt, dass ich mir gar nicht vorstellen kann, anderswo zu arbeiten." Er überlegte. „Aber klar: Ewig wird das nicht so weitergehen. Warten wir es erst einmal ab." Verena nickte wortlos.

Sie nahmen ihren Weg wieder auf. Zwei sich laut miteinander unterhaltende Hundebesitzer kamen ihnen entgegen. Die beiden Rentner nickten ihnen beim Vorübergehen zu, ohne ihre erhitzten Gespräche über irgendeinen lokalpolitischen Skandal zu unterbrechen. Ihre Hunde sprangen wild umeinanderkreisend über das Feld. „Und, wie läuft es bei euch an der Schule?", erkundigte sich Thiele, nachdem sie wieder außer Hörweite der anderen Spaziergänger waren. „Ist der Tod des Chefs immer noch Thema Nummer eins?" „Nein, nicht wirklich!", entgegnete seine Frau. „Der Alltag übernimmt wieder die Abläufe. Du glaubst nicht, wie schnell das geht. Aber auch gehen muss. The show must go on. Zumindest vordergründig. Unterricht, Klassenarbeiten, Stundenausfall, Vertretungen, Aufsicht ... Halt das Übliche. Im Hintergrund spürst du natürlich schon diese Spannung. Ein Lauern. Das Gefühl, jeden Moment könnte etwas aufbrechen. Die Wiesmüller macht das aber schon ganz gut. Da kann man sagen, was man will. Sie hat das Ruder übernommen. Und die Mannschaft – und Frauschaft – akzeptiert das. Alle sind irgendwie froh, dass ihnen jemand im Moment die Entscheidungen abnimmt und einfach vorgibt, wo es langgeht."

Sie überlegte. „Ach, da ist mir doch etwas aufgefallen. In den letzten Tagen habe ich zweimal die alte stellvertretende Chefin in der Schule gesehen. Lilli Schildbach, du weißt schon. Keine Ahnung, was die bei uns wollte. Schon ungewöhnlich! Ob sich die Wiesmüller mit der beraten hat? Das kann ich mir aber irgendwie kaum vorstellen. Im Kollegium erzählt man sich, dass die zwei sich gar nicht grün sind. Aber gestern ganz früh zum Beispiel, da musste ich ja zur Frühaufsicht. Halb acht! Nicht unbedingt meine Zeit, das weißt du ja! Und die Schildbach war schon da, als ich die Tür zum Lehrerzimmer aufschloss. Tagsüber habe ich sie dann aber nicht mehr gesehen."

Dominik Thiele fragte nach: „Hat die denn noch einen Schulschlüssel?" „Keine Ahnung", gab seine Frau zurück und ergänzte: „Das würde mich aber sehr wundern. Die ist doch schon seit mehr als drei Jahren nicht mehr an der Schule. Die war ja schon nicht mehr im Amt, als ich als Referendarin an die Schule kam. Aber damals redeten die Kolleginnen ständig von ihr. Frau Schildbach hier, Frau Schildbach da. Die hatte den Laden geschmissen, das war noch deutlich zu spüren."

Verena hing den Erinnerungen nach. Mit einem Ruck kehrte sie in die Gegenwart zurück, schmiegte sich eng an ihren Mann und sinnierte: „Was soll sie da noch mit einem Schlüssel? Außerdem muss man den ja zurückgeben, wenn man aus dem Dienst ausscheidet! Du weiß schon: Beamtenrecht, Versicherungsschutz und der ganze Papierkram …" ‚Ja, all das müsste man erledigen. Schon klar. Aber hat sie das auch gemacht? Hat das jemand kontrolliert?‘, überlegte Thiele. ‚Dem werde ich nachgehen. Aber nicht mehr heute. Montag!‘

## 24.

„Papa, soll ich euch eine neue Katze schenken? So eine ganz kleine, niedliche? Und wenn du willst, eine, die fast genauso aussieht wie Barry?" Familie Kellert saß am sonntäglichen Frühstückstisch. Niemand verspürte heute jedoch einen richtigen Appetit. Jenny war zu Besuch, allerdings ohne ihren Freund, einen ihrer WG-Mitbewohner. Er und Bernd Kellert kamen nicht besonders gut miteinander aus. Und dieser Besuch war etwas sehr Intimes. Eine Art Kondolenzbesuch. Zumindest fühlte es sich für Jenny so an.

„Nein, danke, lass mal", winkte ihr Vater ab, nachdem er einen Schluck seines noch heißen und dampfenden Morgenkaffees zu sich genommen hatte. „Immerhin war es ja bis zuletzt *dein* Kater. Dem wir" – er suchte nach dem richtigen Wort – „nur sozusagen Obdach gewährt haben. Du müsstest dich besser selbst fragen, ob *du* eine neue Katze willst. Dann aber bitte wirklich in deiner Wohnung!"

Jenny, die wie ihre Mutter morgens einen Tee bevorzugte, lachte bitter: „Tu doch nicht so, als ob du dich nicht bestens mit Barry verstanden hättest. Je älter, desto besser. Das konnte doch jeder sehen. Zugegeben, nach Anlaufschwierigkeiten. Anfangs hast du das arme Tier ja fast vollständig ignoriert." Sie kicherte in sich hinein. „Und was soll ich in meiner Studenten-WG mit einer Katze? Also bitte, Papa, das passt einfach nicht!"

„Schon gut", beschwichtigte Bernd Kellert, „ich will dich ja auch gar nicht dazu überreden. Ich wollte nur klarmachen, dass *wir* ganz bestimmt keine neue Katze wollen, oder, Beate?" Seine Frau hatte dem schon einige Zeit laufenden Geplänkel zwischen Vater und Tochter bislang eher beobachtend zugehört. Nun folgte sie der Aufforderung, sich am Gespräch zu beteiligen. „Nein, da hast du schon Recht, Bernd."

Sie wandte sich an ihre Tochter: „Weißt du, Jenny, ich habe den Barry schon gern gehabt. Von Anfang an. Und ja: Ich bin traurig. So richtig. Da fehlt etwas. Da ist eine Leere, wenn ich in das Haus komme oder den Garten betrete. Schon komisch, meine Güte, Barry war ein Tier. Mehr nicht! Aber so ist es nun einmal. Und das kann man nicht einfach ersetzen, finde ich. Das geht bei einem Menschen, der stirbt, ja auch nicht."

Ihr Mann wollte etwas sagen, aber sie hob die Hand und fuhr fort: „Nein, das ist nicht dasselbe, Bernd! Das will ich doch auch gar nicht sagen. Aber ich bin überrascht, wie sehr es mir weh tut, dass Barry fehlt. Und ich denke, dass es ein

Einschnitt für uns, für unsere Familie ist. Die Zeit mit Barry, die Zeit ohne Barry. So werden wir das fortan bezeichnen, da bin ich mir sicher. Das darf man sich doch durchaus zugestehen, wenn es so ist, oder?"

„Genau", mischte sich Jenny ein. „Nun gesteh doch endlich auch mal, dass dir der Barry fehlt, Papa!" Bernd Kellert hasste Gespräche, in denen man von seinen eigenen Gefühlen reden musste. Grundsätzlich. Davon konnte seine Frau Beate ein langes Lied singen. „Das behält man besser für sich, finde ich", pflegte er zu sagen, wenn er sich wieder einmal für seine diesbezügliche Schweigsamkeit entschuldigen musste. „Damit muss doch sowieso jeder für sich allein fertig werden."

Beate hatte es längst aufgegeben, ihn vom Gegenteil zu überzeugen. Auch wenn es ihr selbst schwerfiel. Sie brauchte gerade in emotional dichten Situationen den Austausch mit anderen. Sie suchte sich inzwischen ihre Gesprächspartner für derartige Anlässe anderswo. Zum Beispiel bei ihrer Tochter. Meistens am Telefon. Da konnten sie sich stundenlang austauschen, fast besser als im konkreten Beieinander von Angesicht zu Angesicht. Ein Verhalten, das Bernd Kellert völlig rätselhaft blieb.

„Gut, ihr habt ja Recht", räumte er nun ein. „Wenn ihr es denn hören wollt: Ja, ich habe mich an Barry gewöhnt. Ja, irgendwie habe ich ihn gemocht. Ja, er fehlt mir. Aber eine neue Katze möchte ich trotzdem nicht. Und ich bin heilfroh, Beate, dass wir uns da einig sind. Zufrieden?"

Jenny schüttelte angesichts des knappen Geständnisses ihres Vaters den Kopf, schnaubte durch die Nase, sparte sich aber eine verbale Antwort. Statt einer Entgegnung griff sie lieber zu ihrem inzwischen lauwarmen Früchtetee und trank einen großen Schluck, ohne sich dessen wirklich bewusst zu sein. Beate hatte ihrem Ehemann zustimmend zugelächelt, ihr lag aber noch etwas auf dem Herzen. „Was machen wir denn nun mit Barry?"

Barry war tatsächlich ganz offensichtlich im Schlaf gestorben. ‚So, wie es sich die meisten Menschen wünschen‘, hatte Bernd Kellert gedacht. Beate Kellert hatte ihn auf seinem Ruheplatz im Flur des verwinkelten Hauses gefunden, als sie von der Arbeit heimgekommen war. Bernd Kellert hatte das tote Tier später in den Gartenschuppen gelegt. Da konnte der Tierkörper nicht bleiben, so viel war klar.

„Ich denke, wir fahren ihn zur Tierkörperbeseitigungsanstalt. Die ist doch drüben in Beratzhofen, an der Schnellstraße nach Würzburg, oder?", gab ihr Mann zurück. „Papa, du kannst Barry doch da nicht so abgeben wie einen Müllsack!", rief Jenny empört. Sie war von ihrem Stuhl aufgesprungen. „Das kann ich nicht nur, das muss ich sogar!", entgegnete ihr Vater ungerührt. „Das ist die Vorschrift! So ist das nun einmal offiziell geregelt!"

„Vorschrift, Vorschrift!", stieß Jenny aus und schaute ihren Vater aus zornfunkelnden Augen an. „Mensch Papa, du bist echt ein Beamter, wie er im Buche steht. ‚Vorschrift‘, wenn ich das schon höre! ‚Geregelt!‘ Oder ‚Tierkörperbeseitigungsanstalt‘. Ein solches Wort können nur die Deutschen erfinden. Alles steril und sauber, alles aufs Beste geordnet! Hey, Bernd Kellert: Es geht um Barry, deinen Kater!"

Beate Kellert spürte, dass es Zeit war, ausgleichend einzugreifen: „Nun beruhige dich mal wieder, Jenny. Komm, setz dich! Aber ganz Unrecht hast du nicht, finde ich." Sie wandte sich ihrem Mann zu, während ihre Tochter tatsächlich wieder auf ihrem Stuhl Platz nahm. „Vorschrift hin oder her. Ob man das so tun muss oder nicht: Der Gedanke, Barry da einfach so abzugeben wie einen gebrauchten Pul-

200

lover, der schreckt mich auch ab. Können wir ihn nicht im Garten begraben? Das merkt doch keiner. Und irgendwie fände ich es schön, ihn dann doch irgendwie weiter bei uns zu haben. Doch, der Gedanke gefällt mir. Schließlich war das ja auch sein Garten."

Bernd Kellert runzelte die Stirn. Diese Idee ging ihm gegen den Strich. Andererseits spürte er, dass seine beiden Frauen wild entschlossen waren, ihm hier nicht das Ruder zu überlassen. Jenny nickte heftig und lächelte ihrer Mutter strahlend zu. Widerstand? Lohnte sich das? War das erfolgversprechend? Wie hoch wäre der Aufwand? Wie wahrscheinlich der Erfolg? Er fühlte sich müde. Und tief in ihm gab es eine Stimme, die Frau und Tochter Recht gab.

„Also gut. Von mir aus! Wenn es euch denn so wichtig ist", gab er nach einigem inneren Ringen nach. „Aber bitte nicht so auffällig! Das muss ja keiner von den Nachbarn mitbekommen." ‚Beamter!', dachte Jenny. Aber er fügte noch etwas an: „Und kein Kreuz, ja?" Beate schüttelte den Kopf und verzog das Gesicht zu einer Grimasse.

Jenny hob die Hände: „Hallo?! Das ist doch wohl klar. Barry ist ein Kater, ein Tier. Kein Mensch. Das ist mir schon bewusst! Und Tier ist Tier. Das können wir gut ohne den Segen der Kirche und ohne Kreuz unter die Erde bringen. Am besten sofort, okay?"

Bernd Kellert nickte resigniert. Sollten sie doch machen, was sie wollten! Sie setzen sich in derartigen familiären Angelegenheiten ja sowieso meistens durch. Gegen zwei Frauen, was willst du da machen, wenn sie sich gegen dich zusammentun? Ein Gedanke aber ging ihm nicht aus dem Kopf. Er spürte deutlich, dass ihm der Tod seines Katers naheging. Ja dass er um das Tier trauerte.

Im Fall des getöteten Dr. Geißendörfner aber waren ihm erstaunlich viele Menschen begegnet, die dieser noch einmal so ganz anders gelagerte Verlust augenscheinlich nur wenig berührte. Oder die zumindest ihre Trauer und Erschütterung nicht offen zeigten. Die Witwe. Seine Kolleginnen und Kollegen. Da stimmte doch etwas nicht! Das passte nicht. Irgendjemand spielte da nicht mit offenen Karten. Oder?

## 25.

„Immer noch nichts?" Ingrid Wiesmüller blickte müde, aber mit entschlossenem Gesichtsausdruck auf die beiden Kriminalbeamten, die früh am Montagmorgen erneut den Weg in ihr Büro gefunden hatten, genauer: in das Direktoratszimmer, das bis vor Kurzem noch Dr. Geißendörfners Büro gewesen war. „Herr Kommissar, wir bräuchten nichts dringender als endlich die Gewissheit, wer unseren Chef ermordet hat. Und warum. Dann könnten wir versuchen, mit der Schülerschaft zusammen Abschied zu nehmen und Schritte in die Zukunft zu entwickeln. Diese entsetzliche Ungewissheit, die lähmt uns!"

Sie rieb sich die leicht geröteten Augen. „Ich habe im Moment wirklich auch so genug zu tun. Wirklich! Gleich zwei von den jungen Kolleginnen haben in den letzten Wochen überraschend angekündigt, noch in diesem Schuljahr in den Mutterschutz zu gehen. Mitten im laufenden Betrieb! Drei weitere sind im letzten Halbjahr schon ausgefallen, dazu ein männlicher Kollege, der seine Elternzeit in Anspruch nimmt. Sein viertes Kind. Und die vierte Elternzeit. Das ist ja auch gut und schön, sollen sie ja! Das ist ihr gutes Recht, ich weiß. Wenn die Deutschen aussterben, dann bestimmt nicht wegen uns Lehrern. Unsere Reproduktionsrate ist nun wirklich vorbildlich."

‚Zynismus steht dir nicht‘, dachte Kellert, während die stellvertretende Schulleiterin mit gestresster Miene weitersprach. ‚Und du selbst bist meines Wissens kinderlos. Ob du wirklich verstehst, wie es deinen jungen Kolleginnen geht?‘

„Wissen Sie, das ist ja wirklich ein Fortschritt, dass wir viele Kolleg*innen* haben. Also Frauen", spann Ingrid Wiesmüller ihren Gedankenfaden weiter. „Es kommen ja kaum noch junge Männer nach. Nur: Wie läuft das? Die jungen Damen ziehen das Studium durch, dann ab ins Referendariat, möglichst bald an die Schule – was ja nicht mehr ganz so einfach ist – und dann die Hoffnung auf die umgehende Verbeamtung."

Sie grinste matt: „Sobald die durch ist, kommt das erste Kind, zumindest wenn das alles so läuft wie geplant. Dann spätestens nach einem Jahr geht es wieder an die Schule. Manche kommen schon nach einem halben Jahr zurück, stellen Sie sich das vor! Wollen bloß nichts verpassen, keine Aufstiegschance. Den potentiellen Konkurrentinnen um wer weiß was keinen Vorteil gönnen. Dabei verpassen sie natürlich etwas. Zu Hause, mit ihrem Kind. So stelle ich mir das zumindest vor. Mir selbst war es ja nicht vergönnt, selbst Kinder zu haben. Manchmal bedauere ich das."

Ihr Blick ging ins Leere. Sie atmete einmal hörbar aus. Danach schüttelte sie kurz den Kopf und redete weiter: „Wenn sie dann wieder an der Schule sind, wollen sie auf keinen Fall in der ersten Stunde unterrichten. Die Zeit bräuchten sie für ihr Kind. Und möglichst zwei Tage frei. Wehe, das lässt sich organisatorisch nicht einrichten. Dann kommen die Klagen. Nun ja, und bald darauf folgt dann meistens die Nummer zwei. Und wir, die Schulleitung, wir müssen das alles organisieren! Den Stundenplan, die Lehrerzuteilung. Aber kriegen Sie mal mitten im Schuljahr eine Vertretung! Das Ministerium lässt uns da im Regen stehen. Unser Problem! Die übrigen Kollegen können die Mehrbelastung nicht so mir nichts, dir nichts schultern. Das geht einfach nicht. Und kaum haben sich die Schüler an eine Lehrerin gewöhnt, ist sie schon wieder weg."

Wieder überzog ihr Gesicht eine Mischung aus Müdigkeit und Verbitterung. Sie fuhr fort: „Wir sind aber nicht so einfach austauschbar. Sehen Sie: Michaela Riedener, seit anderthalb Jahren bei uns. Mathematik, Deutsch, Musik. Klassenlehrerin in der 5a. Wirklich gut. Eine unserer begabtesten jungen Kolleginnen. Und jetzt müssen wir sie ersetzen. Das packen die Fünftklässler nicht, das weiß ich jetzt schon. Die hängen eben an ihr als Person. Und dann ist das ausgerechnet unsere Inklusionsklasse. Da haben wir einen Autisten, den Steve. Der hat sich nun gerade einmal mit Müh und Not an sie gewöhnt. Und sie dringt inzwischen auch zu ihm durch. Fast ein Wunder! Das wird für den Steve eine Katastrophe, wenn er sich an jemand Neues gewöhnen soll."

Kellert wollte sie unterbrechen, aber die Sätze strömten aus ihr heraus. Sie hatten sich zu lange angestaut und auf Zuhörer gewartet, die sich nicht wehren konnten. „Manche andere Kolleginnen fallen mitten in der Vorbereitung auf das Abitur aus. Das ist für einige der Schüler ein richtiger Schock. Die wählen ihre Prüfungsfächer zum Teil natürlich auch, weil sie sich mit gerade dieser Lehrerin besonders gut verstehen. So ist das nun mal. Und dann übernimmt jemand Fremdes die Prüfungen. Nicht schön!"

Immer noch floss ihr Redeschwall, nun nahm sie aber ihre beiden Besucher direkt ins Visier. „Und zu allem Unglück haben wir jetzt auch noch Scharlach. In der 6c. Zumindest den Verdacht. Wissen Sie, was das bedeutet?" „Ja" – „Nein", antworteten Hannah Mellrich und Bernd Kellert intuitiv und so zeitgleich, als hätten sie sich verabredet und es lange in einem Fortbildungskurs über Synchronrede einstudiert. Verblüfft schaute der Kommissar auf seine Mitarbeiterin. Die war kurz rot geworden, fühlte sich nun aber verpflichtet, ihre Antwort zu begründen. „Nun, Scharlach heißt, dass alle Schwangeren sofort vom Dienst befreit werden müssen. Das fordert die Krankenkasse. Das Risiko der Ansteckung ist einfach zu groß, und für Schwangere ist die Krankheit wirklich gefährlich. Lebensgefährlich, wenn es hart auf hart kommt. Das wird den Kassen zu teuer, deshalb verlangen sie, dass es keinerlei Kontakt zwischen den Infizierten und den Schwangeren gibt. Und im öffentlichen Dienst wird das sofort gewährt."

Mit Verwunderung nahm Kellert diese Auskunft zur Kenntnis. ‚Woher kennt sie sich da so gut aus?', fragte er sich und nahm überrascht wahr, wie seine Augen sofort auf den Bauch seiner Mitarbeiterin fielen. Nichts Besonderes erkennbar. Sie ignorierte seinen Blick, sei es, weil sie ihn tatsächlich nicht bemerkte, oder sei es, weil sie ihn nicht sehen wollte. Ingrid Wiesmüller aber stimmte ihr zu: „Genau. So ist es. Sofortige Dienstbefreiung. Und was glauben Sie, was das heißt? Als ich heute Morgen das Kollegium über den Scharlachfall informierte, kommt kurz danach Doreen Steinfeld zu mir, Deutsch, Englisch. Leichenblass."

Sie lachte höhnisch auf: „Sie ahnen es schon. Schwanger in der achten Woche. Da weiß noch keiner etwas davon. Sie wollte es erst später sagen, das ist ja auch verständlich. Das Risiko einer Fehlgeburt bleibt ja mindestens bis zur zwölften Woche hoch. Das will man doch alles nicht mit anderen teilen, schon gar nicht mit der Chefin. Aber nun musste sie es mir ja mitteilen. Sofortige Dienstbefreiung, klar. Aber woher soll ich mir da jetzt neben allen anderen Verpflichtungen von heute auf morgen eine Vertretung organisieren? Sagen Sie mir das mal!"

Sie schnaubte durch die Nase, sackte merklich in sich zusammen und blickte mit müden Augen auf ihre Gesprächspartner: „Schon gut. Unsere Sorgen, nicht Ihre, ich weiß schon. Aber verstehen Sie jetzt, warum ich so ungeduldig darauf warte, dass Sie wenigstens die Ermittlungen in Sachen Chef abschließen?"

Bernd Kellert hatte mehrfach den sich unaufhaltsam aufstauenden Reiz zu unterdrücken versucht, musste nun aber doch niesen. ‚Hoffentlich habe ich mich nicht doch letzte Woche bei dieser Frau Friesinger angesteckt', dachte er. ‚Bei der Einfachlehrerin', fügte er im Geiste hinzu. ‚Eine Erkältung wäre jetzt wirklich das Letzte, was ich brauchen könnte.'

„Entschuldigung", bat er und nickte dann der stellvertretenden Schulleiterin freundlich zu. „Da geht es Ihnen wie mir, Frau Wiesmüller. Das wäre mir auch mehr als lieb, wenn wir den Fall geklärt hätten. Aber aus meiner langjährigen Berufspraxis weiß ich: Solche Dinge brauchen ihre Zeit. Ich muss Sie einfach noch um etwas Geduld bitten, so schwer Ihnen das auch fällt. Geben Sie uns und sich noch einige Tage Zeit. Ich bin zuversichtlich, dass wir der Lösung näher kommen."

‚Klug', dachte Hannah Mellrich. ‚Mit dem Hinweis auf seine Erfahrung bremst er die Ungeduld der Vizechefin geschickt aus. Was bleibt ihr schon übrig, als ihm zu vertrauen?' Kellert aber hatte gleich weitergeredet. „Sagen Sie, wie ist denn die Angelegenheit mit dieser Doktorandin von der Uni eigentlich damals gelaufen, mit dieser Kathrin Prestele? Seltsam, davon haben Sie mir gar nichts erzählt, obwohl ich Sie doch nach Konflikten gefragt hatte."

Die stellvertretende Schulleiterin zog überrascht die Augenbrauen hoch, verharrte aber ganz in der Pose der Hausherrin, die sie seit Beginn des Gesprächs eingenommen hatte. „Ach, die!", entgegnete sie leichthin. „Die Prestele. Ja, die habe ich tatsächlich ganz vergessen. Wissen Sie, die war nicht so in meinem Blickfeld. Die lief halt so mit. Wichtig für die Schule war das nicht. Wir hatten ihr die Erlaubnis zur Durchführung ihrer Studien auch nur aus – wie soll ich sagen: Freundschaft? Loyalität? – zur Theologischen Fakultät erteilt. Da wollten wir schon einen katholischen Schulterschluss zeigen."

Sie lehnte sich zurück. „Ständig erhalten wir Anfragen, diese oder jene Untersuchung durchführen zu lassen. Das stört den Betrieb, glauben Sie mir. Und bringt für unsere Arbeit null Komma nichts. Normalerweise lehnen wir solche Bitten ab. Aber dieses eine Mal wollten wir nicht so sein. Dem Professor Brandtstätter kann man ja auch schlecht etwas abschlagen. Kennen Sie ihn?"

„Oh ja!", warf Kellert ein. „Aber wieso hat die Schule dann später die Genehmigung zurückgezogen? Nach zwei Jahren!" „Sie sind gut informiert, Herr Kommissar", schmunzelte Ingrid Wiesmüller. „Und das ist ja gut so. Je mehr Sie wissen, umso eher schließt sich der Kreis." „Genau", bestätigte Kellert nun seinerseits mit einem kleinen Lächeln, das die einvernehmliche Verbindung der Gesprächspartner besiegelte.

„Ja, warum?", seufzte die Schulleiterin. „Es blieb uns nichts anderes übrig. Die Beschwerden der Eltern häuften sich. Frau Prestele wollte immer mehr sehr persönliche Daten der Kinder einholen. Auch über ihr häusliches Leben.

Ob sie zu Hause beteten. Ob sie in den Gottesdienst gingen. Zur religiösen Praxis ihrer Eltern. Solche Dinge. Wir hatten sie mehrfach gebeten, den Privatraum der Schüler, aber vor allem den der Eltern zu schützen. Sie wollte davon jedoch nichts hören. Gerade diese Daten seien für ihre Untersuchung zentral. Die Öffentlichkeit habe ein Recht, diese Auskünfte einzuziehen. Alle Daten würden dann ja anonymisiert und so weiter."

Ingrid Wiesmüller erhob sich und ging vor ihrem Schreibtisch hin und her. „Das wurde nicht nur den Eltern zu viel, sondern irgendwann dann auch uns. Wir haben den Beschluss einstimmig gefällt – einstimmig! –, die Erlaubnis zurückzuziehen." Sie sah auf ihre beiden Besucher, rang offensichtlich um die passenden Formulierungen. „Glauben Sie mir: Wir haben uns diesen Entschluss nicht leicht gemacht. Klar, das war für die Frau Prestele nicht schön. Aber sie hätte schon auf uns hören sollen. Wir hatten sie mehrfach gewarnt. Das kam ja nicht aus heiterem Himmel. Wenn sie nur nicht so halsstarrig gewesen wäre."

Sie blieb stehen. „Jaja, ich weiß: Die ist dann ziemlich fertig gewesen. Das ist einem dann auch nicht recht, glauben Sie mir. Aber solche Entscheidungen muss man an einer Schule ständig treffen. Ständig. Du entscheidest über Lebensläufe. Immer wieder. Manchmal weißt du es, vielfach ahnst du es bestenfalls. Das ist so. Das muss man akzeptieren und ertragen, sonst ist man hier fehl am Platz. Punkt."

‚Sie versucht, sich zu rechtfertigen', dachte Hannah Mellrich. ‚Nicht vor uns, sondern vor sich selbst.' Ingrid Wiesmüller hatte wieder hinter ihrem Schreibtisch Platz genommen und blickte die Besucher mit indifferentem Ausdruck an, als wollte sie sagen: ‚Gibt es sonst noch etwas?' Die Kommissar-Anwärterin hatte vor ihrem Aufbruch an die Schule noch mit Thiele telefoniert, deswegen ergriff sie nun das Wort: „Ganz etwas anderes: Hatten Sie eigentlich in letzter Zeit Kontakt zu Ihrer Vorgängerin, zu Lilli Schildbach?"

Nun blickte die Schulleiterin wirklich verblüfft. „Zu Frau Schildbach? Nein, wieso denn das? Was wollen Sie denn jetzt mit *der*?" Ihr Blick wanderte von Hannah Mellrich zu deren Chef. Aber die Kriminalbeamtin antwortete selbst: „Man hat Frau Schildbach zuletzt mehrfach an der Schule gesehen. Und da fragten wir uns, ob sie wohl noch einen Schlüssel besitzt."

Nun wirkte Ingrid Wiesmüller endgültig verwirrt. „Frau Schildbach bei uns? Also die habe ich hier bestimmt seit zwei Jahren nicht mehr gesehen. Was soll die auch hier? Und ob die noch einen Schlüssel hat? Warum das denn? Das kann ich mir beim besten Willen nicht vorstellen. Den hat sie bestimmt abgegeben. Aber ich kann natürlich gern einmal bei Herrn Kaminski, unserem Hausmeister, nachfragen. Der hütet die Schlüssel für gewöhnlich wie seinen Augapfel. Ja, das werde ich tun. Das wäre ja noch schöner ..."

Sie schüttelte den Kopf und kniff die Augen zusammen. „Ich kenne die Frau Schildbach kaum, müssen Sie wissen. Die war ja so etwas wie eine feste Institution an dieser Schule. Fast mit der Arbeit verheiratet, wenn ich die Kollegen da richtig verstanden habe. Ständig hier. Hatte ja auch keine Familie. Und war" – sie lächelte diabolisch, hielt kurz inne, sprach dann aber weiter – „ach, warum soll ich es nicht sagen: und war wohl ziemlich eng mit dem Chef befreundet. Also mit Dr. Geißendörfner. Wurde mir so berichtet. Und mehr. Aber das sind natürlich Gerüchte, dazu will ich nichts gesagt haben."

Kellert nickte ihr freundlich lächelnd zu in der Hoffnung, dass sie weiterreden würde. Nichts Besseres konnte ihm als

Polizist passieren, als wenn Leute ihre sonstige Zurückhaltung ablegten und einmal ohne Hemmungen aussprachen, was sie wirklich dachten. Das war gerade bei der so kontrolliert wirkenden Schulleiterin sicherlich eine besondere Ausnahme. Und richtig, Ingrid Wiesmüller sprach weiter, wenn auch eher zu sich selbst als zu den beiden Besuchern vor ihr. „Warum die dann so plötzlich mit ihrer Arbeit hier aufhörte, das ist mir bis heute unklar. Und warum sie daraufhin sofort alle Kontakte abbrach. Seltsam war das schon. Aber mir war es ja recht. Sonst wäre ich selber schließlich nicht hier gelandet."

Plötzlich löste sie sich aus ihren Erinnerungen und schaute ihre Besucher an. Als kehrte sie plötzlich von einem Tauchgang wieder an die Oberfläche zurück. „Ach Gott, was rede ich denn da? Jetzt habe ich mich einen Moment lang vergaloppiert. Entschuldigen Sie bitte. Vergessen Sie doch einfach, was ich gerade gesagt habe. So ein Unsinn! Da sehen Sie, dass auch ich unter Spannung stehe."

‚Ja, das sieht man', stimmte Hannah Mellrich ihr innerlich zu. ‚Aber vergessen werden wir das bestimmt nicht.' Kellert hatte jedoch bereits begütigend die rechte Hand gehoben. „Natürlich, völlig klar", meinte er. „Kein Wunder, dass Sie so unter Strom stehen. Wobei ich den Eindruck habe, dass Sie die Schule glänzend führen. In dieser schweren Situation." Er lächelte freundlich. Und erntete seinerseits ein dankbares Lächeln. „Das mit dem Schlüssel klären Sie ...?", fragte er, während sich die Polizistin von der Schulleiterin verabschiedete.

Kellert hatte Hannah Mellrich mit einem Spezialauftrag fortgeschickt. Er selbst wollte noch kurz im Sekretariat vorbeischauen. Doch, diese Frau Blum gefiel ihm. ‚Ganz ohne Hintergedanken!', schmunzelte er in sich hinein. Höflicher als sonst begrüßte er die Damen im Sekretariat. Dass Saskia Blum hier die Chefin war, spürte man sofort, auch wenn zwei der drei anderen Sekretärinnen sicherlich deutlich älter waren und viel mehr Berufserfahrung vorweisen konnten. Aber wie so oft: Das war letztlich nicht entscheidend.

„Frau Blum, vielleicht können Sie mir noch etwas über Dr. Geißendörfner erzählen. Sie wissen ja: Ich muss mir einfach ein umfassendes Bild davon machen, was für ein Mensch er war. Nur so komme ich dahinter, warum ihn jemand getötet hat." „Aber da werde ich Ihnen nicht helfen können. Leider", entgegnete die Sekretärin. Sie hatten das Sekretariat kurzzeitig für sich allein, weil die drei Kolleginnen ins Direktorat gerufen worden waren. ‚Ehering', hatte Kellert mit einem kurzen Seitenblick festgestellt.

„Ich bin ja erst seit zwei Jahren hier an der Schule. Vorher habe ich bei der OEA gearbeitet, Olbricht Electro Agencies, vielleicht kennen Sie die?" Kellert nickte. Ja, die kannte er. Und erst vor Kurzem hatte er sich mit Thomas Brox ausführlich über deren kommenden Juniorchef ausgetauscht, Gerrit. Das konnte Frau Blum natürlich nicht wissen, und er würde es ihr auch nicht auf die Nase binden. Sie sprach sowieso schon weiter: „Da ist es hier schon viel angenehmer. Vielfältiger. Bunter. Jeden Tag erlebt man etwas Neues. Und man hat mit den unterschiedlichsten Menschen zu tun. Vor allem das mag ich sehr an dieser Arbeit."

Saskia Blum hielt kurz inne. „Aber vom Direktorat hatte ich fast nur Kontakt zu Frau Wiesmüller und Herrn Brox. Das war so geregelt. Mit dem Chef selbst, also Dr. Geißendörfner, hatte ich fast nichts zu tun. Die organisatorischen Dinge liefen alle über seine Mitarbeiter. Und die machen das ja auch gut. Sehr gut. Soweit ich das beurteilen kann." Sie lächelte. Und kam zu Kellerts Anfrage zurück: „Aber deshalb kannte ich den Chef kaum. Wir haben in den zwei Jahren nur wenige Worte gewechselt. Nichts Persönliches. Und verstehen Sie mich richtig: Der war nicht etwa unhöflich oder schroff. Nur distanziert. Mein Eindruck war, dass er sich im Laufe der letzten Jahre immer mehr zurückgezogen hat. Aber das war wirklich nur mein ganz oberflächlicher Eindruck."

„Hm, schade", kommentierte Kellert diese Auskunft. „Schade, dass Sie ihn nicht näher kannten. Ihr Eindruck hätte mich schon sehr interessiert. Sie haben einen guten Blick für die Menschen um sich herum, oder täusche ich mich da?" „Ach, ich weiß nicht", gab Saskia Blum bescheiden zurück. „Wissen Sie: Wenn man Kinder hat, lernt man so viel. Über sie. Über andere. Mit ihnen. Man sieht noch einmal neu mit ihren Augen und hört noch einmal neu durch ihre Ohren. Meine beiden Söhne sind jetzt zwölf und fünfzehn. Die erschließen mir die Welt ganz neu. Da bleibt man jung. Aber das kennen Sie ja vielleicht auch."

‚Was teilt sie mir wirklich mit?', überlegte Kellert. ‚Dass sie Familie hat und sich darin wohlfühlt?' Wenn er wollte, beherrschte er die Regeln des Smalltalks durchaus. „Ja, da haben Sie Recht", antwortete er leichthin. „Meine beiden sind ja schon aus dem Haus. 25 und 22 sind die jetzt. Ein Sohn, eine Tochter. Manchmal trauere ich schon noch der Zeit hinterher, als wir alle vier zu Hause waren. Tja, jede Lebensphase hat ihren Reiz."

Er wurde wieder sachlich: „Liebe Frau Blum. Danke für alle Auskünfte. Wenn Ihnen doch noch etwas einfallen sollte, was Ihren ehemaligen Chef betrifft, melden Sie sich einfach bei mir. Auch, wenn Sie sonst etwas Ungewöhnliches an Ihrer Schule bemerken. Ich brauche Ihre Mitarbeit. Je eher wir den Fall abschließen, desto besser."

# 26.

Hannah Mellrich war nervös. Ihr Chef hatte ihr einen Auftrag erteilt, den sie so nicht erwartet hatte. Erstmals sollte sie eine Befragung allein übernehmen. Bernd Kellert hatte einen dringenden Repräsentationstermin beim Oberbürgermeister von Friedensberg im Rathaus, deshalb hatte er sie gebeten, das Gespräch allein zu führen, und ihm dann davon zu berichten.

Natürlich hatte sie das schon oft gemacht, in Speyer gehörte das zu ihrer Alltagsroutine. Aber nicht im Zusammenhang mit einem Mordfall. Dass sie die zu Befragende kannte, Lilli Schildbach, machte die Aufgabe nur bedingt einfacher. Andererseits konnte sie an den ersten Besuch anknüpfen. Dass Frau Schildbach an diesem späten Montagmorgen zu Hause sein würde, hatte sie telefonisch erfragt.

Sie wurde erwartet. Das bekannte Wohnzimmer, der vertraute, leicht muffige Geruch, dasselbe Porzellangeschirr. ‚Wahrscheinlich auch derselbe leicht bittere Tee‘, dachte sie. „Pucki habe ich nach draußen geschickt“, erklärte Lilli Schildbach, während sie tatsächlich von dem gefürchteten Tee eingoss. „Sie haben es ja nicht so mit Katzen.“ „Ach je, war das so offensichtlich?“, fragte die Polizistin leicht erschrocken zurück. Die Gastgeberin lächelte: „Vergessen Sie nicht: Ich war fünfunddreißig Jahre lang Lehrerin. Ich kann die Stimmungen und Gefühle von Menschen lesen. Auch wenn mir mehr als eine Person gegenübersitzt. Das verlernt man nicht, glauben Sie mir.“

Hannah Mellrich nickte ihr lächelnd zu. ‚Du darfst sie nicht unterschätzen!‘, gab sie sich mahnend mit auf den Weg. „Also, was führt Sie denn nun noch einmal zu mir?“, fragte die Gastgeberin schließlich, während sie sich tief in die wei-

213

chen Polster ihres Sessels zurücklehnte. Die Polizistin überlegte. Wie sollte sie das Gespräch beginnen? Sie erinnerte
sich an einen Ratschlag ihres Chefs. „Vermeiden Sie wenn
immer möglich das Wort ‚ich‘", hatte ihr Kellert mit auf
den Weg gegeben. „Ich, Kriminalhauptkommissar Bernd
Kellert, kann das. Mit mir verbindet man inzwischen Autorität. Die Autorität der Polizei, der Ordnungsmacht. Das ist
nun einmal so. Bei Ihnen, einer jungen Frau, ist das anders.
Sagen Sie ‚wir‘. Nehmen Sie mich und den ganzen Apparat
im Hintergrund mit in Ihre Anrede. Bei einigen Ihrer Gesprächspartner wird das einen vergleichbaren Effekt erzielen
wie mein ‚ich‘. Versuchen Sie es! Schauen Sie, ob es wirkt!"
Also gut …

„Wir haben einfach noch ein paar Fragen", eröffnete sie
den Austausch, bei dem sie ihr Gegenüber immer fest im
Blick behielt und sich selbst einen möglichst freundlichen
Gesichtsausdruck auferlegte. „Wissen Sie, wir durchleuchten
alle möglichen Hintergründe und Nebenschauplätze. Mein
Chef, der Kommissar Kellert, denkt immer, er müsste eine
Art Mosaik zusammensetzen. ‚Erst wenn alle Steinchen
erkennbar sind, ergibt sich das Gesamtbild‘, sagt er immer.
Also müssen wir Steinchen herbeischaffen. So sind sie, die
Chefs, das kennen Sie ja."

‚Nicht schlecht‘, dachte sie. ‚Ich verbünde mich mit ihr.
Hole sie auf Augenhöhe ab.‘ Und tatsächlich: Lilli Schildbach nickte und grinste matt. „Ja, so sind sie. Bin ich froh,
dass ich mich inzwischen nur noch um meine eigenen Mo-
saike zu kümmern habe." Sie lachte und fügte an: „Aber ich
sollte Ihnen nicht zu viel von den Vorzügen des Ruhestands
vorschwärmen. Sie sind jung, meine Liebe. Sie haben Ihre
ganzen Berufswege ja noch vor sich. Also los: Sammeln Sie
Ihre Steinchen!"

„Danke! Es gibt da etwas, was wir nicht verstehen. Darf ich ganz offen sein?" – ‚Das werde ich natürlich nicht', durchfuhr es die Polizistin. ‚Aber wahrscheinlich sagt man das sowieso nur, wenn man das Gegenteil vorhat.' „Ich bitte darum", erwiderte Lilli Schildbach, die sich ihrerseits klar darüber war, dass sie bislang nicht mehr als ein höfliches Pingpong spielten. Wer würde die ersten Bälle anschneiden? Zum Schmettern ansetzen?

„Sehen Sie: Alle, wirklich alle am KaRaGe bestätigen, dass Sie mit Leib und Seele Lehrerin waren. Eine Vollblutpädagogin. Und sich bestens mit dem Direktor, mit Dr. Geißendörfner, verstanden haben. ‚Ein starkes Duo', so oder ähnlich haben wir das oft gehört. Und dann Ihr verfrühter Abschied von der Schule! Und der Abbruch fast sämtlicher Beziehungen. Da passt doch etwas nicht!"

Lilli Schildbach seufzte, lehnte sich vor, griff zu ihrer Teetasse und nahm einen Schluck. Sagte aber nichts. Kellert hätte nun einfach abgewartet. Aber das verlangte Geduld und Erfahrung. Die Kommissariats-Anwärterin setzte nach kurzer Stille nach: „Sie haben uns ja bei unserem letzten Gespräch einige Gründe genannt. Die Abnutzungserscheinungen im Beruf. Die unangenehme Angelegenheit mit diesen Güttlers. Die ‚Entfreundung' von Ihrem Chef. Entfreundung, das Wort habe ich mir gemerkt." Sie lächelte und versuchte so, die ehemalige stellvertretende Schulleiterin aus ihrer Reserve zu locken. Aber die blickte nun zur Decke, schwieg.

„Sehen Sie, so von Frau zu Frau: Ich kann mir das schon vorstellen, wie das war", schlug Hannah Mellrich eine neue Tonlage an. „Da kennt man sich lange. Da arbeitet man vertrauensvoll zusammen. Da verbringt man tagtäglich mehr Zeit miteinander als mit irgendeinem anderen Menschen sonst, sogar mehr als mit dem Ehepartner." – ‚Blöd', schimpfte sie mit sich selbst. ‚Die Frau ist seit ewigen Zeiten Witwe!' – Sie sprach rasch weiter. „Da lassen sich manchmal die Grenzen nicht mehr so klar ziehen. Da wird aus Kollegialität Freundschaft und aus Freundschaft vielleicht mehr. Was glauben Sie, wie oft das bei uns, bei der Polizei, passiert!" – ‚Ich weiß, wovon ich spreche', dachte Hannah Mellrich mit bitterem Gedanken, den sie sich aber sofort wieder verbot. „Und wir haben gehört, dass das auch in Lehrerkollegien gang und gäbe ist."

Immer noch blickte Lilli Schildbach starr an die Decke, die rechte Hand hielt die Untertasse irgendwo in der Luft. ‚Na los, sprich mit mir!', dachte die Kriminalbeamtin und setzte noch einen Gedanken hinterher: „Manche ältere Kollegen am KaRaGe sprachen von Ihnen und Dr. Geißendörfner wie von einem Paar. Nicht dass einer da eine direkte Andeutung gemacht hätte, dass da mehr war, verstehen Sie mich richtig."

‚Ach, darauf willst du hinaus, Kindchen', fuhr es Lilli Schildbach durch den Sinn. Innerlich musste sie schmunzeln. ‚Gut, dann spielen wir das Spiel.' Sie setzte die Tasse mit leichtem Klirren auf den Tisch, beugte sich vor und blickte der Polizistin ins Gesicht. „Was wissen Sie schon?", erwiderte sie kopfschüttelnd. „Als wäre alles immer so klar! Als gäb es nur schwarz und weiß! Leben ist ein Eintauchen in Grautöne. Und davon gibt es unzählige Varianten, glauben Sie mir."

‚Geschafft!', lobte sich Hannah Mellrich innerlich. ‚Sie redet!' „In einem haben Sie Recht!", bestätigte die Hausherrin. „Wenn man sich so lange kennt, wenn man so viele Jahre zusammenarbeitet, dann wächst man entweder auseinander oder zusammen. Dann ist man entweder froh, Seite an Seite den Alltag zu bestehen, oder man hasst es, versucht aber, an der Oberfläche miteinander auszukommen."

Sie lehnte sich wieder zurück, atmete dreimal ein und aus.

„Ich, ich war froh. Froh, mit Bertram zusammenzuarbeiten. Froh, mehr Zeit mit ihm zu verbringen, als er mit seiner Frau teilte, mit Thea. Und ja: Sie waren so nett, nicht direkt zu erwähnen, dass ich alleinstehend bin. Schlimmer: Witwe. So denken doch viele. Dass die sich dann automatisch in ihren Chef verlieben. Was bleibt ihnen denn sonst übrig? Na, haben Sie so gedacht?"

Herausfordernd sah sie die Polizistin an. Die ließ sich aber keine Antwort entlocken. Auch ihre Mimik blieb neutral. Eine Stellungnahme war jedoch auch nicht nötig. Einmal in Fahrt, sprach Lilli Schildbach weiter: „Natürlich war das eine enge Beziehung. Seite an Seite, bei Empfängen, bei Ausflügen, bei Dienstterminen. Seite an Seite. Das verbindet. Ja, ich weiß, dass es für ihn, für Bertram, ähnlich war."

„Und die Affäre mit dieser Frau Höffgen?", platzte es aus Hannah Mellrich heraus, die sich gleich dafür schalt. ‚Warte doch ab. Lass sie erzählen!', hörte sie förmlich die Stimme ihres Chefs. Die Gastgeberin brach in ein kurzes, trockenes, aber doch leicht bitteres Lachen aus. „Ach das! Ja, das brauchte er irgendwie, der Bertram. Aber Sie wissen ja: Ich wusste davon. Darüber sprachen wir doch bei Ihrem letzten Besuch bei mir. Ich habe ihm damals sogar geholfen, die Angelegenheit so diskret wie möglich zu behandeln. Und das Problem dann ja auch zu lösen."

Sie dachte nach und bekräftigte dann: „Ich, nicht Thea! Die hatte ja dann ihren Hörsturz. Hört seitdem nicht mehr so gut. Hat ja jetzt ihr Hörgerät. Das ist Ihnen doch bestimmt aufgefallen, oder? Das war ihre Art, diese Sache zu verarbeiten. Ja, Thea! Auf die ich nie eifersüchtig war. Was Bertram und mich verband, das hatte nichts mit seiner Ehe zu tun. Oder, wie Sie das nennen mögen, mit einer ‚Affäre'."

Ein Ruck ging durch ihren Körper. Sie streckte sich, ihr Gesicht nahm einen entschiedenen Ausdruck an: „Ich sage Ihnen jetzt einmal etwas, junge Frau. Hören Sie gut zu. Bei Bertram und mir, da ging es nie um das Körperliche. Sie verstehen schon. Nie. Von Anfang an nicht und bis zum Ende nicht. Da sollte er von mir aus tun oder lassen, was er wollte. Wirklich, das meine ich so. Und habe es immer so gemeint! Aber: Um Eros, um den ging es schon. Doch, das gibt es: den Eros des Miteinanders. Das Prickeln einer vertrauensvollen Lebensbegleitung. Der Offenheit. Der Spannung. Der Herausforderung. Der Perspektive. Vielleicht sind Sie zu jung, um das zu verstehen."

Hannah Mellrich dachte nicht daran, das Gespräch auf ihre eigenen Meinungen und Erfahrungen auszudehnen. „Und eine in diesem Sinne ‚erotische' Beziehung, die hatten Sie also mit Dr. Geißendörfner?", fragte sie stattdessen. „Genau, die hatte ich", bestätigte Lilli Schildbach langsam nickend und jedes Wort betont einzeln setzend. ‚Oder nein: Besser gesagt – die hatten *wir*. Und bitte: In *diesem* Sinne. Nur in diesem."

‚Vielleicht hat sie das noch nie jemandem erzählt', überlegte die Polizistin. ‚Vielleicht auch noch nie in diesen Worten gedacht. Ihren ganz persönlichen Blick auf die Beziehung zu ihrem Chef. Aber was ist dann passiert?' „Und irgendwann war damit Schluss?", hakte sie nach. Die ältere Frau holte tief Luft, senkte den Blick und schob die Hände ineinander. Sie dachte nach. Keine angenehmen Gedanken, das war ihr anzusehen. „Ja, so kann man das wohl sagen: Irgendwann war damit Schluss", wiederholte sie tonlos. Sie riss sich zusammen, hob die Augen und sprach mit deutlicherer Stimme weiter.

„Irgendwann war die Spannung fort. Einfach fort. Das merkst du nicht sofort. Wie ein See, dessen Unterboden sich von Jahr zu Jahr hebt. Der langsam verschlammt. Du siehst nur die gleich bleibende Oberfläche. Und auf einmal ist er trocken. Plötzlich spürst du da die große Leere, die sich langsam aufgetan hat. Unbemerkt. Und ohne diese Spannung geht es nicht mehr. Woher nimmst du die Kraft? Den Optimismus? Den Willen zur Veränderung und Gestaltung?"

Sie lächelte ihr Gegenüber traurig an. „So, da haben Sie Ihr Mosaiksteinchen. So war das bei mir. Alles, was ich Ihnen beiden zuletzt über meinen Ausstieg aus der Schule erzählt habe, das stimmt. Natürlich habe ich Sie nicht angelogen. Aber auch nicht alles gesagt. Das tut man nicht gern, *alles* sagen. Glauben Sie mir. Von mir aus: Bilden Sie sich etwas darauf ein, dass ich Ihnen all das anvertraut habe."

Sie lächelte schief: „Erzählen Sie es Ihrem Herrn Kommissar. Meinetwegen soll er das wissen. Weitere Kreise muss das aber nicht ziehen, hören Sie? Das dürfte doch nun wirklich nicht nötig sein. Denn dass Ihnen das bei der Lösung Ihres Falles hilft, das kann ich mir beim besten Willen nicht vorstellen." Hannah Mellrich stimmte ihr innerlich zu: ‚Ich auch nicht', dachte sie.

„Ach so!" Hannah Mellrich drehte sich auf der Schwelle der Haustür noch einmal nach der Hausherrin um, die sie nach dem Austausch einiger unverbindlicher, höflicher Oberflächlichkeiten bis in den Flur nach draußen begleitet hatte. „Das hätte ich jetzt fast vergessen! Haben Sie eigentlich noch Ihren alten Schulschlüssel vom KaRaGe?" Lilli Schildbach hob verwundert die Augenbrauen, zuckte dann kaum merklich mit den Schultern und schüttelte den Kopf.

## 27.

„Wie ich diese Termine im Rathaus hasse!" Bernd Kellert pfefferte sein Jackett auf den Schreibtisch seines Büros, lockerte sich die Krawatte, zog sie zu einer großen Schleife und über den Kopf, knöpfte sich hastig das weiße, auf Kante gebügelte Hemd auf und tauchte kopfüber in den leichten Pullover, den er normalerweise im Dienst trug. Belustigt beobachtete Dominik Thiele, wie sein Chef die schwarzglänzenden Schuhe abstreifte und aus den Anzugshosen glitt. Thiele ließ ein leises Pfeifen hören. „Schade, dass Hannah nicht da ist!", kommentierte er die ungewohnte Vorstellung, die sein Chef ihm da bot. Der war unterdessen zurück in die bequeme Jeans geschlüpft, die in einem Fach des Aktenschranks für ihn bereitgelegt hatte, und nestelte die Füße in seine Sportschuhe. „Spotte du nur, frischernannter Herr Kommissar! Das wird dir bald vergehen", zischte Kellert. „Wenn du erst selbst irgendwo Dienststellenleiter bist, steht dir das Ganze auch bevor. Zeitverschwendung! Reden über nichts. Händeschütteln hier, warme Worte da! Immerhin: Schnittchen gab's. Und die waren nicht schlecht."

Sichtlich erleichtert ließ er sich in seinen Schreibtischstuhl fallen, der prompt mit leisem Quietschen um einige Zentimeter nach hinten rollte. „Jedenfalls gut, dass du da bist!", entgegnete Thiele. „Draußen wartet eine Frau Prestele. Sie will aber nur mit dir sprechen. Tut mir leid, ich hätte das gern für dich übernommen. Aber sie ließ sich nicht umstimmen!"

„Prestele, Prestele?", überlegte Kellert. Er war noch ganz gefangen durch den Smalltalk, an dem er hatte teilnehmen müssen. Und das Ganze in dieser offiziellen Empfangskleidung! Beides war einfach nicht seine Welt. Aber die ungeliebten Eindrücke schnürten ihn innerlich noch immer zusammen. „Und wer ist das?", fragte er verwirrt. „Ich kenne die auch nicht", gab Thiele zurück. „Noch nie gesehen. Sie sagt, sie hätte am KaRaGe gearbeitet. Also nicht als Lehrerin, sondern mit irgendeinem Projekt. Ich habe das nicht genau verstanden, die war sehr aufgeregt!"

Kellert klopfte sich mit der Handfläche an die Stirn. „Prestele! Kathrin Prestele, na klar! Die Doktorandin vom Brandtstätter!" Thiele blickte verwundert, konnte seinem Chef nicht folgen. „Immer herein mit ihr!", wies ihn Kellert an. „Und lass uns besser allein. Wenn die so verwirrt ist, wie du sagst, sind gleich zwei Männer in einem Raum bestimmt nicht dazu geeignet, ihre Nervosität zu beseitigen."

Thiele ging auf den Flur, man hörte verschwommen ein kurzes Gespräch, dann trat eine junge Frau ein. Dominik Thiele schloss die Tür behutsam von außen. „Kommen Sie! Setzen Sie sich doch!" Kellert ging auf die Besucherin zu und schenkte ihr sein freundlichstes Lächeln. Zaghaft ergriff die Frau die ihr dargereichte rechte Hand und setzte sich auf den angebotenen Stuhl vor Kellerts Schreibtisch. Unsicher blickte sie sich in dem ihr fremden Bürozimmer um. Ihren leichten Mantel hatte sie über den Arm gelegt.

‚Komm, mach es ihr leicht!', nahm sich Kellert vor. „Das ist schön, dass Sie zu mir kommen, Frau Prestele! Ich hätte Sie sonst suchen müssen. So ersparen Sie mir viel Arbeit. Das ist nett von Ihnen." „Ja, Professor Brandtstätter hat mich angerufen und mir geraten, bei Ihnen vorbeizuschauen. Und seinem Rat folge ich natürlich. Deswegen wollte ich auch nur mit Ihnen sprechen. Obwohl Ihr Kollege auch sehr nett zu mir war."

‚Noch keine dreißig', schätzte der Kommissar. ‚Schlank, normalgroß, unauffällig gekleidet, halblanges braunes Haar mit Mittelscheitel. Unscheinbar. Das Gesicht hast du morgen schon wieder vergessen', ging es ihm durch den Sinn. „Ja, das ist er, der Kommissar Thiele", bestätigte Kellert. Das eine denken und das andere sagen, immerhin diese Form von Multi-Tasking beherrschte er ganz gut. „Professor Brandtstätter hat mir Ihre Situation ja schon geschildert", nahm er dann den Faden auf. „Das ist ja ganz unglücklich für Sie gelaufen. Sie mussten Ihr Projekt an der Schule mitten im Verlauf abbrechen. Und stehen jetzt vor dem Problem, wie Sie die Doktorarbeit abschließen sollen, habe ich das richtig verstanden?"

Die junge Frau nickte zaghaft. „Ganz genau!", bestätigte sie. „Genauso war es. Aber die Dissertation werde ich nicht zu Ende bringen. Das wäre sinnlos, wenn mir die entscheidenden Daten fehlen. Und ich habe – ehrlich gesagt – auch weder Lust noch Kraft, mich noch einmal daranzusetzen." Sie sprach leise, aber mit Bestimmtheit. „Nein, nein! Das Kapitel ist vorbei. Ich habe jetzt eine ganz gute Stelle, arbeite in der kirchlichen Erwachsenenbildung. Das passt. Auf die zwei ominösen Buchstaben vor dem Namen kommt es nun auch nicht mehr an."

Kellert musterte sie heimlich, ohne dass es ihr auffiel. Wie war diese junge Frau: Ehrlich? Resigniert? Bescheiden? Er fragte nach: „Aber das muss doch ein ziemlicher Schock für Sie gewesen sein, damals, als Ihnen der Direktor des Ka-RaGe mitgeteilt hat, dass Sie Ihr Projekt nicht weiterführen durften!"

Sie wurde bleich, wog den Kopf sanft von rechts nach links. „Das war es. Da haben sie Recht." Sie blickte ihn an – ‚wie ein verwundetes Reh', dachte er, selbst verwundert über diesen Gedanken. „Mir ging es danach nicht so gut, wissen Sie. Vielleicht hat Professor Brandtstätter das ja erwähnt."

‚Hat er‘, erinnerte sich Kellert, ließ sich aber äußerlich nichts anmerken.

„Ich war völlig vor den Kopf gestoßen. Und ich weiß immer noch nicht genau, warum. Das lässt mir keine Ruhe. Als ob meine Umfragen den schulischen Ablauf behindert hätten! Können Sie sich mich als Ruhestörerin vorstellen? Das ist schon wie eine Wunde, die sich nicht schließen will. Auch wenn es mir jetzt ja egal sein könnte. Wie gesagt: Dieses Kapitel meines Lebens ist vorbei.“

„Aber wütend auf Dr. Geißendörfner, das waren Sie schon?“, bohrte Kellert weiter. Kathrin Prestele lächelte resigniert. „Ja, natürlich! Das wäre doch jeder gewesen, der an meiner Stelle gewesen wäre. Aber bei mir …“ – sie suchte nach Worten – „bei mir wendet sich die Wut ganz schnell gegen mich selbst, das war schon immer so. Wenn ich mal so richtig wütend bin, dann auf mich. Das kenne ich schon. Und das …“ – noch einmal rang sie um Fassung – „das wollte ich Ihnen sagen. Deswegen bin ich hier. Damit Sie sich ein richtiges Bild machen können.“

Bernd Kellert wollte gerade begütigend antworten, als es heftig an die Bürotür klopfte. ‚Dominik, was soll das?‘, dachte er. ‚Du weißt doch, dass ich es hasse, mitten in einem Gespräch unterbrochen zu werden.‘ Es war aber nicht sein Mitarbeiter, der kurz darauf die Tür einen Spalt weit öffnete, sondern – Moment! – das war doch Bogdan Kaminski, der Hausmeister des KaRaGe! Unverkennbar, der hochgewachsene ältere Mann mit dem großen, buschigen Oberlippenbart. Der gute alte Günter Grass!

Kellert fing Kaminskis durch das Zimmer irrenden Blick auf und gab ihm mit klarer Handbewegung zu erkennen, dass er draußen warten solle. Was um alles in der Welt wollte der denn hier? Jedenfalls verschloss der Hausmeister die Tür vom Gang aus und verhielt sich still. „Und dafür danke ich Ihnen, Frau Prestele", wandte sich Kellert nun wieder seinem Gast zu. „Danke, dass Sie sich der Mühe unterzogen haben, hierher ins Büro zu kommen. Jetzt habe ich tatsächlich ein viel besseres Bild von der Lage als vorher", sagte er so liebenswürdig wie möglich. ‚Vor allem von dir!', ergänzte er innerlich.

Als er Frau Prestele hinausbegleitete und sie dort den Hausmeister des Gymnasiums erblickte, schrak sie sichtlich zusammen. Sie wich einem Blickkontakt aus, beugte sich über ihre Handtasche, zog die Schultern zusammen und ging mit hastigen Schritten den Gang entlang in Richtung Treppenhaus.

Kellert blickte ihr noch kurz mit sorgenvoller Miene hinterher, wandte sich aber dann seinem zweiten Besucher zu.

„Immer herein", bat er in gespielter Jovialität, legte dem Hausmeister die Hand auf die kräftige Schulter und wies ihm den Stuhl an, der soeben frei geworden war. Inzwischen hatte auch Dominik Thiele wieder hinter seinem eigenen Schreibtisch Platz genommen. Kellert hatte kaum merklich per Augenaufschlag seine Zustimmung signalisiert. Kaminski schien Thiele nicht als Ehemann einer Lehrerin an seiner Schule zu kennen. Keinerlei Erkennungssignal. Thiele war es recht.

„Herr Kaminski! Was verschafft uns die Ehre Ihres Besuchs?", eröffnete Kellert das Gespräch, selbst davon überrascht, welch völlig andere Tonlage er nun wie selbstverständlich anschlug. Die Stimme tiefer, die Sprache offensiver, das Bemühen um die Signalisierung von Beherrschung der Situation überdeutlich.

Kaminski hingegen fühlte sich in dieser für ihn unbekannten Umgebung genauso unwohl wie die vorherige Gesprächspartnerin des Kommissars. Der Hausmeister nestelte nervös am Kragen seiner abgetragenen Jacke. „Nu, es ist so", begann er, sichtlich alles andere als ein geübter Redner. „Die Chefin, also Frau Wiesmüller, die hat mich beauftragt. Dass ich zu Ihnen kommen soll. Wegen der Schlüssel. An der Schule. Ich gebe die ja aus und sammele sie auch wieder ein. Dafür gibt es ein Buch. Na ja, eher ein Heft. Da muss jeder unterschreiben."

Damit schien er zunächst genug gesagt zu haben. Er drehte mit den grobschlächtigen Fingern einen Knopf der Jacke. Herum und herum. „Und?", ermunterte ihn Kellert. „Das ist mir jetzt peinlich", stotterte der große, kräftige Mann. „Und deswegen bin ich ja gleich zu Ihnen." Wieder sprach er nicht weiter. „Was denn? Was ist Ihnen peinlich?", bohrte Kellert ungeduldiger werdend nach.

Der Hausmeister verlagerte sein Gewicht von einer Gesäßhälfte zur anderen. Hin und her. Er suchte nach Worten: „Drei fehlen!", stammelte er dann, schlug plötzlich mit der Faust auf den Tisch vor ihm, dass die dort abgelegten Stifte hochzuckten und zur Seite rollten, sprang dann unvermutet auf und rief: „Nein: vier! – Äh, Entschuldigung!", fügte er kleinlaut an, setzte sich wieder und wiederholte: „Entschuldigung! Vielmals! Vier! Vier fehlen! Das habe ich jetzt gerade erst gemerkt." „Vier was?", mischte sich nun Dominik Thiele in das Gespräch. Er schaute so, als habe er nun wahrlich überhaupt keine Idee, was hier gerade vor sich ging. „Nu, vier Schlüssel von der Schule. Vom KaRaGe. Die habe ich herausgegeben, aber nicht wieder zurückbekommen. Wie es sich gehört. Gehört hätte. Und das habe ich nicht gemerkt. Das ist das Peinliche."

„Moment mal: Sie sagen also, dass vier Schulschlüssel im Umlauf sind, ohne dass man weiß, wer sie hat und wo sie sich befinden?", fasste Kellert den zögerlichen Bericht als

Frage zusammen. „Ja, genau. Das sage ich doch die ganze Zeit", bestätigte der Hausmeister. „Aber eines kann ich Ihnen sagen: Nämlich, wem ich sie ausgehändigt habe. Das steht ja im Buch." Er zog eine blauschwarze Kladde aus der Seitentasche seines groben, schon einige Jahre alten Mantels. Auch die hatte schon bessere Tage gesehen. Umgeknickte Ecken, speckiger Umschlag, vielfache Gebrauchsspuren. Kaminski blätterte eifrig, fand dann die gesuchte Seite: „Sehen Sie hier: ‚Torsten Bedlinger, Ausgabe: 23.09.1996'." Er hatte seinen schrundigen, kräftigen rechten Zeigefinger auf die Stelle des Eintrags gelegt. „Und?", fragte Thiele, der sich den Eintrag auch sofort angesehen hatte. „Der ist doch noch Lehrer am KaRaGe, der Bedlinger. Da hat er seinen Schlüssel natürlich noch!"

„Klar", entgegnete Bogdan Kaminski, blätterte einige Seiten nach vorn und wies dann wortlos auf einen zweiten Eintrag: ‚Torsten Bedlinger, Ausgabe: 10.01.2009'. Verwundert blickten die Kriminalbeamten auf das Heft. „Daran erinnere ich mich sogar noch", kommentierte der Hausmeister den zweiten Eintrag. „Den Schlüssel habe ich dem Herrn Bedlinger in die Hand gedrückt. Aber warum, das weiß ich nicht mehr. Wenn er den alten verloren hätte, müsste es eine Verlustanzeige geben. Gibt es aber nicht. Steht nichts davon hier. Müsste es aber."

„Also?", fragte Kellert. „Also hat der Herr Bedlinger zwei", schlussfolgerte der Hausmeister. „Oder einen verschusselt. Der kann dann Gott weiß wo sein", ergänzte Kellert und schüttelte ungläubig den Kopf. Nach kurzem Zögern fragte er nach: „Und die anderen drei?" Kaminski konzentrierte sich: „Einen hat die alte Chefin, die Frau Schildbach. Ich dachte, die hätte den längst abgegeben. Aber im Buch steht nichts davon. Und einen habe ich vor drei Jahren an den Schülersprecher ausgegeben. Das war mit dem Chef so abgesprochen. Mätti hieß der, also der Schüler."

„Vielleicht geben die den Schlüssel von Jahrgang zu Jahrgang weiter", überlegte Dominik Thiele. „Das wäre doch am einfachsten. Ich würde das so machen." „Das ist aber gegen die Vorschrift!", beharrte der Hausmeister. „Und könnte trotzdem stimmen", schloss sich Kellert den Überlegungen seines Kollegen an. „Das lässt sich ja überprüfen. Da fragen wir mal die jetzige Schülersprecherin, diese – warte – Teresa Andernach. Das kann ich übernehmen. Und der vierte?"

„Nu, das ist mir gerade erst eingefallen", murmelte der Hausmeister in seinen Schnauzbart. „Einen habe ich ausgegeben, ohne es im Buch aufzuschreiben. An diese junge Frau, die eben hier war." „Frau Prestele!?", rief Kellert überrascht und blickte auf. „Ja, genau die", entgegnete Kaminski. „Die war doch so oft bei uns. Und stand immer vor verschlossenen Türen. Und hatte natürlich offiziell kein Recht auf einen Schlüssel und wollte auch nicht fragen. Ich auch nicht. Da habe ich ihr einen gegeben, ohne das offiziell zu machen. Und den habe ich noch nicht zurück. Bestimmt nicht. Das wüsste ich!"

Er blickte den Kommissar bittend an: „Das habe ich einfach vergessen! Das müssen Sie der Frau Wiesmüller aber nicht sagen, oder?" Kellert überlegte. „Wahrscheinlich nicht! Aber versprechen kann ich nichts. Je nachdem, wie sich alles entwickelt. Sie sollten auf jeden Fall schleunigst dafür sorgen, dass Sie zumindest diesen Schlüssel wieder zurückbekommen. Das ist aber nun wirklich Ihre Sache!" „Jaja, das mache ich", nickte der Hausmeister. Kellert beendete das Gespräch mit einem Lächeln. „Vielen Dank jedenfalls, Herr Kaminski, dass Sie uns sofort aufgesucht haben. Das hilft uns weiter. Bestimmt!"

„Mann, Dominik: vier Schulschlüssel im Umlauf, die es eigentlich gar nicht geben dürfte. Und von denen wir nicht wissen, wo sie sich befinden. Und wer sie hat." Kellert verzog das Gesicht. Sie ließen das Gespräch noch einmal Revue passieren. Und der Chef fasste seine Eindrücke des Besuchs von Frau Prestele zusammen. Nachdenklich kaute Thiele auf seinem rechten, kurz geschnittenen Daumennagel herum. Auch Kellert schwieg.

## 28.

Dienstag. Vor genau einer Woche war Dr. Bertram Geißendörfner, Direktor des Karl-Rahner-Gymnasiums in Friedensberg, getötet worden. Kellert hatte am Vortag lange überlegt, wie er weiter vorgehen sollte, um den Täter oder die Täterin zu überführen. Er hatte sich erneut mit seinen Mitarbeitern beraten, aber ihnen war der Gedanke nicht gekommen, der den Knoten der Verstrickungen und des undurchschaubaren Beziehungsgeflechts lösen würde. „Okay, dann hilft nur eines", hatte er schließlich mürrisch vor sich hin gebrummt: „Ortstermin!"

Hannah Mellrich war gespannt, was ihr Chef darunter verstand. Zunächst hieß das, dass sie sich zusammen mit Bernd Kellert gegen neun Uhr am Domgymnasium traf. „Präsenz zeigen! Augen auf! Gespräche suchen!" Mehr hatte ihr Chef nicht gesagt. Noch lief der Unterricht, zweite Stunde. Der Schulhof war leer, feucht glänzend vom Nachtregen, darüber wölbte sich ein trüber Märzhimmel. Trist, so ein betonierter Platz ohne alle Spuren von Leben.

Sie wollten gerade das Hauptgebäude des KaRaGe betreten, da hörten sie lautes Gelächter vom Fahrradständer her. Ein munteres Geschnatter, das rasch näher kam. Eine

Gruppe von vielleicht fünf oder sechs Jugendlichen bog um die Ecke und kam auf sie zu. Bernd Kellert erblickte unter ihnen Teresa Andernach, die Schülersprecherin, unverkennbar mit ihrer messingfarbenen, kaum gebändigten Mähne. „Kein Unterricht im ersten Block?", fragte er, als sie in Hörweite angelangt waren. Die Schülerinnen und Schüler erkannten erst jetzt, dass vor ihnen der Kommissar stand, der den Mord an ihrem Chef untersuchte. Sofort verstummte die bis dahin muntere Unterhaltung.

„Nee, frei. Die Frau Wagner ist krank", murmelte ein hochgewachsener, gertenschlanker, zu schnell in die Höhe geschossener Junge mit von Akne übersätem Gesicht. Zwei andere nickten zustimmend. „Ich hab schon Unterricht", gab Teresa Andernach mit keckem Augenaufschlag zu. „Aber nur Reli beim Schongauer. Ständig sagt er: ,Ich sag immer'. Genau, stimmt: nichts als Wiederholungen. Gähnend langweilig. Das erspare ich mir manchmal."

Kellert versuchte, einen kommentierenden Gesichtsausdruck zu vermeiden. „Haben Sie dann vielleicht noch zwei Minuten Zeit für uns, Teresa?" Die anderen Schüler erstarrten fast vor Ehrfurcht. Der Kommissar kannte den Namen ihrer Schülersprecherin! Rasch verzogen sie sich in Richtung Schultür, in die Kellert sie mit einer kleinen, aber eindeutigen Handbewegung lotste.

Ohne Zögern machte Kellert die beiden jungen Frauen miteinander bekannt. „Darf ich vorstellen: Meine Mitarbeitern, PKA Mellrich; und das hier ist Teresa Andernach, die Schülersprecherin des Domgymnasiums!" Teresa betrachtete die Mitarbeiterin neugierig und respektlos. Sie lächelte, wirkte aber selbstbewusst. Was wollten die bloß von ihr?

„Teresa: Haben Sie eigentlich als Schülersprecherin einen Schlüssel zur Schule?", fragte Kellert geradeheraus. „Klar!", gab die sofort zurück. „Das ist doch so üblich, oder? Den habe ich direkt nach der Wahl damals vom Jacko übernommen. Der hat ihn mir in die Hand gedrückt. Fertig." „Jacko?", warf Hannah Mellrich fragend ein. „Ach, 'tschuldigung, den können Sie ja nicht kennen. Jakob Störzner, mein Vorgänger. Der war vorher zwei Jahre lang Schulsprecher. Hat dann Abi gemacht. Studiert jetzt Jura. So ein Anzugtyp, wissen Sie? Aber trotzdem ganz nett."

„Eine Empfangsbestätigung für den Schlüssel haben Sie damals nicht unterschrieben?", hakte Kellert nach. Teresa lachte auf: „Eine was? Nee, ich habe jedenfalls nichts unterschrieben. Ihr immer mit eurem Unterschreiben. Das ist doch alles viel einfacher ohne diesen formellen Kram!" ‚Einfacher schon', dachte Kellert, ‚aber auch chaotischer.' „Das müssen Sie uns nicht sagen, Teresa. Uns nicht", räumte er ein. „Aber ob Ihre Schulleitung Ihnen da zustimmen würde, das steht auf einem anderen Blatt. Das ist aber nicht unsere Baustelle. Was mich vielmehr interessiert: Wo bewahren Sie diesen Schlüssel normalerweise auf?"

„Ganz einfach", kam es ohne langes Überlegen zurück: „Der hängt im Büro der Schülervertretung. Wir haben da doch diesen kleinen Raum oben im vierten Stock. Eher eine Abstellkammer. Aber immerhin. Na und da hängt er am ‚schwarzen Brett', das natürlich nicht schwarz ist, sondern aus Holz. Wer ihn braucht, nimmt ihn sich."

Kellert zog überrascht die Augenbrauen in die Höhe: „So einfach?" „So einfach", antwortete Teresa Andernach mit leicht spöttischer Miene. „Und dieses Büro ist immer offen zugänglich? Da kann also jeder rein?", mischte sich Hannah Mellrich ein. „Ja, das haben wir so beschlossen. Früher gab es da noch extra Büroschlüssel, aber die sind ständig verschwunden. Na ja: Die wurden verschlampt, könnte man auch sagen. Deswegen machen wir das jetzt eben so", erklärte die Schülersprecherin.

„Und das alles wahrscheinlich wieder, ohne dass die Schulleitung davon weiß", mutmaßte Kellert und zog eine Grimasse. Aber gleich setzte er wieder eine versöhnliche Miene auf. „Okay, danke, Teresa: Schönen Tag noch!" Teresa grinste, drehte sich zur Tür, wandte sich aber noch einmal um und fügte ihrerseits hinzu: „Danke, Ihnen auch. Und nun fangen Sie mal den Mörder!"

„Ganz schön selbstbewusst, die junge Dame", kommentierte Hannah Mellrich, während sich die beiden Kriminalbeamten auf den Weg ins Lehrerzimmer machten. Dieses Mal nicht ins Direktorat. Auch nicht mit einem kleinen Abstecher in das Sekretariat. Kellert hatte sich etwas Besonderes ausgedacht. Noch vor der Pause setzten sie sich in zwei entlegene Ecken des völlig unübersichtlichen großen Raumes. Sie konnten zwar Blickkontakt miteinander aufnehmen, wurden aber selbst nicht sofort gesehen.

Mehr als sechzig schmale, Stirn an Stirn gestellte Schreibtische, einige mit zwei Stühlen. Manche ordentlich aufgeräumt, andere überhäuft mit Büchern, Heften, Unterrichtsmaterialien, Laptops, Taschen. Am Rand abgewetzte hölzerne Stellagen mit Fächern, ebenfalls voll mit Papieren und Unterlagen verschiedenster Art. An der Seite zwei große Plakatwände, überfüllt mit Hinweisen, kopierten Blättern, Post-its, Zeitungsausschnitten, Werbebroschüren für Studienfahrten. Zwei ältere Kollegen saßen an ihren Plätzen und ordneten ihre Materialien. Eine Kollegin füllte eine große Kaffeemaschine auf. Aus einem Nebenzimmer hörte man das immer wieder neu einsetzende Summen eines Kopiergerätes.

‚So sieht also das Herzstück einer Schule aus!', dachte Kellert. Als Schüler hatte er sich immer vorzustellen versucht, wie es wohl im Lehrerzimmer seiner Schule so vor sich ging. Wie so oft: Die Realität war weit weniger aufregend als alle phantasievoll aufgebauten Vorstellungen. Auf einmal ertönte ein lauter mechanischer Dreiklang. Das Pausenzeichen. ‚Immer noch genau dasselbe wie bei mir damals!‘, durchzuckte es Kellert. ‚Und an allen Schulen gleich!‘ Er horchte in sich hinein, welche unterschiedlichen Erinnerungen dieser Klang bei ihm aufrief. Vor allem eine schwer definierbare Beklemmung. ‚Und das nach all den Jahren‘, war er über sich selbst überrascht.

Ihm blieb nicht viel Zeit zum Nachdenken. Die Tür des Lehrerzimmers öffnete sich und herein kam sogleich ein Schwall von Lärm, Chaos und Durchzug. Eine nach dem anderen, Lehrer und Lehrerinnen – ‚fast nur Frauen!‘, erkannte Kellert –, traten durch die Tür. Manche in Pulks zu zweit oder viert, andere allein. Einige ausgelassen, andere sichtbar erschöpft. Einige sofort im Gespräch mit anderen, manche wortlos vor sich hin stierend. Manche wie angezogen von der Kaffeemaschine, an der sie sich gierig bedienten, andere öffneten eine Flasche Mineralwasser. Die jüngeren blickten konzentriert auf ihre Smartphones, tippten hier, wischten da. Von dem Chaos um sich herum, auch von den Kolleginnen direkt neben sich, schienen sie nur wenig zu bemerken.

‚Unglaublich, was für eine Welle von Leben und Energie!‘, ging es Kellert durch den Sinn. Nach den ersten Minuten ebbten die Chaosströme ein wenig ab. Alle hatten ihre Plätze gefunden, die Gespräche wurden ruhiger, manche lenkten ihre Konzentration schon auf die bevorstehenden Unterrichtsstunden. Plötzlich klopfte es an der Tür. Zunächst reagierte niemand. Die Kolleginnen, die nahe der Tür saßen oder standen, schauten einander fragend an. Wer war zuständig? Wer würde gehen?

Schließlich erhob sich eine der jüngeren Lehrerinnen und öffnete: Vor der Tür stand jedoch nicht, wie sonst, ein Schüler mit irgendeiner Frage an irgendeinen Kollegen, sondern Lilli Schildbach. Sie hatte sich in ein nicht mehr ganz zeitgemäß wirkendes, aber geschmackvolles Kostüm gezwängt – ‚Ein bisschen eng!‘, dachte Hannah Mellrich – und sorgsam zurechtgemacht.

‚Doch, sie könnte noch zu diesem Kollegium gehören. Ohne Einschränkung!‘, dachte Kellert. Er hatte Frau Schildbach am Vortag telefonisch gebeten, genau zu diesem Zeitpunkt hierherzukommen. Sie war sehr überrascht gewesen. Hatte sein Ansinnen zunächst auch zurückgewiesen. Aber er war beharrlich geblieben. Schließlich hatte sie zugestimmt. Ungern, letztlich widerwillig, das war selbst am Telefon deutlich zu spüren gewesen. Aber gehorsam. Beamtin bleibt Beamtin.

Da stand sie nun. Die Kollegin, die ihr geöffnet hatte, war neu an der Schule. Sie kannte die ehemalige stellvertretende Schulleiterin nicht. „Ja?“, fragte sie verwirrt. Doch inzwischen hatten einige der älteren Kolleginnen erkannt, wer da in der Tür ihres Lehrerzimmers stand. Mehrere Stimmen erklangen gleichzeitig: „Lilli!“ „Ja so eine Überraschung!“ „Jetzt schaut mal, wer da ist!“ „Frau Schildbach!“ Während einige Lehrerinnen zur Tür eilten, setzte zwischen den anderen ein großes Getuschel ein. Wer das war? Wie lange das her war? Was die ehemalige Chefin hier wollte?

Kellert fiel auf, wie herzlich Lilli Schildbach begrüßt wurde. Viele Umarmungen, wirklich freudiges Händeschütteln, lautes Gejohle und hin und her springende Gesprächsfetzen. Unmerklich mischte sich Ulrich Schongauer, der Schulseelsorger, unter die Menschentraube, die sich um die ehemalige Kollegin gebildet hatte. Er hatte wohl nach dem

Rechten sehen wollen, denn diese Art von Tohuwabohu war selbst im Alltagschaos des Gymnasiums ungewöhnlich. Und auch im Direktorat nicht unbemerkt geblieben.

All das wurde jäh unterbrochen vom erneut markerschütternden Dreiklang, der überdeutlich das Ende der Pause signalisierte. Sofort eilten die meisten an ihre Plätze zurück, schlürften den letzten Schluck Kaffee, packten Bücher, Hefte, Laptops, Papiere zusammen. So rasch, wie der Schwall sich in das Lehrerzimmer hineinergossen hatte, wurde er nun wie von Zauberhand wieder hinausgesogen. Besuch der alten Kollegin hin oder her: Der Tagesbetrieb ging vor.

Einige ältere Lehrerkollegen, tatsächlich vor allem die wenigen Männer des Kollegiums, ließen sich von der betriebsamen Hektik nicht anstecken. Sie blieben erst noch einmal einige Zeit dort hocken, wo sie saßen. Erst als alle anderen gegangen waren, packten sie ihre Unterlagen zusammen und folgten gemächlich den Kolleginnen nach den magischen Regeln der Raumverteilung in die unterschiedlichen Klassenzimmer.

Dass Ulrich Schongauer als Mitglied der Schulleitung ihre bewussten Verzögerungsmanöver und Verspätungen mitbekam, störte sie nicht. Man kannte sich. Die Verhaltensmuster hatten sich Jahr um Jahr eingeschliffen. Man ließ sich in Ruhe. Wenn nichts wirklich Außergewöhnliches vorfiel.

## 29.

Lilli Schildbach hatte den Chaosstrom an sich vorüberrauschen lassen und trat nun in die Mitte des weitgehend verlassenen Raumes hinein. Ein wenig verloren. Sie blickte sich um. Auch wenn sie in den letzten Jahren ihres Einsatzes an dieser Schule ihr eigenes Dienstzimmer besessen und deshalb das Lehrerzimmer kaum noch betreten hatte – und wenn, dann meistens mit irgendeinem unangenehmen offiziellen Anliegen –, war dieser Raum doch jahrzehntelang wie ein zweites Zuhause für sie gewesen.

Jetzt wirkte alles vertraut und fremd zugleich. ‚Der Schulbetrieb braucht dich nicht‘, ging es ihr durch den Kopf. ‚Er läuft weiter. Jeder ist austauschbar. Jeder.‘ Ulrich Schongauer hatte sich an einen der von Heften übersäten Schreibtische gesetzt und beobachtete, was nun passieren würde. Was wollten die Kriminalbeamten hier, die er natürlich sofort bemerkt hatte? Warum hatten sie sich nicht, wie sonst, zuvor im Direktorat gemeldet?

Kommissar Kellert hatte Lilli Schildbach unterdes längst durch ein Lächeln und ein sanftes Anheben der rechten Hand signalisiert, wo er saß. Hinten links. Wie früher in der Schule. Zufall? ‚Wir sind schon Gewohnheitstiere, wir Menschen!‘, gestand er sich ein. Langsam ging die ehemalige Lehrerin nun auf ihn zu. Hannah Mellrich gesellte sich zu ihnen.

Die ältere Frau blickte auf die beiden Kriminalbeamten. In ihrer Miene spiegelten sich unterschiedliche Gefühle: ein nostalgischer Hauch von Wehmut, Verwirrung angesichts der ganzen Situation, Ärger über den drängenden Wunsch des Kommissars, sich ausgerechnet hier mit ihr treffen zu wollen. „Und, warum haben Sie mich nun hierherbestellt?“, fragte sie statt einer Begrüßung. Hannah Mellrich hatte sie mit einem gemeinschaftsstiftenden, matten Lächeln zugenickt.

„Das besprechen wir am besten nebenan, oder?“, bestimmte Kellert, dem das Lehrerzimmer als Ort von vertraulichem Austausch nur wenig geeignet erschien. Dass es gleich nebenan einen kleinen, kaum benutzten Raum gab, hatte er vorher herausgefunden. „Aha, wir gehen also in den Sanitätsraum!", kommentierte Lilli Schildbach trocken. „Brauchen Sie erste Hilfe?" ‚Mal sehen', dachte Kellert. Ulrich Schongauer war ihnen gefolgt, er berührte die langjährige Weggefährtin sanft am Oberarm. Ein Zeichen der Unterstützung. ‚Soll mir recht sein', ging es dem Kommissar durch den Kopf. Er nickte dem Schulseelsorger zu und akzeptierte so dessen Begleitung.

Links eine abgewetzte, ehemals grüne, mit einer durchsichtigen Plastikplane überzogene Pritsche, rechts ein Rundtischchen mit vier ungepolsterten Stühlen, dahinter ein grauer, doppeltüriger und bis zur Decke reichender Metallschrank. Ein rotes Kreuz auf der rechten Schranktür signalisierte den Aufbewahrungsort von Verbandszeug. Ein karger Raum. „Vier Stühle, das passt doch!", bemerkte Kellert. „Bitte, nehmen Sie doch Platz!"

Schongauer blickte verwirrt von einem zum anderen. Was ging hier vor? Auch Lilli Schildbachs Augen maßen den wenig einladenden Raum ab. „Das muss dreißig Jahre her sein, seit ich das letzte Mal hier drinnen war. Aber verändert hat sich kaum etwas", sprach sie eher zu sich selbst als zu einer der drei anderen Personen im Raum. Fragend schaute sie nun zu Kellert.

Und der ergriff auch prompt das Wort: „Gut, warum habe ich Sie hierhergebeten? Klar, das werden Sie sich fragen, Frau Schildbach, und Sie auch, Herr Schongauer. Nun, Frau Schildbach, Sie haben uns belogen! Besser gesagt nicht uns, sondern Frau Mellrich, die Sie ja am Freitagnachmittag noch besucht hat. Und ich möchte nun wissen, warum!"

Ulrich Schongauer blickte seine ehemalige Kollegin erschrocken an. Diese starrte vor sich hin, schaute nur einmal mit kurzem, wütendem Blick auf die Kriminalbeamtin, die rechts von ihr saß. Was hatte sie denn von Hannah Mellrich erwartet? Dass sie ihrem Chef zentrale Erkenntnisse vorenthalten würde?

„Habe ich das?", fragte sie dann mit fester Stimme, die aber deutliche Distanz signalisierte. „Nicht dass ich wüsste!" „Oh doch!" Auch Hannah Mellrich konnte ihrer Stimme Schärfe verleihen. Wenn sie wollte. Und das hier war kein einvernehmliches oder vertrautes Gespräch unter Frauen. Hier ging es um etwas anderes. „Als ich Sie gefragt habe, ob Sie noch einen Schulschlüssel besitzen, haben Sie das zurückgewiesen. Und wir wissen mit Sicherheit, dass das nicht stimmt!"

Erneut wandte sich Ulrich Schongauer seiner Kollegin zu, dieses Mal mit Erstaunen: „Stimmt das, Lilli?" „Ja", gab diese ohne alle Umschweife zu, machte aber eine wegwerfende Handbewegung. „Aber was ist denn schon dabei? Das hatte ich ja ganz vergessen. Erst habe ich den Schlüssel behalten, weil ich ja doch noch ab und zu an der Schule war. Ihr wart ja nur zu dankbar, wenn ich euch mit Rat und Tat zur Seite stand, oder, Ulrich?"

„Natürlich, du warst uns wirklich eine große Hilfe, Lilli. Aber natürlich nur in der Übergangszeit. Bis dann Frau Wiesmüller kam", bestätigte der Schulseelsorger beflissen. „Genau! Bis die Wiesmüller kam", seufzte Lilli Schildbach, und ihr Tonfall ließ nur allzu deutlich darauf schließen, dass sich die Beziehung von Vorgängerin und Nachfolgerin im Amt nicht gerade durch Herzlichkeit und Wertschätzung auszeichnete.

„Und den Schlüssel hast du wirklich nicht abgegeben?", hakte Schongauer nach. „Nein, da habe ich einfach den Zeitpunkt verpasst", gestand seine schulische Wegbegleiterin.

„Danach hat nie jemand gefragt, und dann war es irgendwann auch nicht mehr wichtig. Ich habe den schon seit Ewigkeiten nicht mehr benutzt. Heute habe ich den natürlich auch nicht dabei. Aber wenn es Ihnen denn so wichtig ist, Herr Kommissar – warum auch immer –, dann gebe ich den Schlüssel sofort ab. Lieber heute als morgen. Was soll ich auch damit?"

„Gut, das wäre also geklärt", hakte Kellert eine innere To-do-Liste ab. „Aber eine andere Sache muss ich noch ansprechen. Ihren vorzeitigen Abschied damals. Hier vom Ka-RaGe. Da haben Sie meiner Kollegin ja offensichtlich allerlei Dinge erzählt." Hier nickte er Hannah Mellrich freundlich zu. „Von Ihrer Beziehung zu Dr. Geißendörfner."

Ulrich Schongauer blickte erschrocken auf. Auch Lilli Schildbach zuckte zusammen und wollte etwas anmerken, aber Kellert unterbrach beide Regungen: „Von Ihrer platonischen Beziehung, ich habe das schon verstanden. Freundschaftsbeziehung, wie immer Sie das nennen wollen. Nein, kein falscher Verdacht, keine Sorge."

Er blickte Frau Schildbach nun direkt in die Augen. ‚Sein harter Blick', wusste Hannah Mellrich. ‚Jetzt wird es ernst. Und klar: Dieser Rahmen hier gibt dem eine andere Dringlichkeit, das ist mir jetzt klar. Deshalb der Ortstermin.' „Wissen Sie: Ich glaube Ihnen das nicht. Ich glaube nicht, dass all das, was Sie uns da erzählt haben, der wirkliche Grund für Ihr vorzeitiges Ausscheiden aus dem Dienst war."

Ja, er konnte böse blicken, dieser Bernd Kellert, ging es Hannah Mellrich durch den Sinn. Wenn er wollte. Und jetzt wollte er. Keine Schonzeit mehr! „Aber nun will ich es ganz genau wissen. Bitte: ohne Halbwahrheiten. Warum sind Sie damals in den Ruhestand gegangen? Sie, allseits beliebt, das hat man doch eben noch deutlich gesehen.

Sie, die Vollblutpädagogin, immer noch in der Blüte Ihrer Kraft? Sie, die über dreißig Jahre lang mit diesem Gymnasium fast verheiratet waren?"

## 30.

Ulrich Schongauer blickte auf seine Kollegin, die auf einem der harten, schlichten Stühle rechts neben ihm saß. Sie kannten sich seit vielen Jahrzehnten. Gut. Sehr gut. Er legte seine rechte Hand auf ihre linke, die reglos auf der abgenutzten grauen Resopalplatte des kleinen Rundtischchens lag. Lilli Schildbach kämpfte mit sich, das war deutlich zu sehen. Ein inneres Ringen. „Vielleicht solltest du es ihnen einfach erzählen, was meinst du?", wagte sich der Schulseelsorger mit sanfter Stimme vor. „Ich sage immer: Am Ende helfen nur Offenheit und Ehrlichkeit."

Die Hand der ehemaligen stellvertretenden Schulleiterin zuckte kaum merklich unter seiner Berührung. Ihr Blick senkte sich. Sie atmete tief durch, biss sich auf die Lippen, kämpfte eine Träne zurück und hob dann den Blick. Zuerst zu ihrem alten Weggefährten: „Aber du bist der Einzige, der es weiß. Das sollte doch auch so bleiben."

Der Schulseelsorger nickte ihr zu: „Aber es ist besser, wenn du es nun erzählst. Glaube mir. Sie werden sonst doch keine Ruhe geben." Er nahm die beiden Kriminalbeamten in den Blick, nickte ihnen zu und ergänzte: „Das sind doch Polizisten. Sie müssen nachfragen, immer wieder. Das ist ihre Aufgabe, ihr Beruf. Aber auch dort gelten feste Regeln: Sie werden nichts davon weitererzählen."

Kellert und Mellrich sahen sich kurz an. Sie hatten keine Ahnung, was hier genau vor sich ging. Aber sie brauchten nur abzuwarten und zuzuhören. Wie gut, dass Schongauer mit dabei war. So entwickelte sich alles wie von selbst. Aber *wovon* wollte Lilli Schildbach nichts erzählen? Was war ihr so gut gehütetes Geheimnis? Und würden sie das Gehörte dann wirklich für sich behalten können?

Durch die alte Lehrerin ging ein Ruck. Sie kaute noch einmal auf ihrer Unterlippe herum, dann begann sie erst zögerlich, später immer klarer zu sprechen. „Also gut. Wenn es denn sein muss." Schongauer lächelte ihr ermunternd zu. ‚Der versteht sein Geschäft', ging es Kellert durch den Kopf. ‚Ein Seelsorger, der weiß, wie Menschen funktionieren.'

„Ich habe Sie nicht angelogen, das habe ich ja schon gesagt", hier nickte die ältere Frau der jungen Kommissariatsanwärterin zu. „Aber Ehrlichkeit hat ihre Grenzen. Das gilt, glaube ich, für jeden von uns. Meine Güte, was halten wir nicht alles zurück! Und ich, ich habe meine Gründe, besonders verschwiegen zu sein. Und würde vieles dafür geben, ein Geheimnis für mich behalten zu dürfen. Mein Geheimnis, genauer gesagt. Meins!"

Nun blickte sie abwechselnd zum Kommissar und zu seiner Mitarbeiterin. Hielt den Blick lange aus. Dann begann es, aus ihr herauszuströmen. „Ich war sechzehn, als ich schwanger wurde. Jugendlicher Leichtsinn natürlich. Mein Gott, werden Sie denken, das war doch in den siebziger Jahren. Sexuelle Revolution, Emanzipation, alles schon gelaufen! Jaja! Aber ich lebte in einem kleinen Dorf in der Oberpfalz. Tiefste bayerische Provinz. Lange habe ich gebraucht, um mich allein schon von dem dortigen Dialekt zu befreien. Den kein Mensch von außerhalb verstehen kann. Dieses Genuschel und Gebrummel. Und noch länger, um mich von dem Geist, ach was: dem Ungeist dieser Herkunft zu befreien."

Sie blickte nun gezielt auf Kellert: „Herr Kommissar: Die Siebziger in der Oberpfalz, das war wie die fünfziger Jahre anderswo. Enge katholische Welt. Perfekte Kontrolle durch die Großfamilie und die Nachbarschaft. Da blieb nichts verborgen. Da ging man geschlossen sonntags zur Kirche, regelmäßig zur Beichte, zum Stammtisch oder in den Frauenkreis, da wählte man CSU."

Sie schüttelte den Kopf angesichts ihrer aus tiefen Verdrängungen wieder hochgespülten Erinnerungen. „Und da war ich, Tochter des gestrengen Dorfpolizisten Angermeier. Ausgerechnet ich: schwanger! Nach einer Kärwa, blöde Sache." Sie sah Hannah Mellrichs fragenden Blick. „Kärwa? Kirchweih. Das wichtigste Fest im Sommer. Da werden selbst die frömmsten Bauern locker. Musik, Tanz, Bier, Schnaps. So halt. Und dann: schwanger. Von einem der ‚Kärwa-Buben'. Andi. Den kannte ich kaum."

Dieses Mal bemerkte sie Hannah Mellrichs plötzlich besorgte Miene. „Ach so, Kindchen, nein: nicht gegen meinen Willen. Nichts mit Gewalt. Ich war ja selbst gut abgefüllt. Da fallen halt die Schranken. Es war ja nicht mein Erster … Jedenfalls tagte dann der Familienrat. Was tun? Heiraten kam nicht in Frage. Gott, das hätte mich fertiggemacht, ich mit dem Andi! Vater, Mutter, zwei ältere Brüder, das war der Familienrat. Beschluss einstimmig: Das bleibt geheim. Um meinen Ruf zu schützen. Und den der Familie. Den vor allem."

Ihr Blick war wieder auf die Tischplatte gesunken. Sie faltete die Hände zu einem engen Knoten und stützte ihren Kopf darauf. Dann rieb sie sich die Augen, entschlossen, weiterzureden. „Für solche Fälle gab es Frauenklöster mit angeschlossener Ausbildungsstätte für ‚gefallene Mädchen'. Schön, nicht?" Hier wandte sie sich an Hannah Mellrich. „‚Gefallene Mädchen', so nannte man das damals."

Sie kicherte in sich hinein. „Zu Hause hieß es, dass ich eine Ausbildung mache. Und der Andi hat nie von seinem Glück erfahren. Der ahnt bis heute nichts davon, ein Kind zu haben. Von mir. Mit mir. Ist jetzt ein braver Familienvater, Finanzbeamter. Jedenfalls: Ich lebte also fast ein Jahr bei den Nonnen, machte tatsächlich eine Ausbildung als Hauswirtschafterin, bekam das Kind, eine Tochter, und gab es zur Adoption frei. So machte man das damals. Abtreibung? Schon der Gedanke galt als Todsünde. Aber ganz ehrlich: Den hatte ich auch nie. Nie."

Dass Hannah Mellrich kurz bleich geworden war, einmal tief schlucken musste, sich dann aber am Riemen riss und wieder ihr professionelles Gesicht zur Schau stellte, war sowohl der Gastgeberin als auch dem Kommissar entgangen. Nur Ulrich Schongauer hatte deren kurzes Innehalten bemerkt und die Kommissariats-Anwärterin mit besorgtem Blick gestreift. Doch alle Aufmerksamkeit konzentrierte sich sofort wieder auf Lilli Schildbach. Sie war in sich zusammengesunken und schluchzte laut.

„Entschuldigung!", flüsterte sie unter Tränen. „Das haben Sie nun davon. Es gibt eben Geheimnisse, die man besser verborgen hält." Kellert hatte all dem schweigend zugehört. Wohin würde diese Geschichte führen? Diese ‚Beichte', denn fast so fühlte es sich für ihn, der seit Jahrzehnten nicht mehr gebeichtet hatte, an. Warum erzählte die Frau an ihrem Tisch all das?

Lange sprach niemand etwas. Dann wagte sich Hannah Mellrich vor. Sie hatte sich sichtlich wieder gefangen. Die Rolle der empathischen Zuhörerin war ihr lieber als die der harten Befragerin, so viel war sicher. „Und wie ging es dann mit Ihnen weiter?", fragte sie mit sanfter Stimme.

Lilli Schildbach schniefte noch einmal auf, tupfte sich mit einem Papiertaschentuch die Nase und Augen und antwortete dann zögerlich: „Ich habe meine Tochter nur einmal kurz gesehen. Und kann das Erinnerungsbild nicht mehr scharf stellen. Nicht einmal das! Sie wissen ja: Ein weiteres Kind habe ich nicht bekommen. Das war mir nicht vergönnt. Vielleicht als Strafe."

Ulrich Schongauer räusperte sich, doch bevor er etwas sagen konnte, hatte sie sich ihm zugewandt: „Schon gut, Ulrich, ich weiß, dass das Unsinn ist. Nein, so denke ich ja nun wirklich nicht über Gott … oder das Schicksal. Manchmal kommt man halt auf den Gedanken, dass man auf einen Gedanken kommen könnte." Sie unterbrach sich. Man konnte sehen, wie sie sich innerlich zur Ordnung rief.

„Schluss mit dem Unsinn! Meine Tochter wurde adoptiert. Ich musste alles unterschreiben, alle möglichen Papiere, was weiß ich. Auch, dass ich nie mit ihr Kontakt suchen würde. Wie hätte ich das auch tun sollen? Sie bekam eine neue, richtige Familie. Sie würde nie von mir wissen. Und ich nichts von ihr. So war die Abmachung. Das war kein Einzelfall damals, das habe ich ja schon gesagt. Aber soll mich das trösten?"

Ein tiefer Atemzug. „Ich bin dann nicht mehr nach Hause zurückgekehrt. Das konnte ich nicht. Das wollte ich nicht. Sondern bin in die Stadt gezogen. Na ja, was man halt so Stadt nennt. Nach Eichstätt. Dort habe ich dich dann ja kennengelernt, Ulrich, weißt du noch? Da hast du damals deine Freisemester verbracht." Er nickte.

Sie sprach weiter: „Dort habe ich mich verändert, so gut es eben ging. Rundum erneuert, wenn man so will. Eigentlich heiße ich Elisabeth. Gell, Ulrich, das wusstest selbst du nicht, oder?" Schongauer blickte überrascht auf, ohne sich zu äußern. „Ab da hieß ich eben nur noch Lilli. Habe mein Abitur abgelegt, studiert, alles schnell und bestmöglich durchgezogen. Ich wollte aus allem heraus. Und kam dann hierher nach Friedensberg ins Referendariat. Ja, das habe ich schon hier absolviert, am ‚Domgymnasium‘, wie man seinerzeit sagte. Wo ich dann den Bertram kennenlernte. Wir waren im gleichen Jahrgang. Und wo ich bis heute lebe. Und das gern. Mein Leben hat sich zum Guten gewendet. Insgesamt gesehen."

Wieder überlegte sie kurz, bevor sie ihre Rede erneut aufnahm. „Mein Mann, der war Ingenieur, ist dann ja früh gestorben. Wegen seines verdammten Motorrads! Von meiner Tochter hat er nie etwas erfahren. Im Nachhinein schäme ich mich dafür. Ich wollte es ihm schon irgendwann erzählen, aber dazu ist es dann einfach nicht mehr gekommen. Eigene Kinder hatten wir ja nicht." Wieder versank sie in Erinnerungen.

Ulrich Schongauer war hin- und hergerissen. Einerseits wollte er seine langjährige Wegbegleiterin schonen, andererseits spürte er, dass Bernd Kellert immer ungeduldiger wurde. Was hatte all das mit seinem Fall zu tun? Warum hörte er sich all das an? Wieder legte der Schulseelsorger seine Hand auf ihre ineinander verkrampften Hände. „Du solltest jetzt langsam den Bogen zur Gegenwart schlagen, Lilli!"

„Ja, das habe ich auch vor. Aber dazu muss man doch die Hintergründe kennen. Sonst versteht man doch gar nichts. Herr Kommissar: Das ist doch so, oder?" Kellert nickte. Beruhigt sprach sie weiter: „Also stellen Sie sich das vor. Mehr als dreißig Jahre lebe ich mit dem Wissen, eine Tochter zu haben, die ich nicht kenne. Die mich nicht kennt. Können Sie sich vorstellen, wie das ist?"

Lilli Schildbach wartete gar nicht auf eine Antwort. Um die war es nicht gegangen. Sondern um die umso effektvollere rhetorische Inszenierung: „Und eines Abends vor fünf Jahren steht sie vor der Tür. August 2013, wie könnte ich das je vergessen? Ich mache auf. Steht da eine gepflegte Frau zwischen dreißig und vierzig Jahren. Kann man ja nur schwer schätzen in diesem Alter. Zittert. Sieht mich ganz seltsam an. Mir wird ganz mulmig. Ganz eigentümlich. Ich bitte sie herein. Sie setzt sich. Ins Wohnzimmer, das kennen Sie ja." Mit einem Seitenblick bezieht sie die beiden Kriminalbeamten mit ein.

„Schaut mich an und sagt: ‚Mutter!'" Lilli Schildbach versagte die Stimme. Tränen schossen ihr in die Augen. Schongauer reichte ihr ein Papiertaschentuch. Sie schnäuzte sich. Drehte unbewusst den abgeblassten Ehering an der linken Hand. Herum und herum. Fasste sich wieder. „Sagt ‚Mutter'!", wiederholte sie. „Ich erspare Ihnen die weiteren Schilderungen. Was das bedeutet. Wie man sich da fühlt. Das gehört nicht hierher."

Sie kniff die Lippen zusammen, sprach dann weiter: „Nur so viel: Ihr Adoptiv-Vater war vor Kurzem gestorben. Bis dahin hatte sie nicht gewusst, dass sie ein Adoptiv-Kind ist. Hatte nicht die geringste Ahnung. Woher auch? Das ist ein Schock, auch in dem Alter, glauben Sie mir das. Man merkte es ihr an. Sie lebte in München. Und wollte dann doch wissen, wer ihre leibliche Mutter ist. Ihre Adoptiv-Mutter – ‚Mama', so hat sie sie genannt – hat ihr dann doch die Adresse der damaligen Kindesvermittlung gegeben. Und nach aufwändigem Suchen hatte sie mich dann ja auch gefunden."

Sie schwieg. Keiner sagte etwas. Bis sie fortfuhr: „Wir haben uns von unserem Leben erzählt. Das ja. Aber mehr wollte sie nicht. Lisa. Lisa heißt sie. Keinen weiteren Kontakt. Keine Besuche. Gab mir auch keine Bilder von sich.

Wie gern wäre ich Teil ihres Lebens geworden. ‚Belassen wir es so, wie es ist!‘, sagte sie. Und ließe keine Diskussionen zu. Was sollte ich tun? Ich habe es akzeptiert. Und mehr unter der Situation gelitten als in all den Jahrzehnten zuvor. Aber ich hatte ja immer meine Katzen. Als Trost. Wenn Sie so wollen: als Kindesersatz. Jaja: toll, diese Weisheiten der Küchenpsychologie! Von mir aus. Treuer als Menschen. Und einfacher."

Sie blickte Ulrich Schongauer an, er nickte ihr ermunternd zu. „Fast zwei Jahre lang höre ich also nichts mehr von ihr, von Lisa. Und dann, wie aus dem Nichts, steht sie wieder vor meiner Haustür. Mai war's. Der Flieder in meinem Vorgarten blühte, weiß und violett, den Geruch habe ich noch heute in der Nase. Es klingelt und … und da steht sie. Und hat eine Bitte. Eine erste, eine einzige Bitte an mich. Mein Kind, neununddreißig Jahre alt, bittet mich um einen Gefallen. Mich, die ich sie weggegeben habe. Das kleine hilflose Bündel Mensch. Mich, die ich alle Fäden zu ihr absichtlich abgeschnitten hatte."

Sie schaute Hannah Mellrich in die Augen, ergriff ihre rechte Hand und umklammerte sie mit beiden Händen: „Na, Kindchen was tut man da? Was tut frau da? Was wohl! Man erfüllt den Wunsch! Aber natürlich! Ohne nachzudenken! Ohne Wenn und Aber!" Die Polizistin war viel zu verblüfft, um zu reagieren. Derartige körperliche Übergriffe waren selten. Gegen Gewalt wusste sie sich zu schützen. Aber gegen beschwörende Nähe?

Bernd Kellert erkannte, dass er eingreifen musste. „Worum hat Sie Ihre Tochter denn gebeten?" Sofort ließ Lilli Schildbach die Hand der Polizistin los und wandte sich deren Chef zu. „Um etwas, das nur ich ihr erfüllen konnte. Sie hatte einen Sohn, Leon. Und das war kein leichtes Mutter-

Sohn-Verhältnis. Lisa war allein erziehend. Hatte Leon aber nicht im Griff. Das sagte sie selbst, ich kannte ihn ja nicht. Habe ihn nie gesehen. Nie, meinen Enkel! Er trank wohl ziemlich viel, zog nachts um die Häuser, nahm auch Drogen. Ach, das kennt man ja. Solche Jungs haben wir am KaRaGe ja auch gehabt. Mehr als einen. Aber dieses Mal handelte es sich um meinen Enkel!"

Sie schüttelte heftig den Kopf. „Neunzehn war er, der Leon. Hatte schon ein Jahr wiederholt. Aber stand nun vor dem Abitur. Er war so ein Typ, der sich gut durchmogeln konnte. Irgendwie hat er das hingekriegt, mehr schlecht als recht, aber immerhin. Nur in Mathe hing er durch. Vollkommen. Das konnte er einfach nicht. Und lernte natürlich auch nichts. Fünf Punkte im Mathe-Abi, ohne die würde er das Abitur nicht bestehen."

Etwas blitzte in Kellerts Augen auf: „Und da haben Sie ihm die Aufgaben besorgt!", rief er, senkte seine Stimme aber sofort wieder. Sie schaute ihm tief in die Augen und sprach jedes Wort langsam und betont aus: „Richtig, Herr Kommissar: Und da habe ich ihm die Aufgaben besorgt. Lisa wusste ja, was mein Beruf war. Als stellvertretende Schulleiterin habe ich Mittel und Wege gefunden. Über die ich nichts sagen werde. Jetzt nicht und auch in Zukunft nicht. Meine Tochter hat mich einmal, ein einziges Mal, um einen Gefallen gebeten, und ich habe ihn ihr erfüllt. Fertig."

„Aber …?", fragte Hannah Mellrich in die sich anschließende Stille hinein. „Aber er ist aufgeflogen. Der Leon. Hat einen Kumpel eingeweiht. Der richtig gut in Mathe war. Und alles mit ihm vorher durchging, Aufgabe für Aufgabe. Und hat die Abiklausur mit elf Punkten bestanden. Elf! Der schulbekannte Versager in Mathe. Elf Punkte. Eine glatte Zwei!" Sie schüttelte den Kopf.

„Da konnte etwas nicht stimmen, das haben die an seiner Schule in München natürlich sofort gemerkt. Und dann fiel ihnen auch noch ein Fehler auf, der sich genauso auch bei seinem Freund fand. Dessen einziger in einer Vierzehn-Punkte-Klausur. Eine reine Flüchtigkeit. Umso auffälliger. Irgendein einfacher Rechenfehler. Einfach, aber ebendeshalb so auffällig. Hätten die Kollegen das Ganze doch auf sich beruhen lassen. Blöde Beamtenehre!" Schongauer rollte mit den Augen, sagte aber nichts. Seine ehemalige Kollegin sprach ungerührt weiter: „Dann haben sie die beiden in die Mangel genommen. Und der Kumpel hat alles gestanden. Sie haben ihm irgendeinen Deal angeboten. Dafür haben sie ihm sein Abitur nicht aberkannt. Nur Leon ist natürlich durchgeflogen. Mit Pauken und Trompeten."

Sie blickte auf, Empörung und tiefe Verwundung lag in ihren Augen. „Leon kannte aber meinen Namen nicht. Den hatte ihm Lisa nicht verraten. Sie wollte vermeiden, dass er eventuell direkt Kontakt mit mir aufnehmen würde. Das wollte sie unbedingt verhindern. Keine zweite, spät dazukommende Familie! Nur von Friedensberg wusste er. Woher auch immer. Und hat das den Kollegen in München gesteckt. Dass irgendwo hier die undichte Stelle gewesen sein musste."

Sie wandte sich an Schongauer: „So fragte man also bei Bertram nach. An seinem Gymnasium war eine Indiskretion passiert. Das ließ sich irgendwie nachweisen. An *seinem*, Bertram Geißendörfners Gymnasium! Am Domgymnasium von Friedensberg! Am honorigen KaRaGe! Bertram war außer sich vor Wut. Wollte umgekehrt alles dafür tun, den Skandal zu vertuschen. Alles durfte geopfert werden, nur nicht der gute Ruf seiner Schule. Eben: *seiner* Schule. Darum ging es ihm!"

Der Schulseelsorger wollte einen Einwand anbringen, aber sie gab ihm keine Gelegenheit: „Lass gut sein, Ulrich. Bitte dieses eine Mal kein ‚Ich sage immer'! So war es! Bertram ließ nicht locker. Fand heraus, dass ich es war, die die Abituraufgabe weitergegeben hatte. Ich, seine Vertraute, seine Trauzeugin, seine jahrzehntelange Wegbegleiterin. Doch, ich verstehe durchaus, dass er erschüttert war. Dass er mir nicht mehr in die Augen sehen konnte. Dass ich in seinen Augen eine Verräterin war. Verräterin an seinem Lebenswerk und unserer Vertrauensbeziehung."

Nun sprach sie eher zu sich selbst als zu den drei anderen in diesem kleinen Sanitätsnebenzimmer jener Schule, um die es ging. „Ja! Ja, das stimmt ja alles. Aber doch nicht grundlos! Ich versuchte, ihm meine Beweggründe zu erklären, aber er hörte nicht darauf. Hörte mich nicht einmal an. Ließ mich nicht ausreden. Wies mich aus seinem Dienstzimmer. Öffnete mir zu Hause seine Haustür nicht oder ließ sich durch Thea verleugnen. Das war demütigend. Das war seiner nicht würdig. Und meiner auch nicht."

Nun schaute sie wieder zu ihrem Nachbarn linker Hand: „Da habe ich dich, Ulrich, ins Vertrauen gezogen. Du hast mir zugehört, dafür bin ich dir immer noch dankbar." Sie nickte lächelnd zu ihm hinüber. „Und nur mit deiner Hilfe", fuhr sie fort, „haben wir ja dann eine Lösung gefunden. Nichts wurde öffentlich. Auch an der Münchner Schule und im Ministerium bestand höchstes Interesse daran, alles unter dem Mantel der Verschwiegenheit zu halten. So wenig Staub aufzuwirbeln wie möglich. Diskretion. Ich habe meinen vorzeitigen Ruhestand eingereicht. Und alles andere verlief im Sand. So war das. Jetzt wissen Sie es. Alles!"

Erleichtert atmete sie aus. Sie hatte sich etwas von der Seele geredet, das herausmusste. Nun sank sie förmlich in sich zusammen. Ulrich Schongauer legte seinen Arm um ihre zuckenden Schultern. Bernd Kellert und Hannah Mellrich blickten sich hilflos an. Was tun? Sie warteten ab. „Lisa hat mir das nie verziehen", murmelte Lilli Schildbach nach einiger Zeit. „Auch wenn es nicht meine Schuld war, dass die Sache ans Licht kam, machte sie mich dafür verantwortlich. Wir haben seitdem keinen Kontakt mehr. Und Leons Zukunft war natürlich endgültig verkorkst …"

„Haben Sie Ihrem Chef, also Herrn Geißendörfner, deswegen Vorwürfe gemacht? Gaben Sie Ihrerseits ihm die Schuld? Hätte er anders handeln können?", fragte Hannah Mellrich leise. ‚Hannah!', schimpfte Kellert innerlich – doch nicht drei Fragen auf einmal! Grundkurs Kommunikation, Regel 8.4!'

Lilli Schildbach waren solche Regeln offensichtlich egal. Nachdenklich blickte sie die Kriminalbeamtin mit neuem Interesse an. „Gute Frage, Frau Kommissarin!" ‚Aha, nichts mehr mit Kindchen', dachte Hannah Mellrich. „Vielleicht habe ich das, ja", entgegnete die ältere Frau nachdenklich. „Und vor allem: Ich war enttäuscht. Dass es plötzlich nur noch um den Ruf der Schule ging. Um seinen Ruf als Schulleiter."

Ihre Stimme wurde bitter: „Ich, ich hatte ihn doch an diese Schule gelotst. Ich, ich habe ihm all die Jahre den Rücken freigehalten. Was glauben Sie, wie viel ich gearbeitet habe? Immer in seinem Schatten. Das war auch gut so. Ich hätte es nicht anders gewollt. Aber dann hatte all das plötzlich gar kein Gewicht mehr. Null Komma nichts. Unsere Vertrauensbeziehung: mit einem Strich fort! Nein, das habe ich nicht erwartet. Das hätte man anders lösen können. Besser für alle Beteiligten. Ja, das bleibt eine Enttäuschung."

„Wut?", warf Hannah Mellrich ein. Lilli Schildbach lächelte bitter. „Ja, auch Wut. Deswegen war es dann ja auch richtig, den Kontakt einzustellen. Zur Schule, zu Bertram. Aber sehen Sie: Natürlich habe ich gegen ein Beamtengesetz verstoßen. Ein wichtiges. Das war mir gewissermaßen auch bewusst. Wenn Bertram gewollt hätte, hätte er mir richtig schaden können. Das hätte mich meinen Beamtenstatus kosten können, meine Pension. So gesehen hat er mich natürlich auch geschützt." „Richtig! Das darf man nun wirklich nicht aus den Augen verlieren", warf Ulrich Schongauer ein.

„Und vergessen Sie nicht" – Lilli Schildbach blickte die beiden Kriminalbeamten wieder mit klarem Blick an –, „das alles ist jetzt fast drei Jahre her. Mit der Zeit gewöhnt man sich an vieles. Nein, Zeit heilt nicht alle Wunden; ich möchte doch nur zu gern wissen, wer diesen blödsinnigen Spruch in die Welt gesetzt hat. Aber sie hilft, dass sie vernarben. Und das ist schon viel, glauben Sie mir!"

Sie wandte sich an Kellert: „Und jetzt würde ich gern nach Hause gehen. Ich bin ziemlich fertig. Wenn Sie nichts dagegen haben?" Hannah Mellrich blickte zu ihrem Chef. Was würde er sagen? „Tun Sie das, Frau Schildbach. Nichts spricht dagegen. Und Sie wissen ja: Spaß macht uns das nicht, Sie dazu zu bringen, all das zu erzählen. Wir *müssen* das erfragen, es gehört zu unserem Job. Ich hoffe, dass Sie das verstehen. Und: Danke, dass Sie es uns leicht gemacht haben!"

‚Ups', dachte die Kommissariats-Anwärterin. ‚Er lässt sie so einfach gehen? Und ist so freundlich? Das hätte ich nicht gedacht.' Ulrich Schongauer stand als Erster auf: „Soll ich dich begleiten, Lilli?", bot er an. Sie erhob sich ächzend, antwortete aber: „Nein, danke, das schaffe ich schon noch allein!"

# 31.

Da saßen sie nun im schäbigen Sanitätsraum des Karl-Rahner-Gymnasiums: Bernd Kellert und Hannah Mellrich. Sie schauten sich fragend an, hingen aber jeder den eigenen Gedanken nach. „Haben Sie das geahnt, Chef?", fragte die Kriminalbeamtin schließlich. „Nein, wirklich nicht", entgegnete Kellert. „Dass da irgendetwas noch nicht ausgesprochen war, das war uns ja klar. Aber *diese* Geschichte ..." Seine Gedanken verloren sich, ohne zu einem Schluss zu kommen. Hannah Mellrich fühlte sich nicht so besonders. Und das hatte seinen Grund. Die Geschichte, die Lilli Schildbach erzählte, ging ihr nah, näher, als es für sie gut war. Wie gut sie sie verstand. Auch wenn ihre eigene Biographie in entscheidenden Punkten anders verlaufen war.

Nach der Ausbildung an der Polizei-Fachhochschule war sie nach Speyer versetzt worden, auch eine Bischofsstadt. Noch kleiner als Friedensberg. Noch provinzieller. Ein wunderbarer Dom mit einem unscheinbaren Dorf darum herum, so hatte sie das in Erinnerung behalten. Aber es lag nicht weit von ihrer Heimat entfernt. Dort hatte sie sich in ihren Ausbilder verliebt, ihren Chef. „Eine banale Geschichte eigentlich! Aber wenn es deine eigene Geschichte ist, erlebst du sie anders. Ganz anders, glaube mir!", so hatte sie es einmal einer Freundin gegenüber zu erklären versucht.

Der Vorgesetzte war natürlich verheiratet. Sprach davon, seine Frau verlassen zu wollen. Und dachte dann gar nicht daran, das auch zu tun. Auch nicht, als Hannah Mellrich schwanger wurde. Aber sie lebte eben nicht mehr in der Oberpfalz der 1970er Jahre wie Lilli Schildbach, sondern mehr als vierzig Jahre später. Dass sie das Kind abtrieb, war für sie selbst wie auch für den Eben-dann-doch-nicht-Vater klar. Ohne große Überlegung. Die Operation selbst war auch kein schwieriger Eingriff. Banal, ärztliche Routine.

Für sie selbst aber war das Leben danach nicht mehr wie zuvor. Dass sich aus der Beziehung zu ihrem Ausbilder keine Lebensperspektive ergeben würde, das hatte sie immer schon geahnt. Vielleicht eine Zeit lang verdrängt. Aber dass sie ohne große Überlegung ein werdendes Leben ‚entsorgt‘ hatte – so kam es ihr vor –, das traf sie härter, als sie es sich gedacht hatte. Der Gedanke ließ sie nicht los und lähmte sie. In Speyer war an eine Verarbeitung all der Erfahrungen nicht zu denken. Also hatte sie sich nach längerem Nachdenken in das andere Bundesland beworben und war dann nach einer Zwischenstation in Friedensberg gelandet. Auf eigenen Wunsch.

Sie spürte, dass sie ihren Alltag hier wieder in den Griff bekam. Umgehen konnte mit den Belastungen, die für immer Teil ihres Lebens sein würden. Mit ihrem Chef, Bernd Kellert, kam sie gut aus. Sie hatte sich geschworen: Nie wieder eine Affäre mit einem Chef! Und bei Kellert mit seiner schroffen, aber transparenten Art, mit seiner Mischung aus Zurückhaltung und dosierter Zuwendung bestand diesbezüglich keine Gefahr. Zumindest von ihrer Seite aus. Manchmal, so schien es ihr, betrachtete er sie mit unklarem Blick aus den Augenwinkeln. No way! Gebranntes Kind scheut das Feuer. Oder hieß es ‚schürt das Feuer‘?

Und nun erzählte Lilli Schildbach ihre Geschichte. Hannah spürte, wie der Schutzpanzer, den sie sich zugelegt hatte, porös wurde. Ein kleiner Blitz war soeben hindurchgezuckt, mitten in ihr Herz, und hatte ihr kurzzeitig die Luft geraubt. Gott sei Dank hatte keiner der Anwesenden ihr kleines Unwohlsein bemerkt. Wie hatte Lilli Schildbach gesagt: „Es gibt Geheimnisse, die man besser verborgen hält.“ Wie wahr!

Plötzlich klopfte es an der Tür. Chef und Kommissariats-Anwärterin schreckten aus ihren Überlegungen hoch. „Ja?", rief Kellert halblaut. Thomas Brox, der Mitarbeiter im Direktorat, blickte vorsichtig in den kleinen Raum. „Ah, Sie sind noch da!", stellte er fest, während er eintrat. „Wir haben gehört, dass Sie ein Gespräch mit Frau Schildbach hatten. An diesem" – er deutete in einem Bogen auf das Sanitätszimmer – „doch recht ungewöhnlichen Ort. Und da wollten wir schon fragen, ob es etwas gibt, was wir als Schulleitung wissen sollten."

‚Aha, Frau Wiesmüller kommt nicht selbst. Schickt den Brox vor. Will sie die direkte Begegnung mit ihrer Vorgängerin vermeiden?', ging es Kellert durch den Kopf. Er wies dem Studiendirektor einen der frei gewordenen Stühle zu: „Setzen Sie sich doch, Herr Brox. Ja, bitte entschuldigen Sie. Ich weiß, ich hätte Sie und Frau Wiesmüller vorher von meinem kleinen Plan informieren sollen. Aber ich wollte, dass alles so spontan wie möglich ablaufen sollte. So ist nun einmal unser Geschäft. Nochmals: Ich hoffe auf Ihr Verständnis."

Brox hatte tatsächlich Platz genommen, nickte nun zögerlich und strich sich mit der linken Hand über den Dreitagebart. „Haben Sie denn Erfolg gehabt mit Ihrem ‚Plan'?" Kellert lächelte unergründlich und antwortete: „Wie man's nimmt. Ja, schon. Mehr kann ich aber im Moment noch nicht sagen." Damit musste Thomas Brox sich zufriedengeben, obwohl ihm diese Auskunft sichtlich nicht ausreichte.

„Wenn Sie schon einmal da sind, kann ich ja gleich noch eine Frage loswerden. Wie wird es denn eigentlich weitergehen, hier am KaRaGe?", fragte Kellert. „Wird Frau Wiesmüller das Direktorat auf Dauer übernehmen?" Thomas Brox zog eine schwer interpretierbare Grimasse. „Da bin ich überfragt", gab er zurück. „Aber dass die

Wiesmüller das übernimmt, das kann und will ich mir beim besten Willen nicht vorstellen."

Er zögerte, sprach dann aber doch weiter: „Normalerweise wird eine derartige Stelle ausgeschrieben, und zwar deutschlandweit. Und daraufhin schaut man, wer sich bewirbt. Jemanden zu nehmen, der aus dem Kollegium selbst kommt, ist eher ungewöhnlich. Obwohl es ja beim Geißendörfner so war, damals. Nein, üblicherweise kommt da jemand von außen. Von einer anderen Schule. Das ist auch besser so. Es braucht jemanden, der unabhängig ist von den alten Seilschaften, die es nun einmal in jeder Behörde gibt. Bei Ihnen ja auch, Herr Kommissar. Und wie ich den Laden hier so einschätze, wird das wahrscheinlich eher wieder ein Mann sein. Aber vielleicht geschehen ja doch noch Zeichen und Wunder. Mir ist es recht. Ich nehme es, wie es kommt."

## 32.

Thomas Brox hielt inne, war eigentlich schon fertig, schob dann aber doch noch einen Gedanken nach. „Nein, ich glaube gar nicht einmal, dass die Kollegin Wiesmüller sich überhaupt bewerben würde. Sie merkt ja jetzt, wie stressig das sein kann, eine Schule, diese Schule zu leiten. Als Hauptverantwortliche. Wie das an den Nerven zehrt. Und ihr Verhältnis zu vielen Kollegen ist eher angespannt. Das wäre auch nicht gut, denke ich. Na ja, und Ulrich, also Herr Schongauer, ist zu alt. Und der hat auch keinerlei Ehrgeiz in diese Richtung, da bin ich mir sicher. Er ist eher ein Seelsorger als ein Macher, wenn Sie verstehen, was ich meine."

Kellert nickte. „Und Sie selbst?", fragte Hannah Mellrich mit erstaunlich unschuldiger Miene. „Ich!?", lachte

Brox auf. Der Gedanke schien ihn wirklich zu erheitern. „Das wäre ja noch schöner! Ich und Schulleiter an einem kirchlichen Gymnasium! Wissen Sie: Meine Anpassung an das Establishment geht sowieso schon über alles Erträgliche hinaus. Wenn mein 20-jähriges Ich mich heute sehen würde! Das wäre mit mir nicht sehr zufrieden, glaube ich."

Wieder lachte er in sich hinein. „Ich war mal politisch sehr aktiv. Früher. Nicht bei unserer Staatspartei, das werden Sie sich denken können. Dass ich heute hier arbeite, ist eigentlich jetzt schon ein Treppenwitz meiner Biographie. Nein, darauf gebe ich Ihnen mein Wort – und das tue ich nicht oft: Ich werde mich da nie und nimmer bewerben. Lieber in der zweiten Reihe bleiben und dort, so gut es geht, wirken. Wer immer als Chef kommen mag."

Brox beruhigte sich wieder und schaute die beiden Kriminalbeamten an. „So, dann hätten wir das auch geklärt", kommentierte er in ganz anderer Tonlage. „Und Sie", setzte der Lehrer nach, „haben Sie für heute noch weitere ‚Pläne' oder Aktionen? Hier vor Ort, meine ich."

„Haben wir?", gab Kellert die Frage an seine Mitarbeiterin weiter. Hannah Mellrich blickte ihm kurz in die Augen – inzwischen beherrschte auch sie das kellertsche Spiel der wortlosen Kommunikation – und wandte sich dann Brox zu: „Nein, Herr Brox, ich denke, dass wir hier fertig sind."

„Aber vielleicht könnten Sie uns kurz den Kollegen Bedlinger vorbeischicken. Dauert nicht lange, versprochen", fügte Kellert dann doch noch an.

Dass Thomas Brox mit diesen Auskünften alles andere als zufrieden war, ließ er sich deutlich anmerken. Aber er fügte sich. „Was wollen Sie denn von dem?", fragte er wie nebenbei, während er sich erhob. „Von seinem Konflikt mit dem Chef, also mit Dr. Geißendörfner, haben Sie ja längst gehört." Kellert stutzte. „Konflikt?", setzte er nach.

„Etwa nicht?", wunderte sich Brox. Hannah Mellrich lächelte den Lehrer freundlich an und bat ihn: „Am besten, Sie bringen uns einfach kurz auf den Stand, oder?" Brox seufzte und setzte sich wieder. „Ach da gibt es nicht viel zu sagen", sagte er. „Ein Bild von Bedlinger werden Sie sich ja längst gemacht haben. Das ist ja auch nicht so schwer. Für Sie. Für uns schon. Ein Problem, dass die Schule seit Jahren, ach, was sage ich: Jahrzehnten mit sich herumschleppt. Solche – sagen wir es offen – unfähigen Kollegen gibt es nun einmal. Wird es immer geben."

„Aber welchen Konflikt haben Sie denn gerade konkret gemeint?", hakte Hannah Mellrich nach. Ihr offenes Lächeln löste den zuvor offen zu Tage getretenen Widerwillen des Mitarbeiters der Schulleitung. ‚Gut, Hannah!', lobte ihr Vorgesetzter in Gedanken. Brox zog eine Grimasse: „Das Übliche. Der Chef muss alle Kollegen in einem Fünfjahresrhythmus begutachten. Mit Noten und Eignungsvorschlag. Einige zur Beförderung vorschlagen. Und jeder Kollege darf diese Einschätzungen lesen. Das gibt natürlich ständig Ärger."

Er verdrehte die Augen. „Und Bedlinger, unser Torsten, hält sich natürlich für einen echt guten Pädagogen. Oder tut zumindest so. Er hat gegen die letzte Einstufung geklagt. Die tatsächlich sämtliche Beförderungen unmöglich gemacht hat. Völlig zu Recht! Denn darin hat der Chef nur ganz realistisch geschrieben, was alle wissen. Außer Bedlinger selbst. Machen Sie einem unfähigen Lehrer einmal klar, dass er unfähig ist! Manche arbeiten an sich. Besuchen Fortbildungen oder Coachings. Nehmen an professionellen Supervisionen teil. Versuchen, Ratschläge anzunehmen und aufzugreifen.

257

Andere verweigern sich. Wenige klagen. Ganz selten gibt es Drohungen."

„Und Bedlinger?", warf Kellert ein, als Brox nicht weitersprach. „Ja, unser Torsten hat beides: geklagt und gedroht; mehrfach, lauthals: dass und wie er Geißendörfner schaden würde. Hat Ihnen das wirklich noch niemand erzählt? Unfassbar. Das ist doch kein Geheimnis in der Schule. Na ja ..." – er hielt inne – „der ist natürlich völlig harmlos. Was bleibt dem wehrlosen Hund in der Notlage? Er bellt! Torsten Bedlinger ist natürlich letztlich ein armer Hund. Der das gekonnt, wenn auch allzu durchschaubar, überspielt."

„Völlig harmlos, sagten Sie", griff Hannah Mellrich ein. „Sind Sie sich da sicher?" „Ja klar", erwiderte Brox. „Das denken ja offensichtlich alle. Sonst hätte man Ihnen davon doch längst berichtet. Genau das ist ja das eigentlich Tragische: dass man den guten Torsten nicht ernst nehmen kann. Auch die Schüler nicht!"

„Hm", brummte Kommissar Kellert vor sich hin, bevor er Thomas Brox endgültig verabschiedete. Wenig später trat auch schon Torsten Bedlinger ein, der Besitzer des legendären ‚Toto', mit dem Dr. Geißendörfner getötet worden war. ‚Ist das etwa immer noch dieselbe beige Cordhose, die er schon letzte Woche getragen hat?', fragte sich Kellert.

Der wie stets nachlässig gekleidete und unordentlich frisierte Lehrer grinste sie an: „Hey, ich bin schon lange nicht mehr aus dem Unterricht geholt worden. 8a, da ist man für jede Minute dankbar, die man nicht unterrichten muss. Bitte, kommen Sie doch jede Woche zu dieser Zeit! Was gibt es denn?" „Nur eine kleine Frage, Herr Bedlinger", gab der Kommissar zurück. „Wir wollen dem Lernfortschritt Ihrer wissbegierigen Schüler nicht länger im Weg stehen als unbedingt erforderlich. Wenn wir richtig informiert sind, verfügen Sie über gleich zwei Schulschlüssel. Das wundert uns. Und da wüssten wir schon gern, warum das so ist."

Bedlinger lachte, dabei sah man seine schiefe vordere Zahnreihe. „Ach, kommt mir endlich doch jemand auf die Schliche?" Wieder lachte er in sich hinein. Dann beugte er sich theatralisch erst zu Hannah Mellrich, die ja durch Kellerts ‚wir' mit einbezogen war, dann zum Fragesteller: „Werte Dame, werter Herr: Sie haben Unrecht und Recht zugleich. Ja, ich bin offiziell Besitzer zweier Schulschlüssel. Aber nein: Ich verfüge nur über einen."

Kellert hasste solche Inszenierungen: „Geht das auch ein bisschen genauer?", fragte er in etwas schärferem Ton als zuvor. Bedlinger verstand den Hinweis. Er seufzte: „Jaja, schon gut. Ganz einfach. Ich habe den ersten verloren. Schon vor einigen Jahren. Da war der Hausmeister – doch: Ich glaube, das war damals schon der Kaminski – längere Zeit krank. Ich habe einen neuen beantragt. Und im seinerzeitigen Durcheinander, das ohne den Hausmeister überall herrschte, hat niemand nachgefragt, ob ich nicht längst einen hätte. Niemand. Bis heute."

Er schüttelte den Kopf und blickte die Kriminalbeamten Einverständnis heischend an: „Das ist ja auch besser so: Wenn offiziell bekannt würde, dass ein Schulschlüssel abgängig ist, müssten sämtliche Schlösser und Schlüssel ausgetauscht werden, so ist die offizielle Vorgehensweise. Das will doch niemand. Ist auch sauteuer. Dafür haben wir Lehrer zwar eine Versicherung, aber all der Aufwand! Das muss doch nicht sein. Was soll schon groß passieren? Da ist halt ein Schlüssel nicht mehr da. Man erkennt doch gar nicht, für welche Schlösser der eigentlich gemacht wurde, wenn man ihn so zufällig findet. Ich kann mir einfach nicht vorstellen, dass den jemand gefunden hat, der ihn dann auch verwendet. Wofür denn auch?"

‚Ich könnte mir das schon vorstellen, mein Lieber', dachte Kellert, behielt den Gedanken aber für sich. „Sie verpfeifen mich doch nicht, oder?", fragte Bedlinger grinsend. Ohne eine Antwort zu erhalten, wurde er in seine Klasse zurückgeschickt. Nicht dass er sich dabei sonderlich beeilt hätte.

„Mist!", knurrte Kellert. „Die Frage nach den Schlüsseln führt uns nicht weiter. Eine Sackgasse. Die Zahl derer, die ohne große Mühen an einen Schulschlüssel gelangt sein können, lässt sich kaum begrenzen. Schade! Sehr schade! Eine Sackgasse." Er blickte zu Hannah Mellrich hinüber. „Und trauen Sie ihm den Mord an seinem Chef zu? Aus gekränkter Eitelkeit? Aus dem Gefühl heraus, nicht gewürdigt zu werden? Ich weiß nicht."

„Ich auch nicht, Chef", gab die Polizistin zurück. „Aber sagen nicht gerade Sie immer, dass man keine Denkmöglichkeit ausschließen soll? Sich nicht von persönlichen Eindrücken leiten lassen soll?" „Stimmt, Hannah, stimmt", räumte Kellert ein und strich sich übers Kinn. „Keine Akte zu früh schließen!" Er rieb sich die Augen und fuhr dann fort: „So ist das nun einmal in unserem Job. Du hast eine Idee, aber sie führt zu keinem klaren Ergebnis. Das ist der Alltag, Hannah. Anders als Sie das von Ihrer Ausbildung her kennen. Oder vom ‚Tatort' im Fernsehen oder von anderen Polizeiserien. Da bleiben uns nur zwei Dinge: die Suche nach einer Klärung des noch offenen Befundes oder eine neue Idee."

„Aber die muss man erst einmal haben, Chef", gab seine Mitarbeiterin zurück. „Und ich wundere mich schon, woher Sie die immer nehmen." Kellert lächelte matt. „Routine. Und Erfahrung. Und beten, würde der werte Herr Schongauer wohl anfügen. Mir reicht manchmal ein Geistesblitz. Woher auch immer der kommen mag. Nur: Im Moment blitzt da nichts. Funkstille. Also: auf ins Büro!"

## 33.

Am späten Dienstagnachmittag saßen sie also alle drei an ihren Schreibtischen, lasen Mails, sortierten Post, schrieben Protokolle, erledigten alle möglichen Routinearbeiten – um sich nur nicht ihre Hilflosigkeit einzugestehen. Sie steckten fest. Kellerts Diensttelefon klingelte. Das Display zeigte einen Anruf von Lena Winter-Drexler, der Kommissariats-Sekretärin, an. „Ja?", meldete sich Kellert in aller Knappheit. Er lauschte einige Sekunden lang in den Hörer, nickte unnötigerweise, sprach dann aber: „Gut, sie soll reinkommen!"

„Frau Geißendörfner!", informierte er seine beiden Mitarbeiter. Unmittelbar darauf betrat Thea Geißendörfner das Dienstzimmer so, wie Dominik Thiele sie seinem Chef beschrieben hatte: als nicht mehr ganz junge, aber stilvoll auftretende Dame. Grazil, perfekt geschminkt, geschmackvoll gekleidet, ohne den Eindruck von Extravaganz. Nur das kaum erkennbar silbern aufblitzende Hörgerät am rechten Ohr störte. Wohlgesetzte Schritte, ein freundliches Lächeln, eine dezente Begrüßung.

Kellert stellte sich selbst und Hannah Mellrich vor und bat die Besucherin dann, Platz zu nehmen. Thiele nickte ihr zu, um sie an ihr Gespräch zu erinnern. Sie erkannte ihn ganz offensichtlich und lächelte zurück. „Was führt Sie denn zu uns?", fragte Kellert. „Ich nehme an, dass Sie den Täter noch nicht ermittelt haben, sonst hätten Sie mir sicherlich etwas davon mitgeteilt", eröffnete Thea Geißendörfner das Gespräch. Kellert nickte. „Leider", gab er zu.

„Für mich und meine Familie stellt sich nun natürlich die Frage, wann Sie den Leichnam freigeben. Wann wir Bertram beerdigen können. Ich soll mich da direkt an Sie als leitenden Kommissar wenden, hat man mir gesagt." Sie lächelte Kellert bittend an: „Verstehen Sie: Erst dann kann man so richtig damit beginnen, alles zu verarbeiten. Solange das nicht geschehen ist, denkt man immer nur daran, was alles noch zu erledigen ist. All die praktischen Dinge: Einladungen, Anzeigen und so fort. Die Begräbnisstätte seiner Familie liegt ja drüben auf dem alten Hauptfriedhof. Drei Generationen von Geißendörfners liegen da begraben. Nicht in meinen schlimmsten Träumen hätte ich gedacht, dass so früh die vierte dazukommt."

Kellert beugte sich ihr entgegen und bemühte seine sanfteste Stimmvariante: „Ja, das verstehe ich gut. Ich werde Sie auch nicht unnötig warten lassen, das verspreche ich Ihnen, Frau Geißendörfner. Die Gerichtsmedizin stellt noch einige Nachuntersuchungen an, das kann aber nicht mehr lange dauern. Um ein wenig, wirklich ein wenig Geduld muss ich Sie noch bitten. Ich danke Ihnen für Ihr Verständnis."

Thea Geißendörfner hatte den Kopf zur Seite geneigt, um mit ihrem gesunden Ohr hören zu können. Nun kniff sie die Lippen zusammen, lächelte und erhob sich. Aber Kellert hielt sie zurück: „Ach, Frau Geißendörfner, wenn Sie denn schon einmal da sind. Was ich noch nicht so ganz durchschaue, ist das Verhältnis zu Lilli Schildbach, Ihrer Trauzeugin, der Mitarbeiterin Ihres Mannes über so lange Zeit. Was würden Sie sagen: War das Freundschaft?"

Sie seufzte, setzte sich wieder und blickte ihn nachdenklich an: „Hm, Freundschaft! Was meinen Sie: Meine Beziehung zu Lilli oder die von Bertram zu ihr? Im Übrigen war sie keineswegs *meine* Trauzeugin, sondern Bertrams. Mein

Trauzeuge war mein Bruder. Also: Was genau wollen Sie wissen?"

Kellert hatte eher aus einem Instinkt heraus nachgefragt. Ja, was wollte er eigentlich wissen? „Ihre! Ihre Beziehung zu Lilli Schildbach, die interessiert mich", erwiderte er zur Verwunderung seiner Gesprächspartnerin. „Ich nehme an, dass Sie sich intensiv in Bertrams Vergangenheit eingearbeitet haben", gab Thea Geißendörfner nach kurzem Nachdenken zurück. „In sein Leben. Dann sage ich Ihnen nichts Neues: Sie kannten sich ja schon längere Zeit, Bertram und Lilli, als ich meinen Mann kennenlernte."

Sie lächelte undurchschaubar: „Und doch, ja: Die hatten eine enge Beziehung. Ein freundschaftliches Verständnis füreinander. In dem ich weder einen Platz hatte noch haben wollte. Ehrlich gesagt: Wir waren uns nie besonders nah, Lilli und ich. Ohne einander feindlich gesinnt zu sein. Incompatibility of character nennen die Engländer das. Vielleicht war sie früher ein bisschen in den Bertram verliebt. Mag sein. Aber von seiner Seite aus waren die Grenzen immer klar. Das weiß ich mit Sicherheit."

Sie überlegte kurz, drehte ihre bis dahin auf dem Tisch ruhenden Handflächen nach oben und fügte dann an: „Dann kam ja die fürchterliche Sache mit ihrem Enkel. Weswegen sie die Schule frühzeitig verlassen musste. Das werden Sie ja inzwischen herausgefunden haben. Seitdem hatten wir jedenfalls keinerlei Kontakt mehr." „Wie, Sie wissen davon?", unterbrach Kellert ihre Rede verblüfft und fügte an: „Das sollte doch ein Geheimnis bleiben, oder etwa nicht!?"

Dieses Mal wirkte Thea Geißendörfners Lächeln überlegen. „Aber natürlich wusste ich davon, was denken Sie denn?", entgegnete sie. „Wir waren verheiratet, Bertram und ich. Wir hatten keine Geheimnisse voreinander. Über alle Konflikte und Krisen hinweg, die es ja nun einmal in jeder Ehe gibt. Und die Sache damals hat ihn heftig mitgenommen, das können Sie mir glauben. Da brauchte er mich als Vertraute und Ratgeberin. Immerhin ging es ja auch um seinen, um unseren Sohn." Die drei Kriminalbeamten schauten sich verwirrt an. Hatten sie da etwas falsch verstanden? „Jetzt weiß ich nicht genau, ob ich Sie richtig verstanden habe, Frau Geißendörfner. Wieso denn um *Ihren* Sohn?" Die Frau auf dem Stuhl legte entsetzt die Hand vor den Mund. „Ach Gott, habe ich jetzt etwas ausgeplaudert, was Sie noch gar nicht wussten?"

Kellert blickte sie streng an, seine Stimme war nun nicht mehr so sanft wie zuvor: „Sagen Sie uns bitte, was Sie wissen. Was *wir* wissen oder nicht, das lassen Sie bitte unsere Sorge sein. Also: Wie war das mit Ihrem Sohn?"

Sie stotterte, die Lage war ihr sichtlich unangenehm. Aber sie entschloss sich, dem Kommissar zu antworten. „Nun ja: Benedikt, unser Jüngster. Dem war Friedensberg ja schon als Schüler zu eng geworden. Überall wurde er nur mit seinem Vater und mit der ganzen Familientradition identifiziert. Oder mit den älteren Geschwistern. Das war ihm irgendwann einfach zu viel. Alle erwarteten von ihm, dass er in die großen Fußspuren seiner Vorgänger treten würde. Großvater, Vater, Brüder. Das ließ ihm keinen Raum zur Selbstentfaltung."

Sie ließ den Bogen der Erinnerungsbilder an ihrem inneren Auge vorüberziehen und fuhr dann fort: „Benedikt hat dann die Oberstufe an einem Münchner Gymnasium absolviert. Da kannte ihn keiner. Da war er nur er selbst. Und hat bei Horst, einem Bruder von Bertram, gelebt. Die haben ja keine eigenen Kinder, der Horst und die Inge. Das war denen sehr recht. Die haben den Benedikt doch behandelt wie einen eigenen Sohn.“

„Und?“ Kellerts Blick konnte schon furchterregend sein, fand Hannah Mellrich. Die sofort gespürt hatte, dass sie hier nur die passive Beobachterin sein konnte. Dies war ein Chef-Spiel. Exklusiv. „Sie wissen das wirklich nicht, oder?“, fragte Thea Geißendörfner nach, traf aber auf die starren Augen des Kommissars und redete deshalb weiter.

„Benedikt war doch der Freund von diesem Leon. Diesem Enkel von Lilli. Aber das wusste damals ja niemand. Dass dieser Leon der Enkel von Lilli war. Das konnte ja keiner ahnen. Meine Güte, wir wussten doch damals nicht einmal, dass die Lilli überhaupt ein Kind hatte. Das hatte sie nicht einmal Bertram verraten. Bei aller Nähe. Das war ihr ganz persönliches Geheimnis. Und erst recht wusste man nichts von einem Enkel. Das hat sich dann doch alles erst später herausgestellt.“

Nun war es an Kellert, verblüfft zu sein: „Wie: *Ihr* Sohn hat damals diesem Leon das Abitur gerettet, beziehungsweise eben nicht, als alles herauskam. Das war Ihr Sohn?“

„Ja, das sage ich doch die ganze Zeit!“, gab Thea Geißendörfner zurück. „Und er studiert ja jetzt Mathematik. Ist in München geblieben. Er ist wirklich begabt, der Benedikt.“

Kellert blitzten verschiedene Gedanken durch den Kopf. „Aber dann hat Ihr Mann damals ja nicht nur die Täuschung von diesem Leon aufgedeckt, sondern gleichzeitig seinen eigenen Sohn geschützt. Der hätte doch auch durch das Abitur fallen müssen. Wegen Täuschung. Weil ja auch er die Aufgaben vorher kannte.“

Thea Geißendörfner schüttelte unwirsch den Kopf. „Das ist schon richtig, Herr Kommissar, aber die beiden Fälle waren doch überhaupt nicht miteinander vergleichbar. Benedikt hatte in allen Vornoten fünfzehn Punkte. Fünfzehn! Die Höchstzahl. Der war in Mathematik immer schon perfekt. Da gab es keine Vorteilsnahme. Und dieser Leon hat ihn ja dazu gedrängt, ihm zu helfen, hat ihn richtiggehend erpresst. Er wusste irgendetwas in Sachen Drogen, so genau habe ich das nicht mehr in Erinnerung. Oder bewusst vergessen." Sie wischte den Gedanken beiseite. „Bertram hat das dann regeln können. Aber verstehen Sie: Nur im Sinne einer gerechten Lösung. Was hätte Benedikt denn tun sollen, wenn ihn sein Freund bittet? Und ihm vielleicht droht, etwas wirklich Unangenehmes über ihn zu verraten?" Kellert hob beschwichtigend die Hand und erwiderte: „Wer bin ich, dass ich darüber urteilen würde, Frau Geißendörfner? Was mich viel mehr interessiert: Wusste Frau Schildbach, dass ausgerechnet Ihr Sohn der Freund ihres Enkels war, der damals in diese Sache verwickelt war?"

Thea Geißendörfner überlegte, schüttelte dann den Kopf. „Nein. Das glaube ich kaum. Woher denn? Bertram hat ihr das bestimmt nicht verraten. Die ganze Angelegenheit wurde ja damals in höchster Geheimhaltung abgewickelt. Niemand wollte das an die große Glocke hängen. Da hätte es ja nur Verlierer gegeben: das Ministerium, das eine solche Panne zulässt. Die Schulen, die das nicht verhindert haben. Die Schüler und Lehrer, die beteiligt waren."

Sie sprach nun sehr überzeugt: „Nein! Keiner hatte ein Interesse, die Sache öffentlich zu machen. Das war dann eben *unser* Geheimnis. Warum sollten wir nicht auch eines haben dürfen? Und die Geheimhaltung hat dann ja auch sehr gut funktioniert über all die Jahre. Also, zu Ihrer Frage: Nein, das wusste Lilli bestimmt nicht. Und was hätte ihr das auch geholfen? Wir haben ihr nichts wirklich Wichtiges vorenthalten. Wir müssen uns da nichts vorwerfen. Gar nichts!"

Thea Geißendörfner hielt inne und dachte darüber nach, was sie gerade gesagt hatte. Ob ihr bewusst war, dass der Ton ihrer Rede einen direkten Widerspruch zu deren Aussage bildete? So kam es allen im Raum vor. Außer ihr selbst. Oder doch nicht? Wie zu sich selbst fügte sie hinzu. „Tragisch ist das schon mit diesem Leon. Auch wenn man ihn nicht kannte. Er ist dann ja völlig abgestürzt. War wohl schon vorher ein schwieriger Mensch, schon als Jugendlicher. Was Benedikt ausgerechnet mit so jemandem verbunden hat? Das bleibt mir ein Rätsel. Nun, dieser Leon: Hat dann völlig den Boden unter den Füßen verloren. Und sich dann ja auch umgebracht. Schrecklich!"

Wie elektrisiert fuhr Kellert auf: „Wie, selbst umgebracht?" „Ach, das wissen Sie auch nicht?", entgegnete Thea Geißendörfner kühl. „Hat Ihnen Lilli das nicht erzählt? Nun ja, verständlich. Der eigene Enkel. Auch wenn sie ihn, glaube ich, nicht ein einziges Mal persönlich kennengelernt hat."

Unvermutet mischte sich Hannah Mellrich in das Gespräch. Ein Gedanke ließ sie nicht los, sie musste diese Frage stellen. Jetzt. „Wann? Wann hat sich dieser Leon das Leben genommen?" Kellert blickte sie verwundert an. War das jetzt wichtig? Überrascht drehte sich aber auch Thea Geißendörfner zu ihr um. Sie stellte Hannahs Berechtigung, das Wort zu ergreifen, nicht in Frage. „Habe ich das nicht gesagt? Vor drei Wochen. Deswegen weiß ich das alles ja noch so genau. Wir haben natürlich lange darüber gesprochen, Bertram und ich. Aber was will man da machen?"

Dominik Thieles Augen weiteten sich. Hannah Mellrich blickte zufrieden vor sich hin, als würde sie denken: ‚Habe ich es mir doch gedacht!' Und Bernd Kellert pustete hörbar durch. „Ja dann: danke, Frau Geißendörfner. Sie hören von uns. Keine Sorge, Sie werden Ihren Mann bald beerdigen können." Kaum dass ihr Besuch den Raum verlassen hatte, rief er seinen beiden Mitarbeitern zu: „Jetzt müssen wir noch was klären, stimmts? Also auf, auf!"

## 34.

Zu ihrer Überraschung öffnete ihnen Ulrich Schongauer die Tür von Lilli Schildbachs Haus. Der Priester war seinerseits mehr als verwundert, dass die drei Kriminalbeamten ungeduldig darauf warteten, das Haus betreten zu können. „Sie? Aber was gibt es denn noch? Und dann gleich zu dritt?", fragte er erstaunt. „Darf ich zurückfragen: Was machen Sie eigentlich hier?", entgegnete Kellert ohne große Höflichkeit, während er an Schongauer vorbei in den Flur des Hauses drängte, ohne auf eine Antwort zu warten.

Lilli Schildbach saß in ihrem Stammsessel im Wohnzimmer, hatte sich ein feuchtes Tuch auf die Stirn gelegt und den Kopf zurück in den Nacken gelegt. Auf ihrem Schoß schnurrte Pucki, ihre Katze. Erschrocken blickten Frauchen wie Tier fast synchron auf, als die drei Kriminalbeamten das Wohnzimmer betraten, gefolgt von dem überaus besorgt blickenden Schulseelsorger.

„Ulrich war so freundlich, mich dann doch nach Hause zu begleiten. Mir ist nicht so gut, wie Sie sehen", erklärte sie mit belegter Stimme, wies ihnen aber doch die freien Plätze auf Sofa und Sesseln zu. „Schön, wenn man sich in der Not auf seine Freunde verlassen kann", fügte sie mit dankbarem Blick auf Ulrich Schongauer hinzu. Der lächelte zurück.

Vorwurfsvoll schaute die Hausherrin dann jedoch auf Bernd Kellert, der die Einladung zum Platznehmen genauso angenommen hatte wie seine beiden Mitarbeiter: „Aber was, um Gottes Willen, ist denn schon wieder so wichtig? Was wollen Sie denn noch von mir wissen? Haben Sie nicht schon genügend überaus schmerzhafte Erinnerungen aufgewühlt? Mir reicht das für einen Tag! Ach was: für einen ganzen Monat!"

Kellert sah ihr nachdenklich in die Augen. Sie wich seinem Blick aus. „Wir wären jetzt auch lieber woanders, Frau Schildbach, wirklich", begann er langsam. „Wirklich", wiederholte er. „Aber wir haben Informationen erhalten, die uns dazu zwingen, Sie noch einmal zu belästigen." „Und das gleich zu dritt?", fragte Schongauer erneut nach, dem die Situation nicht geheuer war. „Das müssen Sie schon uns überlassen", gab Kellert überraschend scharf zurück.

„So, Informationen", wiederholte Lilli Schildbach, nahm mit der rechten Hand das feuchte Tuch von der Stirn und wischte mit der linken die Katze von ihrem Schoß. „Und die wären?" ‚Plötzlich sieht sie müde aus. Müde, resigniert und alt', dachte Hannah Mellrich. „Geben *Sie* sie mir! Sie wissen doch genau, wovon ich rede", forderte Bernd Kellert. „Und dieses Mal bitte endlich lückenlos!"

Sie schnaubte resigniert: „Lückenlos! Wie soll das denn gehen, Herr Kommissar? Immer wählt man aus. Immer lässt man etwas weg. Immer täuscht einen die Erinnerung. Immer verändert und erfindet man etwas. Kommen Sie, das wissen Sie doch! Sagen Sie mir klipp und klar, was Sie wissen wollen! Keine Spielchen, Herr Kommissar! Bitte!"

‚Also gut', dachte Bernd Kellert. ‚Dann eben so.' Er äußerte nur ein einziges Wort: „Leon!" Lilli Schildbach zuckte zusammen, ihre Augen weiteten sich, sie presste die Lippen aufeinander, bis sämtliche Farbe aus ihnen gewichen war, äußerte aber kein Wort, nicht einmal eine einzige

Silbe. Keiner sagte etwas. Die Spannung war in der Luft zu spüren. Augen suchten sich, trafen sich, blickten fort. Selbst Pucki wurde unruhig. Die Katze hatte sich vor den Füßen ihrer Besitzerin zusammengekugelt, fühlte sich aber plötzlich dort unwohl, blickte aufmerksam hoch, streckte sich, machte einen Buckel und verließ das Wohnzimmer mit wohlgesetzten Schritten ihrer Katzenpfoten.

Kellert bohrte nach, dieses Mal mit zwei Worten: „Benedikt Geißendörfner!" Lilli Schildbach senkte den Blick, legte den Kopf in die Hände und begann hemmungslos zu schluchzen. Ulrich Schongauer, der zuvor auf einem Stuhl im Hintergrund gehockt hatte, stand eilends auf, setzte sich neben sie und legte ihr den Arm um die Schultern. Er blickte mit vorwurfsvoller Miene auf den Kommissar und schien selbst von der gesamten Situation völlig überrascht zu sein.

Auf einmal ließ die ehemalige Lehrerin alle Spannung und Selbstbeherrschung fallen, sackte in sich zusammen und weinte hemmungslos an der Schulter des Seelsorgers. Zwei Minuten, drei.

„Also gut", murmelte sie dann, wischte sich über die Augen, lehnte sich zurück und schüttelte Schongauers Arm von ihren Schultern. „Dann wissen Sie ja tatsächlich schon alles. Ja, Leon hat sich umgebracht. Leon, der Enkel, den ich nicht ein einziges Mal gesehen habe. Ja, Lisa, meine Tochter, die ich weggegeben und verleugnet habe, ist völlig verzweifelt. Und hat sich endgültig von mir losgesagt. Will keinen Kontakt mehr, nie mehr. So ist das, mein Leben. Eine einsame Witwe. Mit Katze, haha! Aber ohne Beruf und ohne Familie. Ein Scherbenhaufen."

„Wie haben Sie denn vom Suizid Ihres Enkels erfahren?", fragte Hannah Mellrich. „Sie hatten doch zu Ihrer Tochter und deren Sohn gar keinen Kontakt, oder?" Müde wandte sich die Angesprochene der Kriminalbeamtin zu. „Benedikt war hier, Bene. Vor zwei Wochen. Bene Geißendörfner. Den kenne ich doch schon seit seiner Geburt. Den habe ich doch aufwachsen sehen, bei ungezählten Familien- und Schulfeiern. ‚Tante Lilli‘, sagt der zu mir. Immer noch!"

Sie wischte sich wieder über die Augen. „Jetzt, da Leon tot ist, hat er mir die ganze Angelegenheit erzählt. Diese ganze Sache, von der ich ja keine Ahnung hatte. Dass er, ausgerechnet er, Bene, dieser Freund von Leon war. Dass er, ausgerechnet er, mit ihm vor dem Abi die Matheaufgaben durchgerechnet hat. Dass er den Kontakt zu Leon auch danach nie verloren hat, obwohl der völlig abgestürzt war. Dass er Leon nie gesagt hat, wer seine Großmutter ist. Wer *ich* bin. Dazu hatte Bertram ihn in aller Dringlichkeit verpflichtet."

Lilli Schildbach rieb sich die Stirn und setzte ihre tonlos vorgetragene, wie teilnahmslos abgespulte Rede fort: „Dass er, Bene, alles getan habe, um Leon zu helfen. Aber vergeblich. Dass sich Leon auch von seiner Mutter nicht mehr helfen ließ. Von Lisa. Meiner Lisa." Sie versank in Schweigen.

„Ja, und dann wurde mir vieles klar. Warum mich Bertram von Anfang an nicht anhören wollte. Warum er damals nichts für Leon tun wollte. Plötzlich fügten sich die Bilder zusammen. Mit deren Unschärfe ich jahrelang gelebt hatte. Ohne mich daran zu stören. Die ich eben so hingenommen hatte."

Als spürte sie selbst einen möglichen Einwand, erwiderte sie: „Doch, das hätte Bertram gekonnt, wenn er nur gewollt hätte! Etwas tun für Leon. Für Lisa. Für mich. Aber er brauchte Leon, meinen Leon: als Bauernopfer, damit er seinen Benedikt aus der Sache heraushalten konnte. Es ging gar nicht um mich, um meinen ‚Verrat', wie er das ja damals so großtönend genannt hatte. Gott, wie blöd war ich denn?! Als sei ihm die Beziehung zu mir so wichtig! Um seinen Sohn ging es ihm. Und um den Ruf seiner, unserer Schule. Alles andere war ihm egal: Ich. Leon. Lisa."

„Und das hat Sie wütend gemacht!", schaltete sich Hannah Mellrich ein. ‚Gut, Hannah. Gut gemacht', dachte Kellert. ‚Komm, übernimm!' Denn tatsächlich, Lilli Schildbach wandte sich der Kriminalbeamtin zu. „Ja, das hat mich wütend gemacht. Richtig wütend. Aber so von Frau zu Frau: Wären Sie da nicht auch wütend geworden? Zu viel ist zu viel, das muss man doch verstehen!"

„Und da …", nahm Hannah Mellrich den Faden auf, ohne sich selbst zum Thema zu machen. Sie spürte selber, dass sie jetzt eine bessere Gesprächspartnerin für Lilli Schildbach war als ihr Chef. „Da wollte ich mit ihm reden. Mit Bertram. Nach all den Jahren. Endlich das Gespräch führen, das er mir jahrelang verweigert hatte. Eine offene Aussprache. Aber jetzt mit allen Fakten, allen Karten auf dem Tisch. Alles! Ohne Ausnahme! Das war er *mir* schuldig. Das war er Leon schuldig, auch wenn er ihn gar nicht gekannt hat. Das habe ich gefordert. Gefordert, nicht erbeten!"

„Aber …" Mehr als diesen Impuls der Polizistin brauchte es nicht. „Tja, Bertram, der Chef. Bertram, der Freund. Bertram, der Souveräne. Bertram, der in der Öffentlichkeit Hochgeschätzte. Bertram, der Gerechte. Nichts von alledem. Er hat gekniffen. Er hat mir das Gespräch verweigert. Erst habe ich ihm einen Brief geschrieben, er hat ihn ignoriert. Dann schrieb ich eine Mail, keine Antwort."

Lilli Schildbachs Gesicht hatte sich mehr und mehr gerötet, als erlebte sie die Demütigungen und Zurückweisungen noch ein weiteres Mal. Als wiederholte sich alles in Echtzeit.

Jetzt. Hier. „Dann habe ich telefoniert. Er ging aber nicht an den Apparat. Das Ganze wiederholte sich. Mehr als einmal. Schließlich ließ er sich am Telefon von der Schulsekretärin verleugnen. Von der neuen, die meine Stimme nicht erkannte, nicht erkennen konnte. Ich wusste aber mit Sicherheit, dass er im Direktorat war."

Sie strich sich über die Oberlippe. „Dann habe ich mir ein Handy ausgeliehen. Von einer Freundin. Deren Name tut nichts zur Sache. Jedenfalls mit einer Nummer, die er nicht kannte. Er nahm ab, ich sprach zu ihm. Und er: war kurz angebunden, wimmelte mich ab … drückte mich weg. Drückte mich weg! Zwei Mal."

Sie blickte zwar nach oben an die Decke ihres Wohnzimmers, aber die Augen sahen nichts. Die Erinnerungsbilder überlagerten die Realität. Ihre Stimme kam wie aus einer anderen Welt. Hohl. Fahl. „Letzten Dienstag war das. Später Nachmittag. Da ist auf einmal etwas in mir durchgebrannt. So sagt man das ja wohl, und so fühlt es sich auch an. Genau so. Da steht etwas ständig unter Strom, funktioniert, tut seine Dienste, und dann ist es irgendwann genug. Eine Überhitzung. Peng."

Nun blickte sie zu Kellert, versuchte, ihren Blick wieder scharf zu stellen: „Ich hatte ja noch den Schulschlüssel, gut kombiniert, Herr Kommissar. Ja! Ich wusste, dass Bertram mit dem Fahrrad nach Hause fuhr, bei Wind und Wetter. Und ich wusste, wo der Schlüssel zu ‚Toto' hängt, dem alten Toyota. Den habe ich früher auch ab und zu mal benutzt. Den konnte ich fahren. Und dann *habe* ich ihn gefahren …"

Ulrich Schongauer hatte bislang mit angehaltenem Atem zugehört. Seine Miene hatte sich mehr und mehr verfinstert. Nun schrie er auf und schlug die Hände vor das Gesicht:

„Nein! Lilli! Wie konntest du! Sag, dass das nicht wahr ist!"
Sie lächelte ihn nur traurig an und bestätigte: „Doch, leider.
Es tut mir so leid, Ulrich!"

Dann besann sie sich: „Ach was, leider!? Ich würde es wieder tun, glaube ich. Schade ist es nur, dass Sie mir doch auf die Schliche gekommen sind, Herr Kommissar. Ich dachte, ich könnte alles verschleiern. Dass das nie aufgeklärt würde. Das fände ich gerecht: Bertram büßt für seine Tat, die mein Leben zerstört hat. Ich habe all die Jahre gebüßt und zerstöre nun sein Leben. Das wäre doch nur gerecht. Ja: So wäre *mir* das recht gewesen."

Diese seltsame Rechnung mochte niemand kommentieren. Ulrich Schongauer hatte sich abgewandt. Er blickte ziellos in die abgelegenste Ecke des Wohnzimmers. Sein Gesicht war eingefallen und völlig ausdruckslos. ‚Dieses Mal hilft dir deine seelsorgerische Erfahrung nicht weiter', dachte Kellert grimmig. ‚Kein: Ich sage immer.' Aber Hannah Mellrich ging noch etwas anderes durch den Kopf: „Und der verwüstete Gedenktisch in der Schule? Waren Sie das auch?"

„Ja", gestand Lilli Schildbach ohne großes Zögern, „und das war wirklich unnötig. Das, das bereue ich. Aber ich konnte es einfach nicht ertragen, wie alle Bertram direkt nach seinem Tod zu einem Heiligen hochstilisierten. Er hat ein Leben zerstört, das von Leon. Um seinen Sohn reinzuwaschen. So war er, der heldenmütige Bertram. Ein Egoist. Ein Karrierist. Ein Scheinheiliger."

Sie schnaubte wütend und voller Verachtung durch die Nase. „Und da singen ihm alle ein Halleluja! Quer durch ganz Friedensberg. Ich konnte es einfach nicht ertragen. Aber ich durfte ja nichts sagen, nichts aufdecken. Also bin ich nachts mit meinem Schlüssel rein. Kenne die Gebäude ja noch im Schlaf. Da hat sich nichts verändert seit meinem

Ausscheiden. Blind kenne ich die Wege. Und weiß, wie man ungesehen rein- und rauskommt. Und habe ein bisschen Unordnung gemacht. Ja, das war unnötig.“

Plötzlich hielt sie dem Kommissar beide Arme hin. „So, da haben Sie Ihre Mörderin. Nehmen Sie mich fest. Handschellen bitte! Ich werde alles öffentlich bekennen, Zeugen für mein Geständnis haben Sie ja sowieso genug.“ Hier blickte sie spöttisch zu Dominik Thiele, der völlig unbeteiligt geblieben war, aber alles genau und ruhig verfolgt hatte. Pucki, die Katze, hatte sich instinktsicher zu ihm gesellt und ließ sich schon seit Minuten von ihm das Nackenfell kraulen. Auf die Bemerkung der Hausherrin reagierte Thiele nicht.

Kellert hingegen wies auf die ihm entgegengestreckten Arme. „Das wird nicht nötig sein, denke ich!“ Er überlegte: „Muss ich das noch sagen? Ja, also: Lilli Schildbach, ich verhafte Sie wegen des dringenden Verdachtes, Bertram Geißendörfner mit Absicht getötet zu haben. Kommen Sie mit. Sie auch, Herr Schongauer, ich brauche Ihre Unterschrift unter das Protokoll. Das wir dann wohl erstellen müssen.“

Dabei blickte er auf Hannah Mellrich. Dieses ‚wir‘ kannte sie auch, mochte es aber natürlich weit weniger. Kellert griente: „Beamtenpflicht, das kann ich uns leider nicht ersparen.“ Lilli Schildbach lächelte unterdes versonnen vor sich hin. „Mehr als ein dringender Verdacht. Tatsache. Sollen es doch alle wissen, wie es wirklich war. Wie er wirklich war. Bitte!“ Wie zu sich selbst murmelte sie leise: „Vielleicht bringt mich das wenigstens meiner Tochter näher, meiner Lisa.“

## 35.

Kriminalkommissar Bernd Kellert hatte seine beiden Kollegen zu ‚Da Luigi' eingeladen. Das hatte er noch nie gemacht. Aber dieses Mal fand er es passend. Hannah Mellrich hatte ein Risotto bestellt, Dominik Thiele eine Schinkenpizza, er selbst eine Lasagne. Bescheiden. Nach einer prunkvollen Feier war keinem von ihnen zumute.

Gerade hatte er sein Glas gehoben, darauf bestanden, dass auch seine beiden Kollegen sich wenigstens das eine Glas Rotwein gönnten, und hielt eine kurze Rede: „Danke! Danke für eure Mitarbeit! Ich weiß, das sage ich zu selten. Aber wir sind ein gutes Team. Es knirscht nicht, jeder weiß, was er zu tun hat, es gibt keine Reibereien. Das ist nicht selbstverständlich. Danke! Zum Wohlsein!"

Sie stießen an und begannen, sich ihre Speisen schmecken zu lassen. „Genau vor einer Woche starb Dr. Geißendörfner", bemerkte Thiele, nachdem er kurz auf seine Armbanduhr geschaut hatte. Verena würde ihn abholen, so war es ausgemacht. Noch blieb eine halbe Stunde Zeit zur Nachbetrachtung ihres Falles. Die brauchten sie. Das war Tradition. Es bedurfte einer Abrundung. Dieses Mal eben eher förmlich beim Italiener. „Eine Woche zur Klärung. Nicht schlecht", ergänzte Dominik Thiele nach einem weiteren Bissen.

„Damit können wir zufrieden sein, ja!", stimmte sein Chef ihm zu. „Trotzdem fehlt mir das Gefühl der Erleichterung, wie ich es sonst oft habe. Im Gegenteil, irgendwie fühle ich mich bedrückt. Trotz der Lösung. Trotz des Geständnisses." Sie hatten am späten Nachmittag alle Aussagen aufgenommen, unterschrieben, bezeugt. Der Fall war abgeschlossen. Eigentlich. „Geht es euch ähnlich?", fragte er seine beiden Mitarbeiter.

Thiele nickte, während er sich ein weiteres Stück von seiner Pizza abschnitt. Hannah Mellrich erwiderte: „Doch, genau so geht es mir auch. Aber ich dachte, das läge daran, dass ich hiermit ja meinen ersten Mordfall abgeschlossen habe. Ich bin froh, dass es Ihnen auch so geht, Chef. Irgendwie fühle ich mit dieser Frau Schildbach mit. Und da ist eine Stimme in mir, die sagt: ‚Ach, hätten wir sie doch nie entlarvt. Genug gestraft ist sie doch auch so, oder?'" Kellert blickte sie verwundert an. „*Eine* Stimme ist das in mir, Chef, eine", versicherte sie schnell. „Eine andere führt mir die Wut vor Augen, mit der sie Dr. Geißendörfner überfahren haben muss. Ohne Skrupel. Mehrfach hin und her. Immer wieder über den schon am Boden liegenden Körper. Und man sollte sich das klar vor Augen stellen: Sie muss ja schon im Auto gesessen haben, als sie ihn das letzte Mal angerufen hat. Die Tat war also durchaus geplant. Vorsatz. Egal, wie man es dreht und wendet. Und dafür sind wir da, solche Menschen zu überführen. Den Rest entscheiden die Richter."

„Genau, Hannah, so ist das", bestätigte Bernd Kellert bedächtig. „Wir haben eine Rolle zu spielen, Mitgefühl mit einigen Beteiligten hin oder her. Diese professionelle Distanz brauchen wir. Sie ist unser Schutz. Unsere Überlebensversicherung. Und sie hilft uns, ruhig schlafen zu können. Wenn Sie die nicht haben, Hannah, gehen Sie in eine andere Abteilung. Das rate ich Ihnen. Dringend. Überlegen Sie es sich. Prüfen Sie sich! Sehr gut!"

Erschrocken blickte die Kommissariats-Anwärterin auf ihren Chef. Hatte sie etwas falsch gemacht? War er von ihr enttäuscht? Hielt er sie als Mitarbeiterin in der Mordkommission für ungeeignet? Kellert sah ihren Blick und lächelte. „Alles gut, Hannah. Keine Sorge. Ich bin sehr zufrieden mit Ihnen. Sehr! Aber ich will, dass Sie sich Ihren Weg gut überlegen. An meiner Unterstützung wird es dabei nicht mangeln. Im Gegenteil."

Er hielt noch einmal sein Glas in die Höhe. „Hannah: Ich habe Sie angefordert. Zunächst für den Rest Ihrer Fortbildungszeit. Und dann schauen wir mal. Mich würde es freuen, wenn Sie bei uns blieben. Wirklich! Und da spreche ich doch bestimmt auch in deinem Namen, Dominik, oder?" „Aber klar doch!", rief der mit noch halb vollem Mund. „Salute!"

Wenig später, die drei Kollegen hatten sich in guter Stimmung voneinander verabschiedet, saß Dominik Thiele auf dem Beifahrersitz seines Privatwagens. Verena steuerte das Audi-Coupé durch den schon lauen Märzabend in den Vorort von Friedensberg, wo sie ihre Wohnung hatten. „Zwei Neuigkeiten gibt es", kündigte sie spitzbübisch grinsend an, nachdem sie sich zunächst in munterem Hin und Her über ihre jeweiligen Tageserlebnisse ausgetauscht hatten. „Welche zuerst? Die gute oder die gute?"

Dominik grinste, tat so, als würde er überlegen. „Na, dann nehmen wir doch die gute." „Okay!" Vorsichtig lenkend fischte sie mit der rechten Hand einen Umschlag aus der Seitentasche ihrer offen getragenen Jacke. „Na, was ist das wohl?" „Ein Brief!", antwortete Dominik Thiele sofort. „Haha, du Spaßvogel. Was steht wohl drin?" Nun überlegte er tatsächlich. „Also, da bin ich nun wirklich überfragt. Sag es mir."

Sie grinste breit und musste sich konzentrieren, um nicht das Fahren zu vergessen. Aber nein, die Neuigkeit ließ sich einfach nicht länger verschweigen. „Eine Planstelle!", jubelte sie. „Ich habe eine Planstelle! Am KaRaGe! Wahnsinn!" Dominik Thiele lachte auf: „Super! Das hätte ich nicht erwartet! Jedenfalls noch nicht! Und am KaRaGe, genau, wie du es dir gewünscht hast! Aber das hast du dir auch wirklich verdient. Toll: Glückwunsch!"

Er umarmte sie, so gut es die Situation eben zuließ. Sie schüttelte ihn lachend ab. „Hey, ich will die Stelle auch möglichst noch antreten. Und nicht im Straßengraben oder an der nächsten Häuserwand landen! Das habe ich dem guten Dr. Geißendörfner zu verdanken, das ist mir schon klar. Der hat sich dafür eingesetzt, das weiß ich. Und jetzt kann er gar nicht mehr erleben, dass es auch funktioniert hat. Das kann ich immer noch nicht fassen."

‚Nicht die Stimmung verderben lassen!', ermahnte sich Dominik Thiele, der keine Lust darauf hatte, sich jetzt auch noch in den Feierabend hinein mit seinem Fall zu befassen. Der ja ohnehin abgeschlossen war. „Oje, ein Haushalt mit gleich zwei Beamten. Das verspricht ja eine spannende und prickelnde Angelegenheit zu werden", kommentierte er grinsend. „Wenn das die gute Nachricht ist, was ist dann erst die gute?", fragte er. Sie blickte zu ihrem Mann hinüber. Schmunzelte. Dann sagte sie: „Ich bin schwanger!"